UM ROMANCE DE
Aline Sant'ana
Clara de Assis

O Príncipe dos Vampiros
SEGREDOS DE SANGUE

Editora Charme

Copyright © 2018 de Aline Sant' Ana e Clara de Assis
Copyright © 2018 por Editora Charme
Todos os direitos reservados.

Nenhuma parte desta publicação pode ser reproduzida, distribuída ou transmitida por qualquer forma ou por qualquer meio, incluindo fotocópia, gravação ou outros métodos eletrônicos ou mecânicos, sem a prévia autorização por escrito do editor, exceto no caso de breves citações em resenhas e alguns outros usos não comerciais permitidos pela lei de direitos autorais.

Este livro é um trabalho de ficção. Todos os nomes, personagens, locais e incidentes são produtos da imaginação das autoras. Qualquer semelhança com pessoas reais, coisas, vivas ou mortas, locais ou eventos é mera coincidência.

1ª Edição 2019.

Produção Editorial: Editora Charme
Capa e diagramação: Veronica Goes
Fotos da capa e miolo: Depositphotos
Revisão: Sophia Paz

FICHA CATALOGRÁFICA ELABORADA POR
Bibliotecária: Priscila Gomes Cruz CRB-8/8207

S231p	Sant' Ana, Aline e Assis, Clara de
	Príncipe dos Vampiros / Aline Sant' Ana e Clara de Assis; Capa: Veronica Goes; Revisor: Sophia Paz. – Campinas, SP: Editora Charme, 2019.
	328 p. il.
	ISBN: 978-85-68056-94-3
	1. Romance Brasileiro | 2. Ficção Brasileira I. Sant' Ana, Aline. II. Assis, Clara de. III. Goes, Veronica. IV. Paz, Sophia. V. Título.
	CDD B869.35
	CDU B869. 8 (81)-30

www.editoracharme.com.br

UM ROMANCE DE

ALINE SANT'ANA
CLARA DE ASSIS

O Príncipe dos
VAMPIROS
SEGREDOS DE SANGUE

Editora
Charme

MAR DA NORUEGA

ALKMENE

Egron's Mountain

Ashes

Alabar

Distead

Spinous

Texwood

Minas Irindil

BLOODMOOR

Rosys

Gila

Creones

Anell Angeks

Biberbach

Cachalote Bay

Potenay Valley

Glossário

Aliança: União entre os clãs de vampiros no mundo. Sua maior tarefa é manter em sigilo o segredo de sangue e a existência dos vampiros, a fim de não serem caçados, como há tempos aconteceu.

Alkmene: Ilha ao norte do globo, que passa longas temporadas sem a luz do sol.

Divisão Magna: Elite dos melhores guerreiros vampiros. Lutam em nome da Aliança.

Lochem: Combatente. Pessoa designada para atestar a capacidade do futuro regente de passar pelos desafios. Versada em várias artes, também compreende a fundo a sociedade vampírica, as leis e a política.

Ma'ahev: Seu amor. Alma gêmea.

Ordem de Teméria: Onde são formados os guerreiros e subdivididos em classes: guarda pessoal dos reis — "Brigada Real"; guardas selecionados e de maior confiança dos reis — "Brigada Vermelha"; os que lutam por todos os clãs — "Divisão Magna"; os que protegem diariamente a população vampira/*shifters* "na linha de frente" — "Guardiões".

Samhain: Halloween. Início do inverno no Hemisfério Norte.

Savach: Conexão sentida apenas pelos homens da família real, indicando a pessoa amada. Estende-se para a companheira de quem a sente, mas não é uma regra.

Shifters (subst.): aquele que se modifica. Seres com aparência humana que se transmutam em animais quando querem, mantendo a racionalidade.

Ta'avanut: Período fértil para os vampiros. O desejo é aflorado. É a fase na qual o vampiro pode fertilizar a mulher, e ela está pronta para gerar vida.

... "é necessário que um príncipe saiba muito bem disfarçar sua índole e ser um grande hipócrita e dissimulador"... (p. 174), pois ... *"os seres humanos, de uma maneira geral, julgam mais pelo que veem e ouvem do que pelo que sentem. Todos veem o que pareces ser, mas poucos realmente sentem o que és." (Ibid., p. 176)*

MAQUIAVEL.

Ainda consigo sentir o arrepio que me atingiu quando aportei na Baía Cachalote, dois anos atrás. O lugar, ao noroeste da Europa, na época, desconhecido por mim, não é a primeira opção quando se trata de turismo. Infelizmente, Alkmene não conta com um aeroporto, devido aos ventos fortes em determinadas altitudes. É necessário desembarcar na Islândia e seguir para Alkmene por transporte marítimo. Outra coisa que afasta os turistas é o frio extremo e a inconstância das quatro estações do ano.

Vim aqui para dizer que vocês estão errados! Valeu a pena o esforço e a espera para chegar lá.

Foi como pisar em solo sagrado.

Fui atraído, na primeira vez, justamente pelas fotografias no Google do cenário estonteante e pela promessa de pescas extraordinárias.

Só que... não era só isso que tornava a ilha de Alkmene especial.

O povo, relativamente hospitaleiro, é diferente de outros locais do mundo. Bebi vinho e curti festas na cidade de Labyrinth. Os preços não eram exorbitantes e lá aceitam a maioria das moedas. O que é bom, né? Não precisamos nem passar na casa de câmbio.

Mas, falando sério, apesar da música alta, das mulheres bonitas e dos clubes lotados, eles pareciam fechados em sua própria sociedade. Talvez fosse isso, a diferença de realidade, que me fez pensar em vinho e segredos.

Uma mistura interessante...

Já adianto a vocês que estou fazendo essa postagem porque fui convidado para estar na mágica ilha de Alkmene, pela segunda vez, em um navio com todas as despesas pagas. E... já fiz o meu roteiro de viagem. Mal posso esperar para visitar Labyrinth de novo, um lugar cheio de gatas e a cidade do rei; passear pelas exóticas praias de areias negras, em Creones; tomar uma grande caneca de cerveja vermelha (Red Ale bem maltada e, por sinal, que gosto peculiar!), em Biberbach.

Vamos fazer as malas?

Contarei para vocês como foi quando eu voltar.

Publicação feita em um fórum por um blogueiro viajante.

Afine Sant'Ana e Clara de assis

Prólogo

Mia

SÉCULOS ATRÁS.

De maneira geral, não havia nada de errado em correr por aí.

De maneira *específica*, usar os corredores do King Castle como parque de diversões não era uma boa ideia.

Meus pais tentaram me manter quieta para a Cerimônia de Apresentação do Príncipe, mas eu não queria ficar ali, no meio de tantas pessoas chatas. Queria brincar e correr. Sim, deveria obedecê-los e me portar bem, mas aquele espaço era comprido demais e eu não queria ignorar. Então, meus pés se moveram.

Desde que comecei a compreender os ensinamentos dos meus pais, sabia que estar entre a realeza era uma honra, mas, para falar a verdade, estar naquele corredor vazio, *sim*, era um verdadeiro sonho. Mamãe me dizia que a família real tinha o sangue mais antigo; eles eram especiais em uma ilha de seres tão distintos.

Desobedeci à ordem dos meus pais, ansiosa com a possibilidade de correr. As paredes de pedras brancas estavam frias quando as toquei. Apostei comigo mesma que conseguiria chegar até o final da linha em menos de dez segundos, soltei Natassa, minha boneca, e me preparei.

Corri e contei mentalmente:

Oito segundos!

Gritei um *sim*, ainda respirando fundo, e virei para buscar Natassa.

Mas ela estava nas mãos de outra pessoa.

Abri a boca para reclamar, e então olhei suas roupas: preto e dourado.

Ele deveria ter a minha idade, mas era da realeza. E eu não conhecia ninguém da realeza além do rei e da rainha.

Oh!

Segurei a parte de baixo do vestido e, sentindo as bochechas quentes, fiz a mesura.

Eu não deveria ter trazido a Natassa.

Mantive a cabeça baixa.

— Boa noite, Meu Senhor.

Mamãe me ensinou que, ao encontrar alguém da realeza, sem saber quem era, eu deveria chamá-lo de Meu Senhor.

— Você não é velha demais para ter uma boneca?

Levantei o olhar para ele e desfiz a mesura.

— Velha demais?

— Eu não brinco desde que era um neném — zombou.

Fiquei irritada.

A cor dos olhos dele não era natural. Ele tinha as íris da mesma cor do sangue que corria em nossas veias: rubro. Toda a família real possuía aquela mesma tonalidade de vermelho.

— Sempre a levo para onde vou. — Eu precisava ser educada; ele parecia ser filho de alguém muito importante. Todos da realeza estavam no Castelo naquela noite.

— E ainda brinca com ela?

— Não é um brinquedo. É meu amuleto da sorte. Eu a levo, mesmo todos achando que é besteira.

O menino tinha os cabelos mais escuros que já vi. Pretos como a noite. Brilhando em vários tons de azul-marinho à luz das velas.

Ele deu vários passos, e o solado de suas botas de couro ecoou pelo corredor e ficou perto o bastante de mim.

Fiquei dura no lugar.

Encarei Natassa, querendo-a de volta, como se ela estivesse presa nas mãos de um sequestrador.

O menino sorriu.

Mas não um sorriso sincero, e sim endiabrado.

— Meu pai me ensinou que não devemos nos apegar a coisas materiais, porque elas se vão. A única coisa que você pode manter é a essência de quem é.

No momento em que aquelas palavras saltaram de sua boca, eu soube.

O único homem que falaria uma coisa daquelas e que já falou em diversos discursos me veio à mente.

Não ousei respirar.

Ele era Orion Bloodmoor, filho legítimo do rei. O príncipe de Alkmene e futuro líder do clã Redgold.

Apenas a família real conhecia o seu rosto, até aquele momento, conforme a tradição, a fim de preservar a segurança de alguém tão importante para o nosso povo. E, nesta noite, durante a cerimônia do *Samhain*, era chegado o momento de apresentá-lo à sociedade.

Engoli em seco, ignorando tudo aquilo, porque mamãe entraria em pânico se soubesse.

A Cerimônia de Apresentação era fechada aos membros da corte. Não deveríamos trocar uma palavra sequer, afinal, eu não era uma Bloodmoor. E somente no solstício de inverno, no próximo ano, o príncipe seria apresentado para os vampiros de sua idade.

— Alteza, pode devolver a Natassa? Preciso ir.

— Está enlouquecendo porque eu sou o príncipe, não é?

Abri a boca, chocada. *Ele podia falar assim?*

Deu de ombros.

— Sabe, você é a primeira menina da minha idade que eu conheço e que não é da família real. Acho que estamos em um ponto positivo aqui. Não gritou nem saiu correndo. Você é corajosa.

Mesmo tremendo, não vacilei.

— Por favor, a Natassa, Alteza.

Ele pegou a boneca de cabelos ruivos e ficou encarando-a, como se tentasse entender o motivo de ela ser especial para mim.

Então, o príncipe enfiou-a debaixo do braço e sorriu de novo, daquele jeito diabólico.

— Gostei dela, o nome é legal também. Acho que vou pegá-la para mim. Amuleto da sorte, você disse?

— Não!

— Está negando algo ao seu príncipe?

— Você é muito... teimoso, arrogante e idiota! Qual o problema em devolver a minha boneca?

Ele gargalhou.

— Não pode se referir a mim de maneira tão íntima. E *você* está brigando com alguém da realeza. No próximo inverno, quando eu te reencontrar, devolvo Natassa.

— Eu quero ela agora!

O príncipe respirou fundo, estalou os lábios e sorriu.

— Não.

Ele virou as costas e começou a ir embora.

Pisquei, estupefata. Queria chocá-lo também, queria fazê-lo parar, queria...

— Orion Bloodmoor! — gritei.

Ele acenou, ainda de costas — pouco se importando por eu tê-lo chamado intimamente —, e levou Natassa embaixo do seu braço direito, sem nem ao menos perguntar meu nome. Na outra ponta do corredor, aguardando o príncipe, surgiu a imponente figura de Warder Tane, conselheiro do rei, tutor da família real e amigo pessoal do meu pai. Ele exibiu um semblante sério e vincos em sua testa que confirmaram que não estava nada feliz com as quebras de protocolo.

Eu poderia ir até ele, brigar e pedir para devolver Natassa. Até bater naquele rosto metido, mas eu teria problemas demais para enfrentar com meus pais. E Warder. Então, querendo gritar de raiva, desci as escadas e fui até o salão da festa. Meus pais me abraçaram e perguntaram se eu havia me perdido. Não sabiam que eu tinha trazido Natassa — eles odiavam que eu ainda tinha um elo com a boneca —, então não se deram conta da ausência dela. Eu a mantinha sempre embaixo dos muitos panos dos vestidos ridículos que me faziam usar...

A apresentação do príncipe Orion à sociedade não demorou a começar.

O rei e a rainha estavam felizes.

— *Há tão poucos de nós... No entanto, os Bloodmoor permanecem fortes, e este é o momento de atestar a cada súdito de Alkmene que a nossa família continuará lutando para manter todos a salvo. E não nos cansaremos de buscar nossa redenção. A renovação de tal compromisso com nosso clã se dá através da vida que emana de vosso príncipe, Orion Bloodmoor, do clã Redgold, príncipe de Alkmene...*

O príncipe Orion entrou em meio a aplausos entusiasmados. Vestido da mesma forma de quando o encontrei: blusa e colete, calça preta justa, botas que subiam até pouco antes dos joelhos e sobretudo preto com detalhes dourados. No entanto, diferente de antes, seus cabelos estavam penteados para trás.

O príncipe seguiu fielmente o protocolo, apesar de parecer sorrir timidamente de alguma piada particular.

Nossos olhares se encontraram, de repente. Ele não demonstrou qualquer falha enquanto obedecia a uma série de movimentos ensaiados. Ocupou o seu lugar, ao lado esquerdo do rei Callum, e, conforme os demais imitavam o Duque Real, erguendo suas taças e aplaudindo. O príncipe Orion me olhou uma vez mais, e de trás do seu sobretudo, ele deixou discretamente à mostra para que eu pudesse ver... Natassa.

Fingido!

Eu o odiei naquele momento, ansiosa por recuperar a boneca, meu amuleto da sorte. Infelizmente, não teria outra chance de estar a sós com o príncipe Orion, a não ser durante o baile do solstício de inverno, quando eu recuperaria Natassa, nem que para tanto eu precisasse derrubá-lo.

E, então, o tempo passou.

Com ele, o inesperado veio.

Em um dia gelado, no mês de janeiro, uma grande tragédia se abateu sobre a família Black, e eu jamais poderia me esquecer do dia em que perdi o homem mais importante da minha vida: o meu pai.

Aline Sant'Ana e Clara de assis

Um

Mia

Dias atuais

Do alto da colina escarpada, observei a magnífica carnificina metros abaixo, sentindo prazer no gosto em minha boca e o enorme deleite de quem havia cumprido seu dever.

A água, antes prateada sob a luz da lua, agora exibia também matizes de vermelho, graças aos corpos amontoando-se ao sabor do ritmo moroso das ondas.

E era a visão mais bela que eu poderia ter.

Os inimigos foram dizimados, e tão logo o sol despontasse no horizonte, eles não passariam de pó. Levados pelo vento, misturados no meio das águas, seriam apenas parte do todo, e, ao mesmo tempo, não seriam nada.

Sobre meu ombro direito, o hálito de vinho e sangue bateu em meu rosto.

— Quanta felicidade e você nem mesmo bebeu.

— Sai daqui, Titus.

— Por que não tira uma foto pra colocar na sua sala de estar? As visitas vão adorar ver um pouco do seu trabalho... *Ouff!*

Eu ri quando Titus tropeçou para trás e por pouco não caiu.

— Golpe baixo, Goldblack, eu estava distraído.

— Mandei você sair daqui. — Dei de ombros.

— Eu só queria te parabenizar... que horror... quanta violência. — Não perdi a ironia de suas palavras. Ali embaixo jaziam dezenas de vampiros, mortos por nós.

— Seja breve, estou em meu momento contemplativo, lorde Titus.

— Então, voltamos a isso de lorde... — Ele moveu a cabeça, em negativa. Gostava de jogar seu charme comigo, mas não funcionava. Eu tinha uma meta na minha existência, e Titus, que havia frequentado a Ordem de Teméria comigo, deveria saber. Além disso, jamais me envolveria com um aristocrata, e disse isso para Titus certa vez. Eu vinha de uma linhagem de guerreiros, vassalos do rei. E tinha que honrar a memória do meu pai.

— Quando você me irrita, sim, *lorde* — brinquei. Ali não havia superioridade, éramos todos soldados. Eu era grata por Titus não ser um idiota sobre isso, na verdade. Ele era um bom lutador e estava ali porque seu clã havia enfraquecido de tal forma que a única maneira de se restabelecerem era enviando seus homens mais fortes para deter as ameaças.

Titus me encarou por um tempo, antes de desviar sua atenção para baixo. Aquela batalha foi significativa para ele. Para todos nós.

— Depois de cem anos trabalhando na mesma função, começo a me perguntar quando essa droga vai ter fim.

Não o respondi de imediato. Francamente, nem poderia arriscar.

— Às vezes, eu só queria ir pra casa — Titus disse baixinho, contemplando o horizonte. Estávamos muito distantes para qualquer um de nós não se permitir pensar em lar. As lutas nos jogavam cada vez mais longe. Ele deu um longo gole em sua bebida, não se incomodando em limpar os lábios.

Continuei encarando Titus, prestes a responder alguma coisa, quando um *shifter* de tigre siberiano se aproximou. Percebi, pelo semblante tenso, que era algo importante.

— Goldblack, pode me acompanhar, por favor?

— O que houve, Sven?

Ele umedeceu os lábios.

— Você recebeu uma correspondência.

Dois

Orion

Pela visão periférica, notei Alte, nosso mordomo há mais séculos do que poderia contar da minha própria existência, oculto nas sombras, atrás de uma das pilastras, no pátio. Ainda assim, eu sabia que desejava falar comigo.

Decidi não soltar a espada.

Brandi-a, rindo de Beast quando dominou o movimento ao ir para a direita. Eu poderia desarmá-lo indo para a esquerda, jogando sua espada no chão e encostando a minha linda *punta* na base do seu pescoço. Isso conquistaria sua rendição. Afinal de contas, aquele *shifter* de urso era meu segurança privado e um dos meus melhores amigos.

Afastei-me, com um sorriso brincando nos lábios.

— Você está meio enferrujado, *príncipe* — zombou Beast.

Um príncipe jamais mostrava todo o seu potencial, nem mesmo em uma brincadeira com um de seus confidentes amigos.

— Acredita mesmo nisso, Beast?

— Certeza.

Rindo, andei para trás. Não estava ofegante da luta quando Alte se aproximou e disse que minha presença era requisitada no salão de estratégia. Por sua expressão tensa, soube que encontraria meu pai acompanhado, esperando-me para uma reunião com toda a turma de puxa-sacos. Sem escolha, guardei a espada na bainha e desafivelei o suporte da cintura, entregando para Alte.

— Pode ficar com ela?

Ele estremeceu ao segurar a espada.

— Claro, Alteza. Certamente.

— Era do meu avô, mas o senhor sabe disso — provoquei-o, erguendo a sobrancelha. Alte quase revirou os olhos. Não aguentei e voltei a rir. — Relaxa, Alte.

Beast riu ao fundo.

— Depois da reunião, quer dar uma volta em Labyrinth? — convidou meu amigo.

— Músicas e *shifters*?

— Músicas e *shifters.*

Virei o rosto o suficiente para o meu sorriso ser a resposta.

Ajeitei o colarinho da camisa social e respirei fundo, caminhando pelo King Castle, desatento aos detalhes.

Abri a porta de repente, precisando usar meu sorriso mais cativante para que ninguém percebesse o quanto a presença do Duque Real me desagradava. Astradur era o braço direito do meu pai, mas havia algo naquele nobre que não descia bem na minha garganta.

— Que bela noite! — Me joguei na cadeira à direita do rei, sentando confortavelmente, girando e brincando com os anéis dos meus dedos.

Olhar para o meu pai, naquele momento, era me ver daqui a uns anos. A diferença, além da idade, é que tudo nele parecia tenso. Até a coroa em sua cabeça tornava a reunião mais séria. Contei mentalmente quantos segundos levaria para o Duque de Merda, quer dizer, o Duque Real, começar a falar, antes do meu pai.

— Príncipe Orion, eu o chamei aqui para conversarmos sobre...

Sorri, exibindo os caninos pontudos. Sem olhá-lo, como se não me importasse, comecei a mexer nos papéis que estavam sobre a mesa. Deixei que Astradur terminasse o *discurso importante*, porque eu sou um vampiro muito bem-educado.

— Certo, Duque de... Duque Real. Exceto por uma coisa: foi meu pai que me chamou, o rei. Não o senhor.

Voltei meus olhos para o rei.

— Do que precisa, pai?

O rei respirou fundo e, com isso, eu soltei os papéis e me sentei mais ereto. Veja bem, seis séculos ao lado desse homem me permitiam entendê-lo. Se o rei de Alkmene parecia nervoso, então, eu também deveria estar.

— Há alguns clãs rebeldes se movimentando pelo norte da Europa — soltou, e fixou os olhos nos meus.

— Quantos?

— Mais do que podemos contar — respondeu meu pai.

— Os insurgentes estão em cerca de oitocentos vampiros maduros — falou Astradur, o Duque de Merda. — E isso é muito.

Encarei o grande mapa sobre a mesa.

— Mostre onde.

— Aqui e aqui. — Apontou meu pai.

Tirei meus anéis e comecei a colocá-los sobre o mapa.

— Se mandarmos os nossos guerreiros para esse ponto estratégico... — Deslizei um anel sobre o norte da Europa e outro na região central. — Bem, acho que isso controlaria qualquer um que quisesse botar os pés em nossa ilha.

— Já tentamos, filho. — Observei meu pai. — Não foi fácil — finalizou.

Fiquei em silêncio, assimilando suas palavras.

Ele tentou.

Homens nossos estavam mortos.

Os rebeldes estavam vencendo.

— Eu posso lutar. Posso levar Beast, Echos e quantos nossos conseguirmos. Não vamos entrar em guerra. Não permitiria.

Meu pai sorriu.

— Eu vou precisar de você, mas não para isso.

Os conselheiros ficaram em silêncio, exceto o Duque de Merda, que falou, mas pouco. Uma sensação ruim percorreu minha pele quando o rei se levantou da cadeira. Os puxa-sacos o acompanharam, e eu continuei sentado, sem entender que porra era aquela.

Eu entendia, na verdade.

Só estava em negação.

— Devo me tornar o embaixador dos clãs para elaborarmos um tratado de paz. Preciso estar na base mais antiga para conversar e oferecer algo em troca. Tenho, então, que *me* oferecer em troca. É a solução ideal. A paz só será possível se houver alguém que seja forte e respeitado o bastante para ser ouvido.

— Isso automaticamente te tornaria alguém diferente do que é hoje, Alteza — acrescentou Astradur, sorrindo para mim.

Engoli em seco.

— Você deve se tornar o rei de Alkmene, você deve governar o clã Redgold — finalizou meu pai.

Foi a minha vez de ficar em pé.

— Pai...

— Legalmente, não há um empecilho sequer. Eu vou abdicar do trono e você poderá passar por todo o processo.

— Não estou pronto.

— Ninguém está preparado para ser rei — meu pai pontuou —, até se tornar um.

— Ora, Príncipe. Grandes responsabilidades! Que excitante! Eu imagino que você desejava continuar aproveitando sua vida de príncipe dos vampiros. Isso pode até soar assustador, mas terá um *Lochem* para auxiliá-lo e... — Astradur continuou a fala do rei, enquanto meus olhos não saíam do meu pai.

Fiquei paralisado encarando tudo, pensando que poucos minutos mudaram a minha vida completamente. Além de não me sentir pronto, teria uma babá controlando tudo que eu fizesse até a coroação.

Sem músicas e shifters, então.

Nada bom.

Três

Orion

— É o pior cenário, mãe. A revolta chegou a tal ponto que meu pai precisará abdicar. Durante essa disputa com os rebeldes, perdemos muitos homens.

— Embora a revolta se estenda há anos e é terrível, houve momentos piores na história da humanidade. — Minha mãe era a única capaz de trazer a leveza em meio ao caos.

— Eu sei — ponderei. — Mesmo assim...

— Orion, é chegado o momento de que nossos ensinamentos, semeados ao longo da sua existência, estejam prontos para serem colhidos, e sei que darão bons frutos.

Eu sorri. Apesar de tantos séculos sendo Rainha do clã Redgold, minha mãe gostava de usar metáforas que caracterizavam seu passado, quando ainda era uma humana, camponesa, uma época que a enchia de orgulho, mas nada na minha mãe era comum.

— Não imaginei me tornar rei, pelo menos, até daqui a quinhentos anos. A parte de eu ser atestado por um desconhecido também não me agrada.

— Também não gosto desse teste que você terá que passar... ainda assim, precisamos seguir as regras da nossa monarquia. Você é o príncipe de Alkmene, futuro líder do clã Redgold, não duvide que nasceu para estas atribuições. Concentre-se no que seu *Lochem* disser.

— Obviamente. E eu vou adorar ter um *coach pessoal*.

— Warder o conhece desde que nasceu, Orion, confie que ele indicará alguém dedicado e ideal.

Me afastei dela, e observei o céu de outono. Estava limpo, com as estrelas brilhando e a lua cheia. Tentei me dispersar da conversa, e enfiei as mãos nos bolsos da calça.

— O que está te incomodando além disso, filho? — A rainha se levantou do banco, caminhando para perto de mim.

— É só sobre a revolta e o cargo que terei que ocupar prematuramente — afirmei.

— Você está mentindo para sua mãe?

Franzi o cenho.

— Não...

— Está sim. — Minha mãe sorriu.

Respirei fundo.

Coincidentemente, eu passaria pelos testes ao mesmo tempo em que enfrentaria as distrações de uma época... *complicada* para os vampiros: o *Ta'avanut*, conhecido como o período fértil vampírico.

— Mãe... não dá para conversar *tudo* com você.

— Tudo... você quer dizer...?

Ergui uma sobrancelha.

Um reconhecimento passou por seu semblante.

— Orion, querido. Está pensando que vai ter que lidar com um *Lochem*, as preocupações da revolta dos rebeldes e mais a intensidade do *Ta'avanut*? — Ela sorriu.

— Não é bem a intensidade, é físico... é a distração, é o meu corpo falando o tempo todo a mesma coisa. E você sabe, a gente se perde nas prioridades.

— Seu pai enfrenta o mesmo a cada cinquenta anos, e continua sendo um rei. Eu enfrento o mesmo, e sou a rainha. — Deu de ombros. — Não entendo onde vê o problema. Somos assim e não é a primeira vez que passará por esse momento. Com um pouco de sorte, viverá o *Ta'avanut* ao lado da pessoa certa.

Ri alto.

— A pessoa certa? Mãe...

— O quê? — Abriu a boca, divertida. — Acha que a possibilidade de encontrar um amor atrapalharia seus planos?

— E não?

— Não!

Para cada vampiro, o primeiro *Ta'avanut* acontece distintamente; não há uma data, está relacionado à maturidade de cada corpo. Na primeira vez que passei pelo *Ta'avanut*, aos 16 míseros anos de vida, meus pais se preocuparam. Eu era imaturo ao extremo, seria o pior momento para encontrar o amor. Aos 66 anos, minha mãe começava a torcer para que minha alma gêmea surgisse para me aquietar. Agora, aos 616, ela implorava silenciosamente para que eu encontrasse aquela que geraria um herdeiro.

A rainha parecia já imaginar essa criança em seus braços.

— Eu sei que você é romântica, mãe. Sei que viveu o elo de uma alma gêmea com meu pai, o tal *Ma'ahev*, e sei que acredita na força dessa conexão, a *Savach*. Mas eu nunca vivenciei isso. Nem sei se é possível. Quer dizer, eu sou de uma geração diferente.

Ela suspirou.

— A *Savach* é poderosa, Orion. E não passará com o tempo, nem com as gerações. Acredito que seu pai tenha lhe dito explicitamente o que sentiu, mas há algo que... — Suspirou uma vez mais. — Venha e preste atenção no que vou dizer.

Eu e minha mãe nos acomodamos em seu lugar preferido: os bancos do seu grande jardim em King Castle.

— Acredite, encontrar sua prometida resultará em sentir a conexão e tudo se harmonizará. Orion, a *Savach* é... mais do que quando os humanos falam em *amor à primeira vista*. E... este é um segredo entre mim e seu pai, mas vou confiá-lo a você: quando estávamos diante um do outro, meu período fértil se alterou, a ponto de antecipar o meu *Ta'avanut* em trinta anos. No começo, foi tão estranho, mas, depois, entendi... essa era a prova de que havia encontrado minha alma gêmea. Foi incrível e perfeito. Minha percepção se alterou. Não existia nada nem ninguém além de Callum Bloodmoor, não o meu rei, mas o vampiro. Pensava que, se não estivesse com ele, sufocaria até a morte. Eu não precisava estar à sua vista, ele me sentia. E, quando ele me tocava, era como se um rastilho de fogo vivo se espalhasse desde o local onde estivesse a ponta do seu dedo até incinerar o meu coração. E por mais que eu quisesse lutar contra isso, seria impossível não amar o homem da minha vida, o meu *Ma'ahev*, sentindo meu corpo inteiro pedir por ele, no *Ta'avanut*, ao mesmo tempo que senti um amor arrebatador à primeira vista, a *Savach*.

Aquilo não era possível.

Romântica, eu disse.

E eu deveria encontrar a minha alma gêmea, minha *Ma'ahev*, em uns quinhentos anos. Mais meio milênio de farra seria tão bom...

— Encontrar a mulher que será minha *Ma'ahev* está fora de questão. Não acredito que isso acontecerá. Eu não a sinto. Nem deve ter nascido ainda.

Eu gostava quando estávamos a sós, quando a rainha Stella Bloodmoor podia ser apenas... minha mãe. Era leve e trazia um sopro de ar fresco.

— Você teme encontrá-la? Porque achar que ela nem nasceu ainda é empurrar para longe a possibilidade de vê-la a qualquer momento.

— Eu *espero* que ela não tenha nascido ainda. Já pensou que esse lance de alma gêmea pode ser uma furada? Mãe, de acordo com o que você diz, não é algo que escolhemos. É o universo que coloca em nossa vida a vampira que ele *acha* que combina.

Ela riu baixo.

— E se a mulher da minha vida for uma pessoa horrível, com uma personalidade maluca? E se tiver os caninos tortos? E se só tiver um dos caninos, uh? Pensou nisso? Ela pode falar sibilando. Ela pode *roncar*.

A rainha Stella me ouviu com humor, rindo de cada uma das questões que tumultuavam minha mente.

— Por favor, pare de rir. É sério.

Me contemplou por um tempo, o sorriso ainda em seu rosto.

— Se sua *Ma'ahev* roncar, você vai acreditar que é a canção mais bela. Se ela sibilar, parecerá um lindo sotaque. Pare de se preocupar.

Parar de me preocupar? A única coisa que eu era capaz de fazer era justamente me preocupar.

— Mãe, eu admiro como você consegue ver beleza em tudo.

— Você também verá quando se apaixonar.

Daqui a quinhentos anos, talvez.

— Por que todo anúncio real tem que ter um baile?

Se Beast não fosse meu amigo há anos, eu não teria entendido o que estava me perguntando com a boca cheia de comida.

— Está reclamando? — Olhei, nada discreto, para seu prato, que transbordava com uma variedade de carnes.

Sorriu com os lábios juntos, as bochechas enormes.

— Porra, claro que não! Eu adoro a cozinha do castelo... Essa paleta de cordeiro está incrível, já experimentou?

Não precisei responder, minha expressão dizia tudo: *sério?*

— Não consigo evitar te provocar. Uma das vantagens de ser *shifter* é poder comer toda a carne que eu quiser, sem passar mal.

— Ambos sabemos que eu posso mastigar essa droga e engolir, mas, pra mim, tem gosto de couro.

Beast deu de ombros.

Merda. Meu corpo escolheu aquele instante para começar a entrar em colapso, já podia sentir a ereção se formando em minha calça. Eu tinha que sair dali.

Meu primeiro dia de *Ta'avanut*.

— Ei! Aonde vai? Orion, você está legal?

— Hum, só estou indisposto. Preciso de ar fresco.

— Vou com você. — O tom de voz dele mudou de brincalhão para profissional, e preocupado.

— Não! — gritei. — Termine sua refeição... eu...

As palavras morreram enquanto eu me afastava. Minha mente começava a pregar peças: as mulheres da corte dançando nuas, passando as mãos umas nas outras, chamando-me para levá-las para o quarto...

Droga! Péssima hora.

Tentei chegar até a varanda do salão de baile, mas era complicado me movimentar sem tocar em nenhuma das vampiras. Eu não precisava que elas sentissem que eu estava no *Ta'avanut*. Da última vez, 50 anos atrás, foi um verdadeiro inferno. Praticamente tive que fugir delas, todas esperançosas de estar no mesmo evento cíclico que eu e gerarem o próximo herdeiro do Trono de Alkmene. Para os diabos se eu transaria com qualquer uma daquelas interesseiras.

— Com licença, Alteza.

Abutres sentem o cheiro da carniça?

— Astradur. — Minha voz não demonstrou qualquer emoção. Mas, se fosse fisicamente possível, eu vomitaria.

— Vejo que o príncipe não está animado para dançar...

— Isso foi uma pergunta?

O Duque de Merda abriu a boca e a fechou antes que qualquer som saísse. Então, sorriu. Apesar das palavras polidas e do sorriso intacto, havia algo de errado em seu olhar, era como se por sua boca saísse mel e todo o resto estivesse imerso em veneno.

— Minha filha, Constance, é uma ótima dançarina, como Vossa Alteza bem sabe e... talvez pudesse tirá-la para dançar. Se for do seu agrado, evidentemente.

Porra.

— Evidentemente.

Constance não era feia, o que era uma pena, mas eu precisava sair dali. Se meu corpo me traísse, se eu demonstrasse desejo por Constance, ou por qualquer outra...

— Ela está próxima à janela, Alteza.

— Será um prazer.

Sim, inferno, eu tiraria Constance para dançar. Astradur sabia bem que, por questões sociais, jamais poderia dizer não a uma dança inocente com a filha de um Duque. Além do mais, Astradur não poderia desconfiar do *Ta'avanut*. Nem ele, nem ninguém.

Ela aguardou que eu formalizasse o convite e aceitou depressa vir para os meus braços. Nem se deu ao trabalho de esconder o quanto se animou com a ideia. Levei-a para o centro do salão, quando a música já estava pela metade. Constance apertou meus braços de uma maneira estranha, fechou os olhos e pareceu tentar aclarar a mente. Dali em diante, foi uma sucessão desagradável de toques impróprios e conversas sem sentido. Toda vez que ela insistia em um assunto tão íntimo quanto a *Savach* entre meus pais, eu desviava. Apesar de estar duro e pronto para estar entre as coxas de qualquer vampira, inclusive de Constance, algo em seu timbre de voz parecia terrivelmente errado. E pelo inferno se ela não estava vindo com tudo para cima de mim.

— Constance, estamos no meio do baile.

Ela poderia ser mais óbvia? Por acaso acredita estar lidando com um tolo?

As intenções dela estavam claras: ir para a cama comigo.

— Eu... eu sinto uma necessidade muito grande de me entregar a Vossa Alteza...

Parei de dançar.

— Quê?

Naquele instante, embora a maioria dos convidados estivesse dançando, alheios ao que acontecia entre mim e Constance, meu olhar desviou para encontrar Astradur sorrindo.

— Acho melhor encerrarmos a noite, Constance.

E saí daquele baile, disposto a não dar mais qualquer explicação.

Aline Sant'Ana e Clara de assis

Quatro

Orion

Estava com meu pai no salão de jogos, distraindo a cabeça dele dos problemas. Ele ajeitou o taco, com o objetivo de encaçapar a bola azul, e deu um sorriso quando ela deslizou e entrou no buraco.

— Estou feliz por termos esse momento. Os últimos dias têm sido...

— A última década, pai.

Ele sorriu.

— É, por aí.

— Cinco pontos — falei quando o rei acertou. — Minha vez.

Inclinei-me na mesa e posicionei o taco entre os dedos, mirando. A bola cor-de-rosa valia seis e, se eu acertasse, estaria na frente. Dei a volta, procurando uma posição melhor. Encontrei e...

— Seis pontos — comemorei. — E com esse são quantos, hum? Diga em voz alta, pai.

Ele riu.

— Dez.

— Dez a quanto... você tem que dizer.

— Dez a oito. — Meu pai sorriu.

— Ahá!

Meu pai deu a volta na mesa, procurando a castanha. Ele mirou e eu sabia que acertaria.

— Está preparado para eu virar o placar? — brincou, sarcástico.

— Todos o conhecem como o rei generoso, solidário...

Gargalhou.

— Não vou ser solidário com você, filho. O que me lembra de uma pergunta um pouco indiscreta que preciso fazer.

— Vai ter uma conversa romântica também?

Ele parou o movimento do taco e ficou ereto, atrás da mesa.

— Sua mãe fez isso?

— Ah, ela fez.

Meu pai riu.

— Stella acha que você vai encontrar o amor em breve. Parece que ela sente isso. — Ele franziu as sobrancelhas, pensando. — Você e Constance... estavam íntimos no baile.

— Percebeu aquilo? Inclusive os toques impróprios?

— Acho que todos perceberam.

Foi a minha vez de perder o humor.

— Não sei, pai... tem alguma coisa errada ali.

— Com Constance?

— Com a família toda.

— Eu sei que tem ressalvas com o Duque Real. Enxergo essa sua aversão. Mas ele trabalha bem. Pensei em substituí-lo, mas infelizmente não encontro uma pessoa que administre da forma que ele faz. Astradur tira o peso dos meus ombros, quando não consigo lidar com tudo ao mesmo tempo.

— Sim, pai. Entendo.

— Bem, quanto a isso... quando reinar, fará suas próprias regras.

Ri, um pouco nervoso, e decidi não responder.

Continuamos a jogar *snooker* e, por um tempo, todas as questões do reino se calaram. Eu vi a leveza em meu pai, em suas risadas e na conversa despretensiosa. O rei estava se divertindo.

— Sabe, Orion. Sei que você acha sua mãe romântica demais, mas não é algo tão ruim.

— Vai voltar ao assunto, pai? Isso tem algo a ver com o placar favorável a mim?

Ele abriu um sorriso e focou sua atenção em meus olhos.

— Você está tão próximo de se tornar rei...

— Acredita que seria melhor se tivesse uma rainha, não é?

— Não quero impor isso a você. Mas eu... não sei o que seria de mim sem a sua mãe. Ela é o ar que eu respiro, Orion. Ser rei não é um dos melhores cargos, porém, ao lado de Stella, eu sou a melhor versão de mim mesmo.

— O amor de vocês até que é inspirador... para um cético como eu. Mas não sei se quero convidar Constance para sair. Conhecê-la. Às vezes, não parece certo.

— Há poucas coisas nas decisões de um rei que podem ser feitas através do coração ou da emoção. No seu caso, você está aplicando ensinamentos profissionais que teve ao longo da vida para uma questão pessoal. Usar a razão, nesse caso, não cabe. Deve usar a sua intuição, Orion. Se quiser levá-la para sair, conhecê-la e isso fizer algo bom dentro de você se agitar, tudo bem. Caso contrário, não. Não saia com ela.

Parei por um segundo, analisando suas palavras. Meu pai viveu o dobro da minha idade, enquanto a minha existência era marcada por seu cargo. A experiência que eu tinha de vida, meu pai possuía como Rei de Alkmene. E seu ponto de vista foi muito pertinente.

— Você está certo.

Ele sorriu.

— Sempre estou. — Deu uma tacada, matando a bola preta e fechando a maior quantidade de pontos. Uma reviravolta que eu não esperava.

— Mas o *quê*?

— Aprenda desde já, Orion. Um rei nunca pode mostrar todo o seu potencial.

Havia pensado o mesmo, sobre ser um príncipe, na minha luta com Beast.

Ele colocou a coroa de volta na cabeça.

— Aliás, tenho algo importante para informar — o rei comunicou.

— Ah, colocou a coroa... Agora estou falando com o Rei de Alkmene. E qual vai ser a informação? Você luta Krav Magá, sabe o dicionário de cor do A ao Z? Algo tão surpreendente quanto essa virada no *snooker*?

Ele riu.

— Não, é melhor. Encontramos o número um dos guerreiros para ser *Lochem*. Não existe, em toda a Ordem de Teméria, alguém mais competente para guiá-lo nessa jornada.

— Ok, temos um velho sabichão de Alkmene?

— Um velho sabichão? Como você imagina essa pessoa?

— Hum... uns novecentos anos? Não, tem que ser mais velho que você e mais novo que Warder. Mil e quinhentos? Deve dormir com uma Glock embaixo do travesseiro, pode ser careca, pesa uns... cem quilos? Talvez tenha barba.

Meu pai abriu um sorriso malicioso e fez suspense.

— Warder me indicou Mia Black como sua *Lochem*.

Levei um tempo para assimilar o nome.

Há séculos não o escutava.

Há séculos eu não...

Arregalei os olhos.

Mia Black.

A menina que morou em King Castle quando éramos crianças, correndo pelos corredores, brandindo espadas e sonhando em se tornar uma guerreira.

Minha *Lochem*?

Cinco

Mia

Depois da carta de Warder, cheguei à Baía Cachalote e me deparei com uma multidão de humanos, *shifters* e vampiros. Pelo pouco que permaneci ali, aguardando minha carona para King Castle, observei o quanto a ilha havia mudado.

Foi um pouco chocante notar a adição da tecnologia e o comércio humano que se estendia pela área desde o porto. Joalherias, designers de móveis, lojas de roupas e sapatos para os membros da corte e as casas dos humanos.

A cidade que tinha o sobrenome da família real tornara-se uma metrópole.

Avistei parte de King Castle no topo da colina, cercado pela imensa muralha que atraía tantos turistas. Eles não faziam ideia da fortaleza por trás daqueles muros de pedra. King Castle possuía corredores e andares subterrâneos desproporcionalmente maiores do que a fachada do castelo. Uma verdadeira colônia vampírica se abrigava ali, nos insistentes meses de sol. A vida na cidade não podia parar porque o sol não queria se pôr, certo? Em contrapartida, no inverno, quando o sol não aparecia por semanas, o castelo brilhava como uma miríade de estrelas, um espetáculo à parte para aqueles que permaneciam na ilha durante o rigor dos 20C° negativos.

A rainha Stella se preocupava em manter a *sanidade* dos humanos, que eram afetados pelo extenso período de tempo sem a exposição solar e o frio intenso. Bailes, pelo visto, remediavam a situação. Duzentos anos atrás, os *shifters* criaram sua própria versão do King Castle invernal, fundando Labyrinth: a cidade que nunca dorme e onde sempre é festivo como o verão.

Quando atravessamos os primeiros portões da muralha, meus sentidos ficaram aguçados e as incertezas se esgueiraram em minha mente, enquanto questionava se estava ali por mim ou por meu nome.

Meu pai foi capitão da Brigada Real e nomeado general séculos atrás. Devido ao seu destaque como guerreiro, recebeu do rei o apelido que unia parte do sobrenome ao nome do clã Redgold. Tomes Goldblack, como normalmente o chamavam, fez muito por Alkmene.

Malya Black, minha mãe, nasceu membro da corte, filha de um dos conselheiros do pai do rei Callum.

Warder Tane era o melhor amigo do meu pai. E ele me indicou.

Como eu seria recepcionada, aceitando o papel de *Lochem* do príncipe Orion?

O carro parou com um solavanco, despertando-me do mar conflituoso por onde meus pensamentos navegavam. Desci do carro e fui recebida da melhor forma possível.

— Senhorita Black, fez boa viagem?

— Olá, Alte. Quanto tempo... Sim, o caminho foi tranquilo. Nada como atravessar o Atlântico enclausurada em um submarino — brinquei.

Ele esboçou o que poderia ter sido um sorriso, mas não passou do entortar de sobrancelhas e lábios.

— Senso de humor invejável, senhorita.

— Por isso você não para de gargalhar? Vamos lá, Alte... faz séculos que não nos vemos, seria tão... inapropriado mostrar minha afetividade com um abraço?

— Creio que *inadequado* seja a palavra que procura.

— Posso viver com inadequado.

Não me privei de abraçar Alte, o mais fiel mordomo que qualquer um de nós poderia conhecer. Lembrei, com carinho, de todas as vezes que ele salvou minha pele de alguma traquinagem.

Apesar de breve, seus dedos tocaram minhas costas, e Alte logo se afastou com uma suave mesura em sinal de respeito.

— King Castle parece igual — comentei para ninguém em específico. — Por onde começamos?

— Lorde Tane a aguarda na Câmara dos Conselheiros.

— Certo... vou encontrar lorde Tane. Deixe minha bagagem à vista, Alte, eu não sei se...

— A rainha deseja que se hospede em King Castle, senhorita.

— Por que será que isso não me parece exatamente um convite...? — tornei a brincar.

Fui criada naquele castelo e, pelo visto, uma hospedaria na cidade estava fora de cogitação. O problema era que eu não esperava permanecer mais do que o necessário com o príncipe Orion. Sempre chegou a mim os piores relatos sobre suas aventuras em Labyrinth.

— Bem-vinda de volta ao lar.

— Obrigada, Alte.

A enorme sala em que os conselheiros se reuniam estava vazia, exceto pela figura austera de Warder Tane. Ele cuidou de mim durante boa parte da minha infância e início da fase adulta. Solicitar meu comparecimento à corte, para ser a *guerreira* que atestaria o preparo do príncipe Orion, era uma grande responsabilidade. Apesar das incertezas, sabia em meu íntimo que estava pronta para a tarefa.

Warder se virou assim que entrei e veio ao meu encontro, abraçando-me com força. Ele não havia mudado quase nada de sua aparência de séculos atrás, exceto talvez por algumas rugas na lateral dos olhos e na testa. Fora isso, continuava o mesmo: os expressivos olhos cor de prata; e os cabelos negros, na altura dos ombros.

— Warder.

— Mia Black, ou deveria dizer: Goldblack? Igual ao Tomes. Você está tão diferente... — A postura firme foi sendo deixada de lado, enquanto me inspecionava tal qual um pai faria. Ele segurou meus ombros e sorriu. — Bem-vinda.

— Obrigada. Sinceramente, ainda não consigo acreditar que estou em Alkmene com um propósito tão... improvável.

— Venha, sente-se. Precisamos falar sobre o momento que se aproxima. A essa altura, o rei Callum deve ter informado ao príncipe que será você sua *Lochem*. Está preparada para tal compromisso, pela primeira vez?

— Primeira, e espero, última. — Warder descartou minhas palavras com um meneio de cabeça. Se a lei permitisse, teria sido ele o *Lochem* de Orion, se já não tivesse ocupado o mesmo cargo quando foi a vez do rei Callum assumir. — Eu posso cumprir esse papel, Warder, mas me preocupa que o príncipe tenha que assumir a coroa tão cedo. A saúde do rei...?

— O rei Callum está bem. Este não é o motivo pelo qual o príncipe ascenderá ao trono. Aliás, ele já tem a idade mínima de seis séculos. O motivo é porque o Rei Callum estará na Aliança como embaixador entre os clãs.

Alguns não aceitam mais a monarquia; esta é a realidade dos vampiros nestes tempos. *Algum dia, a monarquia decairá e tomaremos nosso lugar de direito!* Lembrei-me das palavras de uma inimiga.

— Warder, se não fosse você a me enviar a mensagem, talvez eu não aceitasse.

— Não poderia ser diferente, Mia. Sua experiência é necessária aqui.

— O que quer dizer?

— À Alkmene falta o olhar que você tem sobre a vida longe destes muros.

— Do que está falando, exatamente? Neste exato momento, não me sinto tão experiente assim — descontraí.

Warder me encarou com um olhar sagaz, da mesma forma que olhava quando esperava que eu acertasse a resposta de uma de suas perguntas.

— Não é nada, minha querida. Será bom para o príncipe Orion ter a perspectiva de alguém que viveu tanto tempo longe da ilha, apenas isso.

Respirei fundo.

— Quanto tempo eu tenho?

— Não muito. — Sorriu.

Seis

Mia

Quando Warder me levou até o salão principal, percebi que o tempo que passei longe dali quase me fez esquecê-lo. A Ordem de Teméria me levou a lugares distantes demais da ilha para que pudesse pensar que sentia falta de ter um lar e, por mais destoante que fosse, King Castle era o mais perto que cheguei disso.

Tudo continuava como antes. As escadas extravagantes em ouro, o imenso lustre, além de toda a decoração em ônix e marfim negro. Ouro e preto em todos os lugares marcando o brasão dos Bloodmoor e a tradição.

— Sente-se em casa agora? — Warder sussurrou. Alte manteve distância, respeitando nosso espaço.

Inúmeras lembranças me atingiram. Meu pai... minha mãe... quase pude sentir o aroma frutado dos seus cabelos, tão claros quanto os meus. Sempre seria muito difícil não tê-la por perto.

Lembrei da última vez que estivemos juntas, pouco antes de eu integrar a Divisão Magna...

Ela segurou as laterais da minha cabeça, como fazia quando eu era criança, apoiando os polegares nas minhas bochechas, e me observou como se eu fosse seu maior feito pela eternidade.

— Ah, minha menininha! Eu prometi que não ia vê-la até que estivesse livre dos afazeres, mas não aguentei. Você está tão parecida com seu pai que me assusta. Tão independente... me sinto tão, tão orgulhosa de você.

— Mamãe... — Segurei a emoção. *— É maravilhoso vê-la.*

— Senti sua falta. Você sentiu a minha?

— Todos os dias.

Aquela foi a última vez que vi minha mãe. Alte pigarreou, trazendo-me de volta das lembranças.

— Senhorita Black... Se me permite e, se quiser, posso levar a sua mala para o quarto.

— Prefiro ficar com ela, Alte.

Ele quase sorriu.

— Pronta? — Warder questionou.

— Sim.

Era um convite tão honrado, uma chance que jamais pensei em abraçar tão cedo. Ser a *Lochem* de um príncipe... em nossa sociedade, era uma das oportunidades mais raras de toda a carreira pela Ordem de Teméria.

Ser uma *Lochem* mulher, a primeira da história.

Um calafrio percorreu minha espinha.

Warder apenas sorriu.

— Boa sorte, Mia. — Ele curvou um pouco a cabeça, cumprimentando-me de um jeito carinhoso.

Segurei minha mala com mais força e cheguei à sala do rei, na companhia de Alte. Assim que a porta abriu, percebi que o tempo passou devagar para ele.

O rei continuava tão bonito como me recordava, com cabelos negros cheios, além do mesmo sorriso largo, que combinava tão bem com os olhos de íris vermelhas. Isso me fez pensar... como estaria a aparência do seu filho?

— Black, me sinto honrado em recebê-la novamente aqui, depois de tanto tempo.

Fiz a mesura respeitosa e ouvi Alte fechar a porta atrás de mim, enquanto eu observava Callum Bloodmoor.

Os olhos do rei eram calorosos quando pediu para eu me sentar. Com a mala a tiracolo, fiz o que foi me pedido e, por um breve instante, tive a impressão de que, se o rei não fosse tão fiel ao protocolo, teria me abraçado. Era amigo do meu pai, acolheu-me com carinho, e eu seria eternamente grata aos Bloodmoor por isso.

— Sinto-me honrada por estar em vossa presença, Majestade.

— Vou me liberar do protocolo e ir direto ao assunto — declarou, cordial.

— Como quiser, Majestade.

O rei respirou fundo.

— Meu filho não é nada ortodoxo — iniciou, enquanto guardava alguns papéis. Em seguida, olhou para mim, com um sorriso afetuoso. — Mas isso você já deve saber.

Tentei não demonstrar que julgava Orion Bloodmoor. Eu não o julgava, só não o conhecia mais. Se Orion continuava um menino endiabrado e ladrão de brinquedos? Bem, eu não saberia dizer, mas se seu próprio pai estava falando...

— Recordo pouco, Majestade.

O rei coçou a sobrancelha.

— Acredito que Warder já tenha explicado à senhorita a respeito dos motivos que me levarão a renunciar ao meu cargo. Mas o importante aqui é saber como se dará ao processo de transição entre reis.

Prendi a respiração por uns segundos a mais.

— Quais são suas expectativas, Majestade?

Ele ficou confuso com a pergunta.

— Esclareça. Sobre minhas expectativas com relação ao meu filho ou sobre como irá acontecer?

— Com todo o respeito, quanto a mim.

Rei Callum ponderou por um momento.

— Tenho acesso às funções da Divisão Magna e sei do trabalho que fazem por lá. Eu e Warder trouxemos você porque sabemos que é capaz de atestá-lo para se tornar um rei. Os dois estão prontos para esse desafio e, sinceramente, não conheço outro guerreiro que poderia ocupar o cargo de *Lochem*, a não ser você.

— É por causa do meu nome?

O pai de Orion Bloodmoor me encarou, os olhos semicerrados, a cabeça inclinada para o lado, como se estivesse me analisando.

— Acredita realmente que uma questão de tamanha importância para Alkmene e minhas decisões se baseiam em caráter pessoal?

Droga, eu geralmente tinha controle sobre o nervosismo. Mesmo conversando com um rei, ainda que fosse o cargo mais importante da minha carreira, não havia razão para escorregar em uma pergunta que ofendia diretamente a tomada de decisão de Callum Bloodmoor.

O que está acontecendo comigo?

Engoli em seco. O rei notou o movimento da minha garganta e relaxou a respiração.

— Minha pergunta não foi um ataque, entenda. Escolhi a senhorita como *Lochem* por quem você se tornou.

O rei pegou um pequeno bloco, uma caneta e empurrou em minha direção.

— Vou te ajudar.

Aceitei e apoiei o bloco sobre a coxa.

— Como estava dizendo, Orion faz as coisas do modo dele. Há séculos vem evitando tomar sangue humano. Só o faz em último caso e mistura com sangue sintético. Em dias comuns, consome sangue de animais abatidos das fazendas dos humanos e *shifters*.

— Como um vegano em uma versão vampira?

Franzi as sobrancelhas.

O rei continuou.

— É, acredito que sim. Há outro ponto não tradicional em Orion. Até hoje, nunca o vi transformar humanos em vampiros.

Anotei todas as informações que o rei me deu, consciente de que precisaria delas no futuro.

Em seiscentos anos de existência, nunca transformou alguém?

O príncipe era mesmo... excêntrico.

— Orion demonstrará suas habilidades primeiro a você, depois diante do clã e, por último, conversará com membros da Aliança. São muitas coisas a serem abordadas. Dessa forma, você deverá permanecer em King Castle até a cerimônia de coroação, no *Samhain*. — O rei olhou brevemente para a bagagem ao meu lado.

— Como queira, Majestade. Farei tudo o que estiver ao meu alcance. O príncipe Orion terá absoluta noção da sua importância ao se tornar quem nasceu para ser. E garanto, Majestade, que me dedicarei, até a cerimônia, no *Samhain,* ao cargo que me confiou.

Aline Sant'Ana e Clara de assis

Rei Callum fez uma pausa, fazendo uma varredura por meu comportamento. Estudou minhas mãos, a forma como minha perna esquerda balançava, meus olhos e ombros.

— Não se assuste com o grau de responsabilidade do seu cargo, senhorita Black. Eu também me sentia despreparado quando sentei no trono.

Não tive de responder ou de pensar sobre o que havia me dito. Foi a entrevista mais estressante que já enfrentei. O rei indicou a porta.

— Está pronta para vê-lo?

Eu estava?

Uma sensação inquietante começou a cobrir minha pele. A mesma ansiedade que sentia antes de entrar em um campo de batalha, por mais que eu estivesse segura ali. Algo como calafrios, percorrendo-me de dentro para fora, avisando sobre o que estava prestes a acontecer.

Concordei.

— Orion, abra a porta.

Estávamos do lado de fora do quarto do príncipe. Lá dentro, uma música alta estava tocando. Levou um tempo, mas a porta se abriu tão de repente que dei um passo para trás. Assim que olhei para a figura à minha frente, os calafrios vieram com mais força.

Pelo inferno.

Orion Bloodmoor havia se tornado um vampiro devastadoramente bonito, mais do que qualquer outro que pus os olhos durante a minha existência. Ele vestia preto e ouro, mas nada formal, como as vestes do seu pai.

Eram tantos botões abertos da camisa que pude ver a metade do seu peito nu.

Merda.

Meus olhos foram para lá primeiro, o tórax bem trabalhado e com músculos, com poucos pelos escuros sobre a pele muito branca. Subi o olhar, o pescoço dele era grosso e o pomo de Adão, bem proeminente. O maxilar de Orion havia se tornado mais largo, não havia um fio de barba, e o queixo tinha um furo particular, que não me lembrava na infância. As maçãs do seu rosto estavam suavemente coradas, denunciando que havia se alimentado há pouco. O nariz era aristocrático, exceto por um suave levantar da ponta. E os olhos, da cor de sangue quente, dançavam como se estivessem em chamas. Seu cabelo liso e ônix estava desalinhado, mais comprido do que quando era apenas um menino, e tão repicado que duas mechas tinham caído e tocavam suas sobrancelhas negras.

Então, ele sorriu.

E sua boca estava na lista de coisas mais bonitas naquele rosto. Os caninos ficaram à mostra, somados ao conjunto de dentes muito brancos em contraste com a boca vermelha-escura.

Eletricidade dançou por minha pele quando Orion desviou os olhos do pai para mim.

Tive consciência de que tudo isso passou em uma fração de segundo, em câmera lenta.

O mundo voltou a girar quando Orion alargou o sorriso, e os caninos pontudos soaram como um convite. Ele umedeceu a boca antes de falar.

— Mia, Mia... quantos séculos se passaram, não? — Se sua voz fosse um tecido, seria algo entre o veludo e a seda.

Segurei minha mala com mais força ao compreender o que o príncipe disse. Foi íntimo e debochado.

Pelo visto, não foram tantos séculos assim.

— Vou deixá-los a sós para conversarem — o rei se pronunciou, e eu congelei ao perceber que esqueci da sua presença. Callum Bloodmoor observou a camisa aberta do filho. — Se recomponha, Orion.

O rei se retirou mais rápido do que eu gostaria, e fiquei sozinha com Orion. Precisava recuperar a racionalidade e não me deixar abalar por sua beleza.

O príncipe apoiou a mão no batente da porta e, quando fez isso, desceu o olhar por meu corpo antes de voltar ao meu rosto.

— Quer entrar? — ofereceu.

— Sem me pagar um jantar antes? — Ergui a sobrancelha. — Salão de estratégia, Vossa Alteza. Quando puder, por favor.

Tentei caminhar para longe dele, mas, antes de ir embora, escutei Orion respirando fundo. Não foi algo natural, mas sim... *sexual*.

— Hum, sem preliminares, gosto disso. — Sua voz saiu jovial e sexy.

Eu fiz uma piada suave e ele já veio com... *preliminares*?

Munida da postura mais profissional que poderia ter, o encarei.

— Cinco minutos, Alteza.

Orion sorriu.

— Uau. Por que tão séria?

Franzi o cenho.

— Vossa Alteza está citando Batman? Não acredita ser um trocadilho infame sobre morcegos, dada a nossa condição e as lendas por aí?

Escutei uma gargalhada tão gostosa e rouca que a inquietude veio de novo, me aquecendo por dentro.

O que estava acontecendo?

E eu gostei... do som da risada dele?

— Você sabe sobre heróis, aprecio isso também.

— Batman não é um herói — argumentei.

— Vamos deixar essa discussão para outra oportunidade, Mia Black — Orion provocou, a voz sedutora, como tudo sobre sua personalidade. Vi que ele desviou o olhar para a bagagem. — Vai ficar?

— Vou.

— Preciso trocar de roupa.

Sem mais nem menos, Orion fechou a porta na minha cara. E sem qualquer constrangimento.

Chocada, permaneci parada no lugar, e controlei a fúria dentro de mim. De repente, a porta se abriu de novo. Orion estava com o torso nu, e nas mãos, outra camisa.

Ele parecia ter sido desenhado por um artista. Os bíceps inchados e o abdome sulcado em pequenos gomos, a linha suave de pelos que desaparecia no cós da calça... Eu era capaz de ouvir a pulsação ecoando em meus ouvidos. Tentei dizer a mim mesma que esse era o impacto de não o ver há séculos, e que eu precisava me recompor muito rápido, afinal, moraria em King Castle e passaria mais horas do dia com Orion do que com qualquer outro vampiro. Se continuasse a sentir esse fascínio, prejudicaria a minha percepção dele como futuro rei do clã Redgold.

— Não deveria trocar de roupa lá dentro?

— E você não deveria colocar esta mala em algum lugar?

— Sempre responde uma pergunta com outra?

— Isso a incomoda?

Sem alimentar sua disposição para ser irritante ao extremo, comecei a caminhar pelo corredor vazio. Orion seguiu ao meu lado, ainda abotoando a camisa, desconcertando-me.

— Aqui — Orion avisou.

Entramos em um quarto luxuoso, mas não foi isso que me surpreendeu. No momento em que Orion abriu as duas portas de um guarda-roupa imenso, precisei dar um passo para trás.

— A tonalidade é de acordo com o cargo que exercerá. Espero que goste. — A voz de Orion soou suave dessa vez. Ele estava perto demais de mim, mas sem me tocar. Eu podia sentir o ar de sua respiração próximo do meu rosto.

Como *Lochem*, devo vestir peças de cor vinho com arabescos em ouro branco. Percebi que as roupas mais elegantes estavam em uma linha tênue entre o decoro e a ousadia, transparência e sensualidade, como tudo que a realeza vestia. Passando os dedos por elas, notei que ficariam perfeitas em mim. Valorizariam o meu corpo e me tornariam... quase... um membro daquela exótica corte.

Senti quando Orion se afastou e foi para a porta do quarto. Eu *senti* isso, embora não estivesse com os olhos nele.

Antes de se retirar, Orion pigarreou.

— Tenho certeza de que vinho vai cair muito bem em você.

Sete

Orion

Há alguns dias venho experimentando uma nova definição para inferno, mas, na noite passada, pude comprovar que nada é tão ruim que não possa piorar.

E muito.

Mia Black apareceu, juntamente com o rei, à porta do meu quarto. Com a mala na mão e ainda vestida com algo que a faria passar por alguém comum: calça de alfaiataria e camisa de botões. A expectativa era vê-la com sua roupa de combate, prata e cinza, com as espadas na cintura ou cruzadas em suas costas... uma verdadeira deusa Valquíria.

Havia algo sobre ela... algo que eu ainda não compreendia totalmente, mas que fazia os pelos da minha nuca se arrepiarem.

Depois de apresentar à Mia o seu mais novo quarto, tivemos uma reunião para que ela me informasse como seria o processo. O problema é que só prestei atenção até certo ponto. Em algum momento da conversa, me perdi no formato da sua boca e na maneira que pronunciava as palavras. Era como falavam no Velho Mundo. A troca do *o* pelo *u*... *Lurrem*... e, de repente, a palavra já havia terminado.

Prendi a respiração cada vez que *Lurrem* saiu de sua garganta.

E ainda havia as pausas que ela dava, aguardando e me observando, tentando ver se eu acompanhava seu raciocínio.

Era absolutamente adorável.

Como se tudo não fosse ruim o bastante, haveria um jantar para um grupo seleto da corte vampírica. Infelizmente, Beast e Echos não participariam. Eu sabia que todas as atenções estariam focadas em mim, e odiava isso.

— Boa noite, Orion. — Eu mal havia me aproximado e minha mãe me recepcionou com um largo sorriso.

— Boa noite, mãe.

— Este conjunto é absurdamente lindo, Alteza. — Virei em direção à voz, nada surpreso ao notar, novamente, aquele semblante de arrebatamento que aprendi em tempo recorde a detestar. — Majestade — cumprimentou minha mãe e a mim com uma mesura.

— Constance, como vai? — Minha voz saiu rouca e irritadiça.

— Ainda aguardando ansiosamente pelo nosso momento...

— Constance. — O Duque de Merda veio até nós e, com um rápido cumprimento, reverenciou-nos. — Perdoe-nos, Majestade, Alteza. Devemos cumprimentar também os outros. Com a vossa licença.

Os dois se afastaram, para meu deleite.

Acompanhado por Warder e meu tio Vallen, o rei entrou no salão. Conforme caminhava até nós, era cumprimentado. Os três não poderiam ser mais diferentes entre si. Observei meu antigo tutor, Lorde Tane. Seus quase dois mil anos começavam a ser notados através dos fios prateados em suas têmporas e algumas rugas nos cantos dos olhos. O tempo para nós corria diferente.

— Pai.

— Orion.

— Sobrinho, é bom vê-lo novamente.

— Meu tio, digo o mesmo. — Fui sincero. Era sempre bom vê-lo. — E meu primo, Donn, não veio?

Houve uma troca de olhares entre os três homens, e, apesar da estranheza da situação, meu tio deu um sorriso deslocado.

— Ele ainda não veio — retorquiu, sem graça, pigarreando em seguida. — Leeanne e Gwen estão na sala ao lado, com as outras damas.

Algo me dizia que o Conde Profano estava em ação, novamente.

— Sim, eu vi minha tia e prima a caminho do salão.

— Preparado para o anúncio? Chegou ao meu conhecimento que Lorde Tane encontrou a filha de Goldblack e a tomou emprestado da Divisão Magna. Isto é impressionante, sobrinho.

Impressionante mesmo era o imperdoável atraso de Mia. Pelo visto, ela não era perfeita, apesar de parecer; pecava e muito em etiqueta. Estava prestes a dizer em voz alta sobre a ausência de Mia, quando senti os pelos da minha nuca se eriçarem e o sutil aroma cítrico e picante vindo como um soco em minhas narinas.

Do sopé da escada, observei Mia Black descer degrau a degrau.

Ela optou por uma peça que não condizia com seu novo cargo. Ao invés dos trajes de cor vinho, Mia usava as cores da Divisão Magna: prata e cinza. Seu vestido estilo grego, até o tornozelo, estava preso em apenas um dos ombros por um broche, deixando à mostra sua pele alva e acetinada. De baixo do seu busto pequeno, largas tiras marcavam sua silhueta delgada, exibindo o corpo curvilíneo, os quadris mais largos, as coxas poderosas e seu abdome plano.

Tentei desviar o olhar daquele corpo incrível, mas acima do pescoço não estava melhor para meus hormônios. No rosto em formato de morango, destacavam-se os olhos de um verde tão claro que era impossível não admirar, acentuado ainda mais pela cor incomum dos seus cabelos, tão loiros, quase brancos, ondulados e contidos nas laterais por presilhas. Simples, elegante, linda.

O aroma que exalava do seu corpo a cada passo estava mexendo forte comigo. O modo como seu sorriso vinha sempre dos lábios juntos me fazia querer ouvir sua risada verdadeira, ver seus dentes e observar as pontas das suas presas, e eu era até capaz de imaginá-las: delicadas, finas, rompendo minha pele e...

Droga de Ta'avanut! Qual é, Orion? Você não pode ficar duro por ela. Não por ela.

Ao se aproximar de nós, dirigiu-se ao meu pai, reverenciando-o, depois à minha mãe. Para mim, apenas um simples "boa noite", e ela então cumprimentou meu tio e Warder.

Que porra está acontecendo aqui?

Tio Vallen e Mia falaram brevemente sobre batalhas. Meus pais e Warder se distanciaram de nós em uma conversa paralela, e, quando Mia quis me dar as costas para acompanhar meu tio, eu a impedi. Tinha a intenção de lhe segurar o braço, detendo-a, mas ela se moveu um segundo mais rápido e minha mão acabou tocando o couro frio da bainha da sua espada.

— O que foi isso? — ela perguntou entre os dentes, olhando-me de cara feia. — Vamos nos atrasar para o jantar.

— Atrasar? Por acaso não foi a última a chegar?

— Por acaso, não. *Por acaso,* fui a primeira a chegar, mas tive de subir para guardar um presente que ganhei da... Espera, por que estou te dando satisfações?

Mia ousou se afastar, e eu me adiantei com um passo largo, bloqueando-a.

— O que foi agora?

— Mia, cadê a minha mesura?

— Sua o quê?

— O cumprimento. Eu sou seu príncipe.

— Temporariamente, estou acima de Vossa Alteza. Portanto, não preciso reverenciá-lo.

Estaquei diante de tal atrevimento. Talvez não tenha conseguido esconder rápido o bastante o quanto me chocou, pois, antes que pudesse pensar, estava revidando.

— Você é corajosa, hein?

— Obrigada — respondeu, erguendo uma sobrancelha.

— O que te excede em coragem lhe falta em traquejo.

— Como disse?

— Você é rude, Mia. Especialmente com assuntos da aristocracia. Basta saber se o seu problema é hierárquico, diplomático ou pessoal.

Me afastei, deixando Mia plantada no meio do salão.

Quando entrei na sala de jantar, alguns convidados já estavam próximos de seus lugares. Com apenas um olhar, encontrei o empregado que me servia em todas essas enfadonhas ocasiões.

Meus pais sentaram e logo todos fizeram o mesmo. A mesa estava organizada para um típico banquete. Ao contrário do que poderiam supor, havia muito sabor em nossa dieta e, como dizia Echos, era uma gastronomia pitoresca.

Da forma como estávamos organizados, à Mia foi atribuída a posição de homenageada da noite, bem à minha frente.

Meu pai ofereceu formalmente suas boas-vindas, assim como minha mãe, e Mia moveu a cabeça, aquiescendo. Ela estava sentada confortavelmente e fiquei abismado com a forma como sua espada estava atravessada, com a *punta* encostada na lateral da cadeira. Observando atentamente, percebi o motivo de estar armada durante o jantar: era uma espada *Ulfberht*, milenar, usada em momentos solenes e cerimoniais. Claro que cortava assustadoramente bem, mas era uma arma conferida apenas aos melhores guerreiros que lutavam pela aliança entre os clãs.

Os funcionários encheram nossas taças com um cooler refrescante e apimentado. Antes de dar o primeiro gole, meu olhar encontrou o de Mia, que observava a bebida com curiosidade.

— Um brinde à chegada de Mia Black, que se junta a nós, a partir desta noite, como *Lochem* de Orion. — Papai levantou a taça e todos nós fizemos o mesmo. Em seguida, bebemos.

Oficialmente, eu tinha uma *Lochem*. Oficialmente, eu estava prestes a assumir o trono de Alkmene. Ao olhar Mia, notei sua beleza ímpar, como nunca vi em nenhuma outra vampira. Curioso reparar na forma como seus lábios tocavam a borda da taça, sem conseguir me encarar. Oficialmente, eu estava fodido.

— Gostou da bebida, Mia? — a rainha perguntou.

— É diferente, nunca pensei que beberia sangue... gaseificado — ela respondeu, seguido de uma sequência de risadas. Todos à mesa se divertiram com seu comentário despretensioso.

— É sangue sintético tipo B, apimentado e aromatizado com pêssegos silvestres — expliquei, indiretamente dirigindo a palavra a ela, uma bandeira de paz.

— Surpreendentemente bom — respondeu, aparentemente tranquila.

Bandeira de paz aceita.

— Sim, é — comentou General Darius. — Fui muito reticente com o uso de sangue sintético, mas precisei me render a esta refrescante bebida.

— É produzida na vila dos humanos, em Biberbach — Constance se meteu no assunto. — Ideia de Orion.

Orion? Ela tá louca?

— Ideia de *quem*? — Mia quase engasgou. Ela inclinou o corpo para a frente e buscou Constance com um olhar estupefato. — Você quis dizer que foi ideia de Sua Alteza, Príncipe Orion, certo?

— E não foi o que eu disse?

Mil infernos...

— Conte-nos um pouco sobre a vida fora de Alkmene, Goldblack. — A voz suave de Julieth Haylock chegou a Mia, produzindo um sorriso, novamente, com os lábios juntos. — Apenas uma vez, durante o inverno, viajei para o Alasca a navio. Foram nossas férias, mas ficamos pouquíssimo tempo, não é, mamãe? Bem... a viagem foi esquisita, fiquei um pouco enjoada.

Meredith moveu a cabeça, concordando. Aquela vampira pouco falava. Bali não permitia que ela expressasse muitas opiniões. Diferente da filha, que esperava avidamente por qualquer situação em que pudesse discordar do pai.

— O que deseja saber? — Mia indagou.

— Conte-nos sobre as pessoas, onde dorme, como é a alimentação... — Julieth riu, encabulada. — Acho fascinante essa vida. Desejo fazer um estágio e...

— Com todo respeito à sua profissão, senhorita Black... mas um estágio, Julieth? — Bali se intrometeu. — Não se esqueça de que deverá, em breve, encontrar um vampiro de acordo com sua posição social, sua classe... Brandir uma espada? — Riu. — Sua linhagem é completamente diferente da família Black.

— Eu... — Julieth murmurou.

Mia ficou em silêncio.

A grosseria de Bali Haylock incomodou a *Lochem* e Julieth.

— Governador, não fale por todos nós — rebati. — *Eu* adoraria ouvir a resposta da senhorita Black. Aliás, não faz mal lady Julieth ter curiosidade sobre um universo diferente do seu. Concorda?

— Com todo respeito, Alteza, concordo sobre a curiosidade, mas discordo sobre minha filha estagiar... nem sei se isso é possível.

Guiei os olhos até Mia.

— Isso é possível, senhorita Black?

— Não funciona dessa maneira — pontuou. — Infelizmente.

— Eu não disse? — Bali olhou para a filha.

— Ainda assim, ela poderá saber como funciona a vida de uma guerreira da Divisão Magna. Conte-nos, senhorita Black. Se puder, claro.

— Nossa, tanto problema para responder uma pergunta. O que pode ter de difícil em dizer onde dorme e se você se alimenta de um humano aleatório ou mantém escravos de sangue? — Constance se intrometeu.

Mia pareceu tranquila.

— Tem razão, não se trata de dificuldades em responder, mas *o que* responder, já que as missões pela Divisão são sigilosas. E não, os escravos de sangue não são permitidos dentro dos clãs que compõem a Aliança. Deveria saber disso, o clã Redgold abomina tal prática.

Antes que o mal-estar se instalasse de vez, seu pai interveio.

— Algumas pessoas ainda usam o termo, como Constance. O que ela quer saber, e acredito que todos nós aqui, é se a senhorita conta com a ajuda de um humano durante as campanhas.

— A Divisão fornece nosso alimento.

O Duque de Merda pareceu satisfeito com a resposta, sorriu daquele jeito asqueroso dele e tomou mais um gole de bebida.

O primeiro prato foi servido: sopa de sangue.

Mia olhou com estranheza, mas tomou a sopa como todos nós, evitando o que havia de sólido.

— Sangue de porco com morcela de cabra. Tem gordura e especiarias misturado a cereais — falei baixinho. Mia provou as rodelinhas de morcela e moveu a cabeça, aprovando o sabor. O restante dos convidados parecia entretido o bastante com a história do meu tio Vallen para se dar conta de que eu conversava com Mia. — Bom?

Ela moveu a cabeça, concordando.

O funcionário se aproximou, enchendo minha taça, enquanto outro falava com Mia.

— Aceita *A positivo*, senhorita?

— Humano? — ela perguntou. Ele moveu a cabeça, em concordância. — Sim, obrigada.

— É impressão minha ou *HA+* harmoniza perfeitamente com a morcela de cabra? — tia Gwen comentou, e minha prima, Leeanne, concordou, assim como os demais à mesa. — O sintético do mesmo tipo não tem a qualidade desse sabor.

Mia continuou tomando a sopa em silêncio, enquanto uma conversa se iniciava entre Warder e meu pai. Meu foco era na loira à frente. Não foi difícil ignorar Constance e suas tentativas de diálogo. Então, meu nome foi mencionado por Warder.

— O príncipe Orion impressionará a Aliança, sobretudo com Goldblack como sua *Lochem*.

— Preocupei-me, inicialmente, que parecesse uma decisão política, já que ela é um membro bem quisto pela Aliança — Astradur, o Duque de Merda, intrometeu-se.

Mia limpou os lábios no guardanapo e se inclinou para observar o conselheiro administrativo do meu pai. Ambos fizeram contato visual.

— Inicialmente, apenas? — Ainda que a voz de Mia fosse moderada, fez cessar o restante da conversa à mesa.

— A questão de ter passado tanto tempo longe de Alkmene foi levantada — interveio Darius, conselheiro militar, desviando a atenção para Astradur. — Mas em momento algum deixou claro sua preocupação quanto à política.

— Um segundo, por favor, General — pediu. Voltando-se para Astradur, a expressão no rosto de Mia era impassível e sua voz, firme: — Aos cem anos, ingressei na Divisão Magna. O que significa que passei quinhentos anos sendo testada diariamente. Os clãs que se opõem à Aliança são vampiros, como nós. Não *shifters*, nem humanos. Estamos contendo os avanços de nossos semelhantes, compreende o que digo?

O silêncio permaneceu por longos instantes. Os funcionários, nesse meio tempo, nos serviram o prato principal, que foi apreciado em silêncio, exceto pela troca entre Mia e mim: uma explicação simples do que deveria fazer com os talheres e a comida exótica.

Astradur, por sua vez, apesar de manter aparentemente a serenidade, não era com o prato principal que se preocupava, tinha o olhar de quem estava louco para se atirar na jugular de alguém, e com certeza não seria para um momento íntimo. Mia confrontou o Duque Real diante do rei, praticamente dizendo a ele que qualquer um de nós poderia ser um traidor da Aliança.

Essa é a minha Lochem.

— Muito sábio da sua parte, senhorita Mia, lembrar a todos nós de que não importa o posicionamento, qualquer centelha não significa coisa alguma perto da fogueira que arde diante dos nossos olhos. — Meu pai deu sua opinião, aguardando o momento certo para dizer. Então, olhou para Astradur. — Do contrário, este jantar não teria um propósito. Orion assumirá o trono e sua Lochem validará sua condição para enfrentar os desafios perante a sociedade vampírica e todos os clãs.

— O príncipe Orion se beneficiará e muito pela visão da senhorita Black quanto ao mundo longe de Alkmene. — Warder me encarou e depois à Mia, que lhe sorriu com doçura.

— Era justamente esse o ponto que eu queria chegar. — Astradur se recompôs.

— Não há nada que o príncipe de Alkmene não seja capaz de realizar, não é mesmo, querido? — Dessa vez, Mia deixou o talher bater ruidosamente sobre a louça. Ao invés de olhar Constance, fui eu que recebi um olhar de advertência. — Por isso não me preocupo nada com o que quer que venha a acontecer.

Curioso.

— Meu filho conhece Alkmene e nossa sociedade melhor do que qualquer um — a rainha gabou-se, agitando a mão suavemente para que servissem o próximo prato.

— Além do mais, isso não deve ser tão difícil. — Constance descartou a importância de Mia com uma simples frase.

— Não deve ser difícil? Quinhentos anos batalhando para chegar onde chegou. Eu acho bem desafiador — Leeanne se interpôs.

Ficamos em um silêncio constrangedor até que os copeiros destamparam as bandejas: maçã caramelizada com sangue e chocolate.

Minhas presas cresceram diante daquela visão e aroma.

De imediato, olhei para Mia. Seus dedos pairavam sobre os talheres, mas ela me encarou, como se checasse se eu lhe daria mais uma dica. Não a desapontei. Movi a cabeça, negando. Segurei a maçã pelo espeto e a levei à boca, mordendo para romper a casca, enquanto meus olhos focavam nos dela. Mia deixou os talheres de lado. E inferno se eu não estava ficando duro com aquela visão. Finalmente, eu vi as presas de Mia, e, assim como o restante do seu rosto, eram delicadas, não muito grandes e levemente curvadas para trás. Seus lábios superiores abocanharam de um jeito sexy a maçã, e minha mente deu um passeio completo pelos pensamentos mais imorais que consegui produzir, evocando todo tipo de imagem dela nua, suas presas expostas ao jogar a cabeça para trás, enquanto eu entrava com força em sua...

Ah, mas que merda de Ta'avanut!

Limpamos nossas mãos em toalhas úmidas e mornas. Os funcionários serviram as taças, e Mia mexeu os lábios para mim.

"Delicioso."

Sorri.

E ela sorriu de volta, outra vez, sem expor seus dentes, e senti um monte de inveja daquela maçã. Isso era absurdo, só poderia ser culpa da porra do *Ta'avanut*. Mia não fazia o meu tipo. Era pequena para mim, com 1,75m, no máximo; parecia uma elfa, só lhe faltava a orelha pontuda. Apesar dos braços definidos, por anos empunhando uma espada, ela ainda era... miúda demais. Eu não deveria estar pensando nela sem roupas, escarranchada no meu colo, tomando meu pau por inteiro enquanto eu mordia aqueles lábios carnudos, vermelhos, meus dedos enredados em seus cachos loiros enquanto eu tentaria, inutilmente, entrar ainda mais em seu corpo. Torná-la minha. De nenhum outro. Apenas minha e...

Meus devaneios foram interrompidos quando Mia resfolegou dentro do copo, engasgando-se. Levou o guardanapo à boca e conteve a tosse.

— Você está bem? — perguntei.

— Estou. Desculpe. — Ela me encarou com... medo? Mia não poderia saber dos meus pensamentos, não é? Não poderia prever que eu estava pronto para fecundar uma vampira. E ainda assim, ela só estava ali pelo dever. Mia sempre demonstrou explicitamente sua aversão por mim.

— Conte-nos um pouco sobre os desafios. — Minha prima, Leeanne, encarou Mia, sorrindo. — É possível?

Levamos aquele jantar por mais quarenta exaustivos minutos. Foi tão estranho que, ao terminarmos, tive a sensação de que um moinho inteiro havia desabado sobre a minha cabeça.

O ponto alto do jantar foi descobrir que a sobremesa de maçã, sangue e chocolate era a preferida da minha *Lochem*.

Oito

Orion

— Então, sua *Lochem* chegou há três dias e tem feito perguntas íntimas como: qual seu pior pesadelo? — Echos sorriu.

Soltei uma risada e tomei o sangue na taça. Dessa vez, era de um gado de uma das fazendas de Espinhosa. Estava na hora de beber um pouco de sangue humano, já que mantive minha dieta no jantar de ontem. Era capaz de sentir uma fraqueza, e não me lembrava da última vez que precisei me render. A questão toda era o *Ta'avanut*. Se eu bebesse da fonte, justo nessa época, não poderia prever a reação do meu corpo.

Eu já estava tendo pensamentos muito errados. Inclusive, sobre minha *Lochem*.

— Ela só me resumiu como vai ser. Hoje que vou descobrir como conduzirá isso. Conversamos sobre os desafios, os quais já conheço, embora o teste final seja um mistério para mim. — Bebi mais um gole e senti uma gota escorrer no canto da boca. Peguei-a com a ponta da língua. — Mia vai me analisar diariamente. Pelo cronograma, vou ficar tempo demais com ela. Mia é afiada. Ela deu ótimas respostas no jantar. É esperta demais.

— Aconteceu alguma coisa no jantar? — Echos tirou a brincadeira da voz.

— Foi intenso.

— Por quê?

— Não suporto Bali Haylock, Astradur e falando nessa linhagem... Constance ficou se jogando pra cima de mim.

— Ela ainda está interessada em você?

Apoiei a taça sobre a mesa e encarei Echos.

— Eu *ainda n*ão estou interessado nela.

Echos riu.

— Porra, Orion. Você fala com mais interesse das aulas do que da possibilidade de transar com Constance. Ela é bonita pra cacete.

Decidi ficar em silêncio.

— O que tá pegando?

Passei os dedos pelo cabelo, jogando-os para longe do rosto. Respirei fundo e me recostei na cadeira.

— Eu não disse ao meu pai, mas me parece uma péssima ideia ter *uma Lochem*, enquanto estou... você sabe...

— No seu período azul? — Echos riu.

Fechei a cara.

— O quê?

— Não se faça de idiota. Sabe que os humanos têm um remédio milagroso. A pílula azul da felicidade. — Echos abriu um sorriso largo.

Soltei uma gargalhada, que foi cessando enquanto me lembrava da razão do meu temor. Mia Black se tornou espetacular, para dizer o mínimo, e ainda o elogio seria um insulto. Nunca vou me esquecer de como ela levou a maçã à boca, deixando os caninos à mostra e...

Tá bem, que merda!

Eu estava atraído por ela.

Sabia que isso aconteceria; eu estava no *Ta'avanut*. Humanas, vampiras, *shifters*... tudo me interessava. E talvez Mia não fosse ser um problema, se me concentrasse nas tarefas.

— Príncipe Orion, Mia está esperando para vê-lo. — Escutei a voz de lorde Tane e me levantei. Se havia alguém que eu respeitava, era Warder. O cara era como um pai para Mia. Se ele soubesse o que eu pensava, ficaria decepcionado.

— Sim, já estou indo. — Firmei a voz e observei Warder com o cabelo negro preso em um rabo de cavalo baixo, vestido como se estivesse pronto para uma batalha.

Warder desceu o olhar por mim.

— Alteza, talvez queira... abotoar sua camisa?

Anuí e comecei a fechar os botões.

— Perfeitamente.

Echos foi se retirando com um sorriso, e pude ver que ele segurou muito forte para não começar a gargalhar.

— Te vejo depois, *Alteza*.

— Echos, ainda precisamos conversar sobre *aquele* assunto.

Os olhos do meu amigo ficaram mais intensos e amarelados.

— É, eu sei.

A biblioteca do castelo era um dos meus cômodos favoritos. Os livros completavam as paredes de cima a baixo. Na parte central, havia uma mesa imensa esculpida com raízes de árvores até se tornar uma superfície lisa.

Me sentei na cadeira confortável e esperei.

Olhei para cima assim que ouvi o som de passos. Mia desceu as escadas, segurando a saia de um vestido vinho. Um arrepio percorreu minha pele, não só na base da nuca. E, por mais que quisesse admirar seus olhos, fui incapaz.

Era a primeira vez que ela estava oficialmente vestida como minha *Lochem*.

Foquei em cada detalhe. A maneira como a saia longa vinho e ouro branco se ajustava logo que subia para a cintura, colando em seu corpo. O decote não era nada ousado, mas vi o lindo colo dela e o começo da curva dos seios. *Ah, pelo inferno.* A pele muito branca, contrastando com os tons escuros, me fez desejar ver o que havia debaixo de tanto tecido. Mia seria rosada nos pontos mais importantes? Idealizei, por um breve segundo, minha boca cobrindo um mamilo, sentindo-o crescer na ponta da língua, enquanto eu circulava ali e...

Está piorando. O período fértil vampírico pode ser insuportável.

Assim que pisou no térreo, Mia soltou um suspiro, alheia aos meus pensamentos impróprios, exibindo os livros e um sorriso incompleto.

— Primeiro desafio: vencer um debate político-social vampírico com um príncipe de um clã distinto. Ah, eu adoro o espírito competitivo. — A voz de Mia dançou no ambiente, e ela se sentou do outro lado da mesa. Assim que pegou um livro, seus olhos buscaram os meus. Senti um arrepio quando me admirou, e fui abrindo um sorriso preguiçoso. — Está pronto, Vossa Alteza?

— Nasci pronto, Mia.

Ela estreitou os olhos.

— A coexistência dos *shifters*, humanos e vampiros em Alkmene se estabeleceu há muitos séculos. Como os outros clãs poderiam aprender conosco?

Por que ela tinha que ser tão bonita? E por que tinha mesmo que ficar bem com a cor vinho?

— Como, Mia?

— Vossa Alteza me ouviu.

Passei os dedos pelo cabelo, jogando-o para trás.

— Não sei.

— Claro que sabe.

Alarguei o sorriso. Eu sabia, mas eu não queria que fosse tão fácil assim, não queria que o tempo passasse depressa com Mia.

— Por que não me explica?

Mia se levantou e pegou sua cadeira, colocando-a do meu lado. O livro veio com ela. Assim que sentou, o perfume feminino atingiu meu nariz e precisei fechar os olhos por um segundo. Aquele cheiro picante veio misturado à própria essência de Mia, tornando quase impossível segurar-me para não fazer besteira.

Porra.

Precisei sutilmente ajustar a calça naquele ponto importante. Abri as pálpebras assim que senti Mia virar a atenção para mim.

Ela desviou os olhos dos meus para minha boca.

— Pense um pouco, Vossa Alteza. Somos uma pequena ilha ao norte da Europa, próximos da Islândia. Nossa coexistência com outras raças nos mantém vivos. Então, pense em como poderia ensinar outros vampiros a serem mais receptivos com os demais povos.

Mordi o lábio inferior.

— Eles poderiam passar uma semana com meu pai. Iam aprender isso tudo.

— Péssima resposta. Será o rei de Alkmene. Eles precisam aprender com *Vossa Alteza*.

Mia realmente tinha fé em mim, acreditava que poderia me tornar um bom rei.

— E qual é a resposta ideal?

Sorriu.

— Não vou te entregar isso. — Ela apontou para a minha testa com o dedo. — Sei que é inteligente e que existe alguma coisa aí além de vampiras nuas. Então, por favor, vamos ao que interessa. Eu vou repetir a pergunta e deve me responder como um rei.

— Como um rei?

Pensamentos impuros de mim sentado no trono, com Mia no meu colo, arranhando meu peito e beijando a minha boca...

Ela repetiu a pergunta.

Admirei seus lábios, porque seus olhos me distraíam.

Eu precisava usar o cérebro.

— Em Alkmene, vivemos em coexistência com outros seres, dentro de um esquema perfeito de dependência mútua. Os vampiros são o povo mais antigo da ilha, e nós começamos abrigando os *shifters*.

— Eles não são perigosos? — Mia fez o papel do príncipe concorrente.

Sorri para ela.

— Bem, a vida é feita de escolhas, e os Bloodmoor poderiam lidar com os *shifters* como ameaça ou como aliados. Mas percebemos que os *shifters* estavam lutando para sobreviver, assim como nós, então, optamos por transformá-los em aliados.

Mia sorriu.

— Transformando aberrações em aliados?

Encarei Mia seriamente.

Ela deu de ombros, fazendo uma careta esnobe e aristocrática.

Acabei rindo.

Ainda estava no papel do outro príncipe.

— Eles podem se transformar em animais, e nós podemos nos tornar... o Batman, por exemplo. Temos até o Alte, de Alfred.

— Você não pode fazer uma piada dessas no meio do debate! — Mia me repreendeu, segurando um sorriso.

— Por que não? — Me inclinei para Mia, dividindo o mesmo ar que ela. — Acha que não posso ser um rei sarcástico?

— Não é adequado.

— Alte me disse que você pode conviver com o inadequado.

Mia ficou com a boca entreaberta, um pouco chocada.

— As notícias correm, minha *Lochem* — murmurei seu cargo no final.

— E o restante dos habitantes?

Pisquei e me afastei.

Caramba, ela era rápida. Mas havia se atrapalhado ao esquecer que não respondi sobre os *shifters*.

— Estávamos falando sobre os shifters.

— Ah, isso. — Mia desviou o olhar. — Responda, Alteza.

— Primeiro de tudo é que o século em que estamos não permite mais enxergar nenhum ser vivo como uma aberração. Todos temos uma função e, se existimos e somos seres pensantes, somos capazes de respeitar o outro, de dividir tarefas e conviver em uma sociedade saudável. Não acha que uma aberração é, na verdade, alguém que não é capaz de enxergar isso?

Mia ficou em silêncio, mas seus olhos denunciaram o quanto havia gostado da resposta.

— Agora, em relação aos humanos, eles não nos temem. Compreendem que tudo o que souberam, até então, não passa de lendas. Alguns até se relacionam com vampiros. A única coisa que poderia assustá-los, a nossa alimentação, não os amedronta mais. Eles nos doam sangue no hospital que criamos. Alguns vieram para cá depois de expedições, séculos atrás.

— Por que tanta colaboração?

— Odeio falar de economia, mas nosso PIB é um dos maiores do mundo. Somos pequenos e não nos intrometemos em assuntos exteriores, justamente porque aqui dentro tudo funciona. Temos o que comer, lojas, o que vestir, uma vida sustentável. O que não significa que não exportamos e importamos. Mas falo sobre os privilégios de se morar em um país de Primeiro Mundo, onde educação, saúde e outros setores funcionam em harmonia. Você não gostaria de morar aqui?

Ela estreitou os olhos, curiosa.

— Se não fosse Mia Black, se não morasse aqui.

— Talvez. — Quase sorriu. — Ainda não me convenceu totalmente.

Ri alto.

— Como lidam com a possibilidade de tantos seres colocarem em risco o segredo de sangue, o segredo de existirmos?

— Estão bem com o nosso universo e temos a Aliança. Não sou ingênuo a ponto de achar que não pode acontecer de o segredo ser lançado para o mundo, mas a paz existe aqui. Os humanos se sentem privilegiados por estarem em um país que parece ser mágico. Não há pobreza, e sim prosperidade. Como eu disse, eles doam com boa vontade. Poderíamos conseguir isso por meio apenas da Aliança, mas nossos humanos fazem questão.

Mia me observou, com os lábios entreabertos. Vi suas presas e algo em mim se agitou.

— E por que não bebe o sangue deles?

Estreitei os olhos.

— Quem te falou isso?

— Sua Majestade.

— Acho que não entendeu direito o que ele disse. Eu bebo, mas evito. Só em raras ocasiões.

— Por quê?

— É um pouco... pessoal.

Mia achou melhor dar atenção para o livro que estava em cima da mesa. Encabulada, porque, sem ver, me fez uma pergunta íntima. Saber sobre a alimentação de um vampiro era como questionar se eu estava adoentado.

Sorri ao perceber que ela não tinha mesmo traquejo social. Talvez não fosse pessoal, Mia só não sabia lidar com a realeza.

E tudo bem. Não era como se eu fosse um desses vampiros esnobes.

— Um dia, eu vou te contar — prometi.

Mia ficou aliviada, embora permanecesse com as bochechas coradas de vergonha. Estava analisando o que eu disse, enquanto ainda me encarava.

— Não precisa, se não quiser...

— Eu quero.

Passamos longas horas ali, com Mia me auxiliando no que eu poderia ou não dizer. Durante nosso encontro, percebi que ela ficou inquieta. Pude sentir a ansiedade de Mia, a energia dela passando para mim. Além disso, o aroma cítrico e picante estava ficando cada vez mais forte.

Arrepiado sem entender o motivo, o transe se desfez ao escutar uma batida na porta. Havíamos passado quatro horas estudando o debate, e eu sabia que estava quase no momento de encerrar. Permiti que entrassem, e Alte surgiu com uma bandeja e duas taças.

— Uma pausa merecida. — Se afastou suavemente e foi embora da mesma forma que entrou.

Mia pegou a taça, mas seus olhos estavam focados na minha.

— Posso perguntar o que está bebendo? Ou seria muito grosseria?

Ergui a sobrancelha direita.

— É sangue puramente bovino. Você provou sangue de animais ontem, mas, não assim, em sua forma bruta.

Mia continuou encarando minha taça, apoiando a sua na boca, embora ainda não tivesse bebido.

— Quer provar?

— Não! — Mia se sobressaltou e abaixou a taça. Depois, se recompôs. — Claro que não. Eu jamais bebi... assim... e deve ter um gosto horrível.

Abri um sorriso, já sabendo o que fazer, enquanto levava a minha taça para a boca de Mia. Ela arregalou os olhos e me fuzilou com eles. Não precisou dizer uma palavra. Naquele momento, Mia Black me odiou um pouco. Afinal, era da cultura vampírica jamais recusar uma oferta de uma taça de sangue levada aos lábios.

Em silêncio, toquei com a peça fria sua boca. Tão delicadamente, como se estivesse tocando-a com meus próprios lábios.

O *Ta'avanut* fez meu sangue começar a circular mais depressa.

Eu senti algo borbulhando, e a temperatura subiu infinitos graus. Prendi a respiração, implorando ao meu corpo para que encerrasse a merda do tesão desenfreado e pudesse me permitir não levar tudo que era relacionado a Mia para o âmbito sexual.

— Beba. — Minha voz saiu arranhada e rouca.

Inclinei a taça e observei os lábios de Mia abraçarem-na, sonhando com outra parte do meu corpo sendo abraçada por eles. Derramei um pouco de sangue em sua boca, vendo a coloração atingir o tom vinho, que casava tão bem com Mia. Senti o prazer dela ao beber. Senti em alguma parte do meu estômago uma onda de energia se agitar. Senti a delícia de me alimentar ao vê-la se alimentando.

Isso nunca aconteceu antes.

Quando fechou as pálpebras, bebendo mais um pouco, prendi o ar. Vi sua garganta se movimentando enquanto engolia, e minhas presas ficaram pontudas dentro da boca, desejando raspar aquela pele de leve. Assim que Mia abriu os olhos, o longo gole que deu deixou seus lábios manchados de sangue.

Admirei-os, desejando tirar o resquício com meus próprios lábios, com a língua.

— Bom? — questionei, minha voz derramando sexo como o sangue que escorregou para dentro dela.

Mia me encarou por quase um minuto inteiro, completamente em silêncio, o tom verde dos seus olhos cintilando.

— Aprovado. — Levantou tão abruptamente que a cadeira caiu. — Preciso ir.

Me levantei também e fui para atrás de Mia, a fim de colocar a cadeira de volta no lugar. Eu ia tocá-la, para impedi-la de sair correndo da biblioteca, mas minha *Lochem* se esquivou, e resvalei os dedos na manga comprida do vestido.

— Mia...

— Você está indo bem até agora. Excelente. E... preciso estar em outro lugar.

— Agora?

— Agora, Alteza. Nos veremos depois.

Mia se retirou tão suave e discretamente quanto Alte fazia, embora tenha deixado a porta da biblioteca entreaberta; a única prova de que mais alguém esteve ali.

Fiquei um bom tempo sozinho, pensando sobre sensações que estava experimentando e que desconhecia.

Sobre como Mia me fez sentir.

Sobre como tudo nela era...

Foi nesse instante que escutei passos duros e vozes elevadas. Fui até a porta para ver o que diabos estava acontecendo.

— O prazo está acabando! — ecoou uma voz muito conhecida.

Meu corpo foi ficando gelado à medida que entendia quem estava por perto. Me escondi atrás da porta quando percebi que era uma conversa tensa do Duque de Merda com um empregado. Pelo visto, uma conversa que ninguém deveria escutar.

Não entendi o resto do diálogo, porque Astradur se recompôs e voltou a falar baixo. Quando o funcionário disse algo que o desagradou, o tom de voz voltou a ficar grave, irreconhecível e bestial.

— Quero antes do Festival de *Samhain*! — exigiu, saindo a passos violentos.

O que ele queria? Assassinar o piso?

O empregado baixou a cabeça e continuou parado no lugar.

Franzi a testa, pensando no que ouvi.

O que Astradur precisava que fosse resolvido antes da minha coroação?

Com um pressentimento estranho, peguei o telefone antes que pudesse pensar um segundo a mais. Procurei um nome de confiança na lista e coloquei o telefone na orelha, ouvindo-o chamar. Assim que o outro lado da linha ficou mudo, denunciando que alguém me escutava, respirei fundo.

Meus olhos ainda estavam na postura derrotada do homem quando murmurei para a ligação:

— Lembra do que combinamos? É hora de colocarmos em prática.

Nove

Orion

O que estou fazendo aqui?

— Eu entendo um pouco sobre economia, sabe... então...

Constance entende um pouco sobre economia. Certo... Melhor verificar se há porcos voando, agora mesmo.

Eu estava confundindo as coisas com Mia Black. Talvez, fosse só o período que estava passando, mas a sensação me consumia cada dia mais. A ponto de eu mal conseguir dormir em paz. Mia estava na ala do dormitório a poucos metros de mim.

Se eu ficasse...

Então, fiz a besteira de dizer sim a um convite de Constance.

Se pudesse morrer de arrependimento...

A beleza da minha *Lochem* me tirava a concentração facilmente. E era do futuro do clã que estávamos falando. Se eu falhasse, os planos do meu pai iriam por água abaixo, e eu, mesmo que pudesse tentar novamente em 100 anos, teria sempre o estigma do rei que falhou no primeiro desafio.

Meus pensamentos estavam longe, mas Constance seguia feliz, falando sobre seu primeiro grande projeto com o Duque de Merda: a construção em Alabar, na região litorânea de Alkmene, que serviria para propósitos turísticos. Na época, a ideia foi muito apoiada por Astradur, e a sociedade vampírica de Alkmene vibrou com a possibilidade de expandir seus negócios. Mas, para mim, isso seria o mesmo que convidar vampiros estrangeiros e não tão bem-intencionados. Eles ficariam agitados com a quantidade de humanos suscetíveis.

Aí teríamos problema.

— Compreendo suas razões, Constance. Tudo pela manutenção de Redgold, não é? Mas... temo que, talvez, trazer mais humanos para Alkmene não seja tão sábio. Isso atrairá vampiros que não pertencem a nenhum clã.

— Teme? Orion... — Descartou minha recomendação com um aceno, fazendo careta de pouco caso. — Eles são fracos, o que poderiam fazer a nós?

Ela não era tão ingênua assim, era?

— A questão, Constance, não é o que fariam a nós, mas sim aos humanos — com o tom de voz mais baixo, retorqui.

Constance piscou seguidas vezes.

Merda. E se isso tudo tiver a ver com o que o Duque de Merda queria pronto antes da coroação? Estava falando de Alabar? Isso seria loucura. Em tão pouco tempo, erguer uma estrutura daquele porte? Com que intuito?

Claro, tudo estaria voltado para o turismo, mas, diferente de Labyrinth, o foco era o entretenimento humano, nos meses de sol, de escuridão e nas poucas semanas mistas que Alkmene tinha. Alabar seria um complexo moderno, uma espécie de grande resort.

Meu pai via potencial na fundação de Alabar, com suas fontes termais e competições esportivas. Eu via um enorme banquete a céu aberto.

Constance tentou me convencer do contrário, enumerando a movimentação financeira para Alkmene — como se nós precisássemos tanto assim de dinheiro. Em dado momento, tagarelou sobre um lugar mais elitizado do que Labyrinth. Ela falou sem pausas. Eu podia ouvir o som da sua voz, mas realmente não escutei o que dizia.

Queria usar esse superpoder contra Mia, quando ela estava perturbando minha paz. O pior momento era quando Alte entrava na biblioteca, trazendo sempre um pouco de bebida e frutas. Era inevitável não perceber a beleza das presas de Mia, e ah... por todos os infernos, fiquei louco de vontade de fazê-la tomar novamente da minha taça. *Eu não era capaz de ignorar aquilo. De ignorar ela.* Que mantinha sua postura austera, deixando claro que estava ali apenas como minha *Lochem*, nada de confraternizações. Era uma merda, porque eu realmente queria voltar àquele momento, reviver o instante em que seus lábios estavam tocando a taça, mesmo que isso significasse ter outra vez pensamentos sobre como seria beijar sua boca, senti-la em mim...

— Orion? Orion, você está aqui?

Infelizmente.

Não consegui me concentrar.

Chega.

— Lamento, Constance. É melhor chamar alguém para levá-la para casa.

Por nada eu seria capaz de continuar o jantar.

Um dos guardas levou Constance.

Ainda faltava muito para o amanhecer, e o céu estava estrelado e convidativo. Fiquei um tempo nas ameias, pensando no que enfrentaria, como rei, se teria que lidar com situações como Constance regularmente. Seria insuportável ser um rei solteiro, com vampiras buscando loucamente se tornarem minha rainha.

Por um breve segundo, essa consciência me atingiu, mas não era o momento de pensar a respeito.

Eu tinha uma companhia. Uma que não queria pular na minha cama ou usar um vestido de noiva.

E a única pessoa que cabia nessa descrição era justamente quem eu deveria evitar.

Os corredores dos quartos estavam silenciosos; a atividade dos moradores do castelo acontecia nos jardins àquela hora. Antes de caminhar para meus aposentos, fiz uma parada breve, ponderando se deveria agradecê-la por seu empenho comigo, decidindo por usar um pouco da etiqueta que aprendi.

Bati à porta.

Quase que imediatamente, ela se abriu, e Mia apareceu do outro lado, encarando-me especulativa.

Perdi a fala momentaneamente. Ela estava confortável em sua fina camisola preta de rendas. Mia era uma vampira de rendas e seda transparente. Nunca poderia imaginar que ela usaria algo tão sedutor.

— Ãhh... Você está ocupada?

Ela piscou e hesitou em responder.

— Não, por quê?

— Quero te mostrar uma coisa — disse. Mia aquiesceu com um movimento sutil de cabeça e se virou para dentro do quarto. Nesse momento, tive uma visão da curva da sua bunda, redonda, cheia, suave... Meu corpo se acendeu imediatamente, imagens do que poderia fazer para Mia preenchendo-me pouco a pouco.

Era errado estar ali, mas eu não desejava estar em qualquer outro lugar.

Para minha sorte, Mia escondeu a camisola sob um casacão de pele de lontra, e imaginei o horror de Beast se visse isso.

Foi o que me distraiu, até perceber que...

Não, inferno, não, ele nunca a verá tão descomposta assim.

Sobre o casaco, ironicamente, ia uma espada mais curta do que a que usou no jantar.

Quantas espadas ela tem?

Mia saiu do quarto e caminhou ao meu lado, sem perguntas, mesmo quando subimos todas as escadas e eu indiquei uma última. Ela sabia que nos levaria às ameias, afinal, conhecia King Castle como a palma da sua mão.

Ao sairmos para a noite fresca, ouvi seu suspiro e reconheci o motivo. Sim, Alkmene era linda sob a luz das estrelas.

Mia espalmou as pedras da ameia e eu caminhei pelo adarve, afastando-me. Ela me seguiu, ainda em silêncio, mas era algo bom, nada constrangedor.

Nos deleitamos com a visão da ilha, das luzes artificiais que cobriam Bloodmoor, da escuridão da floresta de Taywood até as montanhas de Irindill.

Mia seguiu o meu olhar para o oeste.

— Quem está no comando das Minas Irindill, agora? — Ela pareceu receosa por perguntar. Eu compreendi. Tudo que Mia fez desde que chegou à ilha foi fazer curiosas perguntas.

— Gusero. Sua alcateia não cresceu muito. Ele é ainda mais irracional que o pai era. E arcaico.

A extração de minério de ferro, às margens do rio Irindill, estava desativada havia tanto tempo... As minas pareciam desertas, ninguém queria ter de lidar com Gusero e seu grupo desequilibrado. Para os turistas, seguir a trilha em Taywood, que levava às minas, também era tarefa improvável, a entrada estava coberta de árvores retorcidas e trepadeiras espinhosas, que brotavam desde a pequena cidade a oeste.

— Alkmene não podia ser perfeita, não é? O que seria do seu reinado sem um pouco de *shifters* loucos e uma ameaça de vampiros fora da Aliança?

Ela me fez sorrir.

Mia voltou a observar a cidade do rei, que havia crescido exponencialmente. Era agora uma linda cidade.

— Também gosto da vista do outro lado do castelo, às vezes, podemos ver um pedaço de gelo que se desprendeu, trazido sem pressa por uma corrente marítima.

Foi sua vez de sorrir, discreta, apenas um levantar de lábios.

— Eu amava vir aqui e observar a aurora boreal. — Ela olhou para o céu estrelado. Em seguida, me encarou. — Com um pouco de sorte, teremos uma bem bonita no *Samhain*, quando for coroado.

— Com um pouco de sorte, serei coroado — brinquei, mas Mia não achou graça. No lugar do sorriso, sua expressão era séria e contrariada.

— Você *será* coroado no *Samhain*.

— Obrigado por sua confiança em mim.

Desviei a atenção para o céu, admirando as estrelas. Não deveria dizer coisas tão pessoais, mas falar com Mia era tão fácil que, por um momento, esqueci que era minha *Lochem*.

— Ainda que não possamos contemplar o sol... fico feliz com as estrelas. E eu gosto que possa ver a constelação de quem herdei o nome.

Quando o silêncio se prolongou, desviei o olhar para ela, apenas para descobrir que estava atenta a mim com aqueles olhos incríveis.

— Você sabia que é uma tradição da família Bloodmoor dar aos primeiros filhos dos primogênitos nomes de constelações, ou de corpos celestes para enaltecer a liberdade que o céu noturno nos proporciona?

Mia negou com um movimento de cabeça, e seus lábios se moveram em um meio sorriso.

— Sempre pensei que isso fosse algum tipo de fetiche da realeza. E achava estranho Conde Donn, filho do Duque Vallen, não seguir a mesma regra. Agora, entendo. — Seu sorriso se ampliou e pude ver as pontinhas afiadas dos caninos, mas foi breve e ela logo se recompôs.

Por que não sorria amplamente? Eu desejava guardar na memória o som da sua risada.

— Orion era um poderoso gigante, filho de Gaia e Poseidon. Com o tempo, tornou-se um exímio caçador, esbelto e atlético, uma bela figura, assim como eu, cobiçado pelas mulheres e pelas deusas. — Mia fez um enorme esforço para não revirar os olhos. Achei engraçado e prossegui: — Ele se casou primeiro com Side, mas ela era arrogante por causa da sua grande beleza, e acabou sendo morta por Hera, por ter se gabado de ser mais bonita que a deusa. Depois de muito caminhar, Orion foi consolado de sua viuvez por Mérope, princesa de Quios, por quem se apaixonou perdidamente, mas ele não estava com sorte, pois o pai dela o embebedou e o cegou com uma espada e o expulsou de lá.

— Incrível.

— O quê?

— Que seus pais tenham lhe dado o nome de alguém com tão pouca sorte.

Ela me fez rir.

— Espere. A história não acabou.

— Tem mais desgraça? Oh, claro... é uma lenda grega. Certo, continue...

— Orion caminhou até que a deusa da aurora o encontrou, apaixonou-se por ele e decidiu ajudá-lo. Com um pouco de magia, recuperou a visão. Ficaram um tempo juntos, mas o amor deles não durou, e Orion partiu para novas conquistas.

— Típico.

— Shhh... Por fim, Orion encontrou Ártemis, ou Diana, que também era exímia caçadora. Eles ficaram muito amigos e caçavam juntos durante o dia, e à noite sentavam-se ao redor da fogueira e contavam aventuras. Com o tempo, apaixonaram-se e se casaram. Diziam que Ártemis era a deusa da Lua, tal como seu irmão, Apolo, era o deus do Sol. Os irmãos caçavam juntos e, quando um guerreiro se tornava melhor caçador que eles, o matavam. O que fez com que ela tivesse gosto por sangue. Enciumado, Apolo enviou um escorpião gigante para matar Orion. Eles lutaram, mas a espada do guerreiro não podia perfurar a mágica carapaça do escorpião, porque ele não era um deus, e lutaram e lutaram, até que o animal lhe aplicou um golpe mortal com o venenoso ferrão da sua cauda. Ártemis surgiu e, ao ver o escorpião pronto para levar seu amado em uma das garras, atirou nele uma flechada que lhe penetrou a couraça, matando-o. Mas era tarde para Orion, que morreu nos braços de sua amada. Ártemis, chorando, pediu ao seu pai, Zeus, que levasse seu amado para o firmamento, e assim fosse eternizado. Apolo fez o mesmo pedido, que levasse o escorpião, pois ele havia vencido a batalha contra Orion. Zeus atendeu ao pedido de ambos, mas os colocou em posições opostas. Então, Orion surge quando é outono e desaparece no brilho do sol, no verão. Na verdade, isso lembra muito a minha vida, sobre o verão e outono...

Mia estava pensativa.

— Aqui em Alkmene, talvez. Mas, do hemisfério sul, é possível avistar a constelação de Orion sempre — falou com simplicidade.

— Esteve no hemisfério sul? Lá é perigoso demais para nós.

— Sim, eu sei. E é igualmente perigoso para os rebeldes. Mas só estive lá uma vez.

Ela estalou a língua antes que eu pudesse aprofundar o assunto.

— Quer dizer, então, que você tem o nome de um gigante caçador, que só se dava mal com os parentes de suas mulheres? Isso é horrível.

— Quer dizer isso ao rei? — Mia negou, movendo a cabeça, divertida. — Aproveite e cace do fato de seu nome significar Columba, a constelação da Pomba.

— Não mude de assunto, estamos falando do *seu* nome.

— Tem razão, mas acredito que escolheram Orion por causa do nome da minha avó, e não por qualquer tragédia grega.

— A falecida rainha-mãe se chamava Alnilam — respondeu, cética.

— Que é o nome de uma das três estrelas do cinturão de Orion.

— Oh. Curioso...

— E você? Por que se chama Mia? — Ela sorriu um pouco mais dessa vez, e eu gostei do som que deixou seus lábios. *Escutei a risada dela, e vi o seu sorriso quase completo pela primeira vez. O som era ainda melhor do que eu imaginava.* — Por que está rindo?

— Porque não faço ideia... Vossa Alteza sabe, eu venho de uma linhagem de guerreiros, meu pai lutou ao lado do seu, assim como todos antes dele lutaram pelo clã. Meu avô materno foi conselheiro no reinado do seu avô, minha mãe foi educada na corte. Talvez... tenha pensado que eu fosse seguir a parte "diplomática" da família, caso contrário, teria me dado um nome mais intimidador.

— Tipo o quê? Storm? Merida?

Mia riu um pouco mais.

— Ou Ártemis... — ela disse, e foi tão nítido quando se deu conta de suas palavras, pois arregalou os olhos, apressando-se: — Quero dizer... acho que... a história ficou na minha cabeça.

Meu coração resolveu escolher aquele momento para dar um giro dentro do meu peito.

— Sim...

— Alteza, eu... soube que hoje se encontrou com Constance.

— Soube?

Mia manteve a expressão leve, mas seus dedos apertaram a lapela do casaco, sinal claro do seu desconforto.

— Seria ela sua... — Mia considerou as palavras seguintes e torci para que não dissesse *Ma'ahev*. — Side? Ela não me parece ser do tipo caçadora... Se bem que ela pode ser sua princesa, cujo pai quer te cegar... afinal, ele não deve te apreciar muito, sobretudo se souber que o chama de Duque de Merda. Ah, não me olhe assim, eu ouvi você conversando com Echos, sinto muito.

Mia foi sarcástica, e, apesar do tom jocoso, não consegui acompanhar seu sorriso.

— O que foi, Alteza?

— Não confio em Astradur. Na verdade, há algo bastante errado com ele.

— Como assim?

— Sei que parece leviano suspeitar de alguém desse jeito, sem nenhuma prova. No entanto, o Duque de Mer... Astradur tem se comportado estranho de uns tempos para cá. Vou explicar como conseguiu sua posição: ele ficou no lugar do último conselheiro, de quem era assistente, porque estava envolvido na melhoria das construções de Vale Potenay e Baía Cachalote. Sei que meu pai tinha a intenção de que fosse temporário, mas o maldito Astradur era bom na função e foi ficando, e ficando... até que se tornou permanente. Minhas desconfianças começaram quando percebi que vez e outra ele tem conversas com alguns empregados do castelo, mas sempre de maneira oculta, nada muito transparente, a ponto de cessar o assunto e dispensar o empregado quando qualquer um de nós se aproxima, sempre mantendo um sorriso no rosto. Também se dá muito bem com Bali Haylock...

— O aristocrata, governador de Gila.

— Sim, esse mesmo. Lorde Haylock e eu estamos em lados opostos em muitas questões políticas. Mas, embora ele tenha posição no clã que permite que conteste livremente minhas propostas, Astradur, não.

— Acredita que lorde Haylock seja garoto de recados do Duque Real, um joguete?

— Não sei no que acreditar, Mia, porque enquanto Astradur e... Constance, têm um projeto para a construção de uma cidade hoteleira em Alabar, Haylock fecha cada vez mais as fronteiras de Gila, não permite pousadas, tampouco abrigos vampiros.

— Mas Gila é uma *aldeia tecnológica*, Alteza, é natural que mantenham os forasteiros longe, é de lá que a maior parte do nosso armamento vem. Não seria cauteloso ter qualquer um por perto.

— Sim, eu sei, mas... Não te parece estranho que, mesmo com tanto minério em barras estocado no subsolo, Haylock esteja fazendo constantemente pedidos de insumo orgânico?

— Não há fazendas em Gila. Do que se trata?

— O Duque de Merda mantém registros confidenciais. Mas qual o motivo para que as contas de Gila sejam tão secretas? E mais, seria de se esperar que Bali Haylock ficasse próximo a Darius, mas eles pouco interagem, apenas quando há uma encomenda de armamento feita pelo General.

Mia ficou cada vez mais tensa conforme meu relato avançava.

— O rei sabe disso?

— Meu pai está cheio de assuntos e providências para lidar. Se eu aparecer com suspeitas, sem provas, o rei não terá embasamento para dar início a uma investigação. Vou contar a ele assim que tiver certeza.

— Podemos fazer algo a respeito.

Seguiu-se um momento de silêncio, enquanto eu absorvia a visão à frente. Apenas a possibilidade de haver algo de errado dentro do nosso próprio clã fez Mia exibir sua postura séria, o olhar de quem estava pronta para desembainhar a espada.

— Lembro-me de quando éramos crianças... séculos atrás, da garota impertinente que teve aulas comigo. Mas quem é você agora, Mia?

Ela deu de ombros.

— A mesma garota impertinente de sempre, com alguns séculos a mais. Eu... não sei o que quer saber, não sou uma pessoa misteriosa. Aliás, Vossa Alteza conhece tudo que há sobre mim. Meu pai foi General por muito tempo, até que morreu quando eu era menina. Minha família materna pertencia à corte. Vossa Alteza e eu tivemos aulas juntos, e com outros aristocratas irritantes. Depois que concluí minha formação militar, em nome da memória do meu pai, decidi me tornar a melhor guerreira vampira, e sou muito feliz no meu trabalho. Meus pais eram maravilhosos comigo, eles me deram base sólida para ser quem me tornei. Acho que a única coisa que eu tenho... ou melhor, tinha, que foi minha mãe quem me deu, era a boneca que Vossa Alteza *roubou* de mim.

Acompanhei seu relato com todo interesse, até o momento em que citou a tal boneca. Ri, mas Mia não achou a menor graça.

Nos encaramos por um tempo, e quanto mais eu a observava, mais eu queria conhecê-la.

— Vamos descer?

Retornamos para o corredor dos quartos, o meu ficava antes do dela e por isso pedi que esperasse um pouco.

Mia não fazia ideia.

Quando voltei para o corredor com a boneca, presenciei um lado dela que pensei não existir: estava emocionada e impressionada.

— Você guardou minha boneca por todo esse tempo?

— Como um suvenir, *cara mia*. — Antes que ela pudesse sair do torpor de felicidade pela boneca e ficar brava pelo trocadilho, emendei: — Estou contente que seja você a minha *Lochem*.

Ela segurou a boneca com devoção, olhando-a com carinho. Quis tocá-la naquele momento. Nunca o fiz, depois que nos tornamos adultos, e com certeza não estava interessado em puxar suas tranças. Ergui a mão, mas parei no meio do movimento. Precisava ser forte. Concentrar-me nos desafios de me tornar rei e passar pelo período em que mais tinha fome de ter uma mulher sob ou sobre mim.

— Vou viajar amanhã, enfrentarei o debate político, minha primeira tarefa — eu disse, mesmo sabendo que Mia tinha total conhecimento dos meus passos. Este era o único dos desafios em que minha *combatente* não poderia estar comigo. Levaria Beast e Echos, além do destacamento da guarda para me acompanhar. — Vai ficar dois dias sem mim.

— Não vou sentir sua falta, se é isso que está querendo dizer, Alteza.

Ela me fez rir, quebrando a monotonia silenciosa do corredor.

— Será?

Não me respondeu de imediato, parecendo considerar algo em seus pensamentos, quando, por fim, disse:

— Irá se sair bem. Desde que siga o que combinamos. Cuide apenas da maneira que se expressa. Não faça piadas sobre o Batman — aconselhou.

— *"Tornamo-nos odiados tanto fazendo o bem como fazendo o mal."*

Mia sorriu enviesado. Seu olhar transbordava reconhecimento, mas respondeu:

— Descanse, Alteza.

E partiu, com a boneca, sem olhar para trás.

Aline Sant'Ana e Clara de assis

Dez

Mia

Àquela altura, eu já sabia como o príncipe Orion Bloodmoor ficava lindo quando sorria. Àquela altura, o perfume masculino dele, com fundo de canela e notas que eu ainda não havia descoberto, era a fragrância mais potencialmente sedutora que já senti. Àquela altura, o corpo do príncipe era o mais luxurioso que meus olhos já puderam ver. Àquela altura, as íris rubras, junto ao cabelo ônix, cheio e liso, eram o conjunto perfeito para causar reações físicas em qualquer espécie do sexo feminino. Eu via a maneira que olhavam para ele, e redobrava a cautela para não destinar a Orion o mesmo olhar.

O futuro rei do clã dos Redgold não era só um conjunto de corpo perfeito, sorriso de abalar estruturas, perfume enigmático e rosto irritantemente bonito.

O problema estava no simples fato de ele ser... mais do que isso.

O príncipe guardou a minha boneca durante séculos. Indiretamente, teve alguma fé de que eu voltaria para casa, quase na mesma desproporção da minha, já que nunca pensei sequer na possibilidade de morar em King Castle mais uma vez.

Naquela noite, Orion mostrou um lado seu que eu desconhecia. Disse todas aquelas coisas sobre seu nome, suas suspeitas de Astradur, sobre quem éramos. Causou-me reações físicas e emocionais, e me vi despreparada para mensurá-las. Isso sem considerarmos o cenário, um dos meus favoritos de toda Alkmene.

Então, foi embora para encarar seu primeiro debate político.

King Castle ficou quase em silêncio absoluto. A presença do príncipe valia por dezenas ou centenas de almas. Quando percebi isso, um vazio desconhecido tomou meu estômago, quase como se estivesse vivendo em constante desnutrição.

O que foi ainda mais ridículo constatar que aquela sensação física era *saudade*.

Por mais que eu tivesse dito que não...

Eu senti falta dele.

E não uma lembrança casual e despreocupada. Senti a angústia agarrar-se à minha garganta.

Apenas dois *malditos* dias.

Não era um tremendo absurdo?

Terminei de moldar os cabelos em uma trança embutida e longa. A roupa que escolhi era uma calça de couro vinho e um corset maleável perfeito para luta, em tons de vinho e ouro branco, com rendas e arabescos que exibiam um pouco da pele. Encarei-me no espelho, percebendo que estava pronta. Só faltava uma coisa. Procurei sobre a penteadeira, e encontrei um batom na mesma tonalidade da calça.

Cobri o lábio inferior, e estava quase terminando o superior quando soou uma batida na porta.

— Entre.

— Senhorita Black, o príncipe Orion a aguarda. — Alte usou o tom de voz monótono e tranquilo. O buraco no meu estômago foi preenchido assim que escutei seu nome. — O príncipe lhe mandou um recado.

Foquei nos olhos de Alte pelo reflexo do espelho.

— Sim?

— Hum... O príncipe Orion mandou dizer estas exatas palavras: Diga à Mia que senti sua falta, e que mal posso esperar para revê-la.

Abaixei lentamente o batom e estreitei os olhos. Algo se agitou em mim, mas abafei o sentimento. Precisava buscar o lado profissional que tanto havia me faltado desde que reencontrei o príncipe, por mais que eu lutasse para não perder a minha essência.

— Diga a *Vossa Alteza* que o encontrarei na biblioteca.

Alte concordou, fechou a porta e eu voltei a focar no espelho, terminando de passar o batom. Demorou apenas um segundo para eu me observar: a roupa sensual, os cabelos presos e bem arrumados, a maquiagem...

Isso tudo era...

Eu passei um batom nos lábios apenas para reencontrar Orion?

Quase arranquei-o, até escutar o relógio do quarto sinalizar que já estava atrasada.

Maldito!

Nos últimos trinta e dois minutos, tentei ignorar a sensação que corria sobre minha pele na mesma velocidade dos *shifters*, quando estavam atrás de uma boa caça.

Orion Bloodmoor estava conseguindo ficar a cada dia mais bonito, e aquele perfume dele...

Também havia a roupa, que estava me irritando profundamente. Não poderia ser mais inapropriada. Era uma camisa feita por algum alfaiate que teve a péssima ideia de se inspirar no século XIX. A peça feita de algodão e, a princípio, sem colarinho e sem punho, extremamente decotada no peitoral, era uma afronta. Além de tudo, era possível vê-lo através do tecido fino. Resumindo? Seria mais apropriado ele estar sem roupa. Fora que Orion optou por uma calça de couro preta, justa em cada saliência, músculo e parte do seu corpo que eu precisava afastar da minha cabeça.

Eu nunca esqueceria do olhar que ele me deu assim que nos reencontramos.

— Sentiu a minha falta, Mia?

— Queria dizer que sim, para amaciar seu ego, Alteza, no entanto, como tenho a liberdade de lhe dizer o que penso, enquanto sou sua *Lochem*, posso lhe afirmar que não.

Orion Bloodmoor desceu os olhos por mim.

— Sabe, Mia. Sua voz estremece em algumas vogais quando você está mentindo. É uma coisa que tem desde criança, e nunca vou me esquecer de quando descobri. Foi em um momento em que mentiu para mim sobre ter bebido o último O+ da cozinha. — Sorriu. — A letra vibra em sua boca, e geralmente é bem sexy, exceto que sei que é uma mentira. *Lochem* saiu como *luuurrem*. E, caramba, é... você sentiu a minha falta.

— Vamos para a aula, Alteza.

Orion umedeceu a boca, sorrindo sedutoramente.

— Como quiser.

— Concluído, minha *Lurrem* — Orion imitou minha maneira de pronunciar a palavra, e me entregou uma série de folhas rascunhadas à mão.

Quando nos sentamos à mesa de estudos, parabenizei-o por ter vencido com tanta folga o debate, que assisti pelo celular, e ainda bem que Echos filmou. Orion ficou lindíssimo no palco, discutindo, usando um sarcasmo sutil e respostas rápidas. Depois de cumprimentá-lo, fiquei em silêncio. Não escorreguei novamente dentro de uma intimidade que não poderíamos ter. Dei a ele uma tarefa que pensei que renderia um dia inteiro.

Mas Orion já havia finalizado.

— Você estabeleceu uma nova rota de comércio para importação e exportação em trinta minutos? — Tentei manter a calma.

Orion se recostou na cadeira, suspirando fundo.

— Eu sabia que o segundo desafio seria esse. Enquanto estava viajando e debatendo com o príncipe rival, acabei tendo um *insight* na primeira noite. — Orion focou os olhos vermelhos em mim e sorriu. Com os caninos à mostra e tudo. — Longe de você, consegui pensar com bastante coerência, Mia Black.

Comecei a ler o que ele tinha feito, meus lábios se entreabrindo a cada palavra. Orion mapeou um processo com setas, quadrados denominando países e, sobre as setas, métodos para importarmos e exportarmos. Ele até legendou e colocou explicações metódicas. Aquela era uma proposta eficaz, indicando exatamente no que Alkmene estava falhando e como poderia melhorar. Fiquei um bom tempo olhando as páginas, estudando-as, consciente de que os papéis refletiam o meu próprio pensamento sobre a ilha.

— Isso é perfeito, Alteza.

— Surpresa?

Voltei minha atenção para Orion.

Ele tinha... *alguma coisa* hoje. Uma intensidade incapaz de ser descrita.

— Um pouco.

— Eu quero partir para a luta — desconversou, jogando o cabelo lindíssimo para longe do rosto. — Você sabe que sou terrível nisso.

Ergui a sobrancelha, sabendo da ironia de suas palavras.

— Eu sei?

Orion me encarou, sorrindo, abusado.

— Você sabe que vai acabar comigo.

Pressionei os lábios para não rir, me sentindo leve pela primeira vez em dias. Eu sabia o que era isso. Senti mesmo a falta de Orion, da conversa dele, da maneira que sempre me empurrava para um precipício de gargalhadas, e eu tinha a necessidade de manter a pose profissional.

— Você pode rir, se quiser.

Levantei da cadeira e guardei suas anotações dentro de um livro sobre comércio marítimo.

— Você quer lutar? Ótimo! Primeira coisa que vai ter que aprender é sobre o respeito que terá que oferecer à arma que carrega. Vou te passar o ensinamento da Divisão Magna, que será perfeitamente aplicável, e o que também precisará reconhecer, como rei — joguei a informação, levando-nos mais uma vez para a zona segura. Orion estreitou aqueles olhos lindos, os cílios negros causando uma sombra suave. *Por que eu estava reparando nisso?* — Regra 1: Respeite a arma que está com você. Nunca, em hipótese alguma, abaixe a guarda. Ela pode ser tão letal com o outro, como para você. Regra 2: Entenda o inimigo. Entenda o cenário. Reconheça tudo que está ao redor, antes de lutar. Se não houver tempo para isso, faça ter. É imprescindível mapear o cenário para compreender o que poderá usar como ataque ou defesa.

— Mia...

— Não me interrompa, Alteza.

Ele travou o maxilar.

Odiava a ideia de eu estar acima dele hierarquicamente.

Então, sorri.

— Regra 3: Não subestime nem superestime o inimigo. Podemos ser surpreendidos ou inclinados a acreditarmos na facilidade da luta. Espere por tudo quando estiver em batalha.

— Quantas regras são?

— Quatro. — Senti um certo calor começar a cobrir meu estômago. — Já disse para não me interromper.

Orion se recostou na cadeira, confortável, sorrindo.

— Quarta e última regra: "Quem você é? Por que está aqui? O que pode fazer a respeito?". Essas são as três perguntas que sempre deve fazer. Como um guerreiro, tem de entender a si mesmo acima de todas as coisas. Saber suas qualidades e defeitos. Entender o que é possível, e o que não é. Tendo a realidade como base, não há como se fantasiar uma luta baseando-se na arrogância. Você sabe o que é capaz de fazer. Então, faça.

— Acabou?

Respirei fundo.

— Absorveu tudo que eu disse?

— Foi meio difícil. — Orion mordeu o lábio inferior. — Você fica sexy quando fala sobre batalhas e cita regras, achando que vou segui-las.

Ignorei o "sexy" e foquei na segunda informação importante.

— São regras e você terá que citá-las em voz alta na noite do torneio.

Levantei, tentando ignorar a sensação quente que parecia vir crescendo a cada segundo.

Que coisa estranha.

— Vamos, Alteza?

Ele permaneceu sentado.

— Um príncipe sagaz não deve cumprir seus compromissos quando isso não estiver de acordo com seus interesses.

— E quando as causas que o levaram a comprometer sua palavra não existam mais. Isso é Maquiavel, Príncipe Orion. Se for citar a obra, por favor, o faça completamente. E as causas ainda existem, portanto, queira me acompanhar.

Vi o choque em seu semblante. Finalmente se levantou, e começou a me seguir. Virei o rosto para que Orion não me visse sorrir.

— Você gosta de Maquiavel? Que tipo de monstro estão criando na Ordem de Teméria? — Parei de andar e Orion também freou seus passos. — Devo me preocupar? Pois está parecendo que estão preparando um monte de substitutos ao trono.

Abri um sorriso cínico.

— Ninguém me ensinou sobre Maquiavel. Eu leio muito. E, sim, deve sempre se preocupar com tudo que diz respeito ao seu clã.

— Como faz mesmo? Carrega com força?

Segurei a pistola automática adaptada para balas de prata e, com mais cuidado, mostrei o movimento para Orion uma segunda vez.

— Isso. Carregue-a desta maneira, para encaixar. Precisa escutar o estalo. — Apliquei o movimento. — Assim, ouviu?

Ele ficou mais perto de mim e isso fez minhas mãos vacilarem. Coloquei a arma sobre a bancada e dei um passo para trás. Precisava me concentrar. Orion cruzou os braços, e senti uma onda elétrica percorrer minha coluna, quando deu um passo para frente.

— Encaixar e ouvir o estalo. — Abriu um sorriso largo e deu outro passo para perto. Hoje, particularmente, estava me sentindo tão... *esquisita*. — Faz de novo? Eu não entendi.

O príncipe, um vampiro de quase dois metros de altura, estava perto o suficiente para que eu não tivesse dúvidas do que isso significava. A sensação febril, que surgiu mais cedo, começou a migrar para outros lugares do meu corpo. Dentro de mim, pequenas asas começaram a bater no estômago, indo em direção à boca, fazendo meu coração, tão saudável, acelerar.

A fragrância de Orion ficou mais intensa, canela misturada a pecado, sedutoramente densa. Os pelos dos meus braços se levantaram, assim como os da minha nuca, e fui sentindo um prazer zanzando em espiral. Meus seios reagiram, os mamilos duros tocando o tecido rígido do corpete, e eu quase soltei um gemido quando esse prazer alcançou meu umbigo, escorregando um pouco mais para partes que há anos não sentia, com força.

Há anos...

Vinte e cinco anos, para ser exata.

O que significava que eu só poderia senti-lo de novo daqui a mais vinte e cinco anos, para fechar o ciclo de cinquenta anos.

Meu Ta'avanut estava se antecipando?

— Você está bem?

— Perfeitamente.

Peguei a arma sobre a bancada e decidi que não olhar para Orion seria ideal.

Só de ouvir a voz dele... era como se aquele som ecoasse para dentro de mim. E agora tudo parecia pulsar, de acordo com os batimentos cardíacos, implorando para ser fisicamente sentido.

Fiquei tonta, quase perdendo o equilíbrio, e respirei profundamente. Meu *Ta'avanut* me obrigou a olhar para Orion Bloodmoor. Era magnético. As íris dele estavam em chamas, como se soubesse o que eu estava pensando, o que estava sentindo.

Mordi o lábio inferior, desisti da arma e fechei as mãos em punhos, porque, subitamente, me tornei consciente do fator sexual que nunca tive coragem de colocar em pauta. Aquela boca dele me saciaria em todos os lugares, os caninos longos e pontudos raspariam na minha pele, tirando um rastro suave de sangue, enquanto seu quadril poderia vir de encontro ao meu, com seu sexo preenchendo-me entre as curvas molhadas. E eu beberia de Orion Bloodmoor, arranharia suas costas e abriria ainda mais as pernas quando...

— Você tem um vampiro para chamar de seu, Mia? — A voz de Orion veio, me atingindo como um trágico acidente de carro.

O quê?

Entreabri os lábios e tentei tirar da minha cabeça as imagens que envolviam Orion Bloodmoor completamente nu.

— O que disse?

Orion chegou perto demais. Não havia um centímetro que estávamos conectados, mas era como se eu o tivesse em todos os lugares, como se o sentisse dentro e fora de mim, como se...

— Eu perguntei se você tem... — Desceu o olhar para a minha boca. — Um vampiro para beijá-la. E para senti-la. Para saciá-la. Para satisfazê-la. — Inclinou a cabeça, analisando-me melhor. — Você está comprometida, Mia?

— Não — respondi. *Oh, rápido demais.* A necessidade começou a se tornar dolorosa entre as minhas pernas, implorando que eu aproveitasse aquela espécie de vampiro, que eu simplesmente arrancasse minhas roupas e pedisse para esquecer o que éramos... — Eu não tenho tempo para isso. E... Vossa Alteza? Já está pensando em sua futura rainha?

Ele me observou em silêncio e lascivamente desceu os olhos por todo o meu corpo, as íris dançando em fogo e vinho. O corpo de Orion tensionou, e pude ver os músculos do seu peito enrijecerem. Expirou fundo, e eu inspirei seu ar.

Eu me sentia... embriagada *por ele.*

Orion sorriu predatoriamente.

— Não tenho ninguém, mas, sabe... estou em uma época relativamente complicada. Sexo de estremecer as paredes e tudo isso.

Me senti irritada com a possibilidade de ele fazer isso com outra vampira, uma sensação primária de proteção com o que era meu e...

O príncipe? Meu? Jamais!

— De estremecer as paredes, hum? Está no seu *Ta'avanut*, Vossa Alteza? — zombei.

— Oh, não percebeu? — Orion sussurrou, dessa vez, com o olhar fixo na minha boca. — Estou tão... intenso. Você não sente? Um calor quando eu falo, uma sensação meio sufocante de que posso enlouquecer qualquer mulher?

— Eu? Não sinto nada.

— Que pena, Mia. Pensei que pudesse me sentir por inteiro — ele sussurrou —, por estar tão perto de você.

Quando aceitei o convite de Warder, não fazia ideia de que era possível antecipar o *meu Ta'avanut.* Se eu soubesse, jamais teria dito sim. Ainda mais com um príncipe como Orion Bloodmoor envolvido. Ainda mais com um príncipe... em *seu Ta'avanut*, já vivendo a experiência.

Eu não posso perder o foco.

Mesmo que, para isso, precisasse buscar uma maneira de controlar o período fértil em que me enfiava.

Respirei fundo e engoli em seco.

— Não posso senti-lo. Talvez outra possa, não é? — Sorri, sem qualquer humor.

— Talvez nenhuma outra — sussurrou.

Um som abafado se formou no fundo da minha garganta. Prendi o ar quando reconheci ser um gemido.

Oh, inferno.

Eu precisava sair dali.

— Nossa aula acabou por hoje, Alteza. Não se esqueça de enviar aos responsáveis pela sua aprovação, como futuro rei, a proposta de nova rota de comércio. — Fiz uma pausa. — Obrigada.

— Mia...

Fingi que não fui chamada, porque, se eu ficasse perto dele, nos primeiros segundos do meu *Ta'avanut*... Orion Bloodmoor, ao invés de se tornar a minha missão para o sucesso de Alkmene, se tornaria a maior falha cometida em todos os séculos da minha existência.

Onze

Orion

Vale Potenay, ao sul da ilha, era um dos lugares mais calmos de Alkmene. Poucos guardas patrulhavam a área e a maior parte da população da aldeia pesqueira era *shifter* de urso. *Shifters* de lobo também viviam ali, e apenas três por cento dos habitantes de Vale Potenay eram vampiros. Bem... não era realmente um lugar perigoso. Foi o local que escolhi para encontrarmos Mars.

— Ele está muito atrasado, Orion. Sabe disso, não é?

Olhei para o céu, orientando-me pelas estrelas. Um hábito de 500 anos que nunca foi perdido, mesmo com relógios e celulares marcando o tempo.

Anuí, mas, antes que endossasse as palavras do meu amigo e guarda pessoal, ouvimos a voz vinda de algum lugar da escuridão.

— Eu cheguei muito antes do combinado.

Mars.

Ajustei minha visão para o local de onde vinha o som, e, antes que pudesse vê-lo de fato, ouvi sua respiração regular. Mia teria um desgosto se soubesse que nenhuma de suas regras foi aplicada.

Inferno. Um dos motivos para antecipar meu encontro com Mars era justamente desvincular os pensamentos da minha *Lochem* e seu corpo nu e úmido entre mim e uma cama macia. O que havia acontecido na noite anterior poderia ser classificado, no mínimo, como imprudência. Mas foda-se, a vontade era de me lançar de cabeça nisso.

— Precisava ter certeza de que não foram seguidos. Não posso comprometer minha posição. — Agora ele estava a poucos metros de nós.

— É seguro aqui. Meus pais são pescadores e moram logo depois do bosque de taigas.

— Não é um local aleatório. Teríamos, hipoteticamente, motivos para estar aqui — expliquei, e Mars moveu a cabeça, aquiescendo.

— E qual é a emergência, Alteza?

— Quero saber cada passo que o Duque Real der. Os horários que come, com quem se encontra, com que frequência vai a Gila, enfim, quero saber até a cor de suas cuecas. Relatório completo.

— Astradur não põe os pés em Gila há muito tempo... e azul, branca e pretas às quintas-feiras e aos sábados. — Mars franziu o cenho, pensativo.

Beast gargalhou.

— Você está...? — indaguei, perplexo.

Mars sorriu.

— A parte das cores das cuecas é brincadeira, mas todo o restante é sério. — Mars cruzou os braços, o cenho franzido. — O pessoal dele anda se movimentado bastante por lá. Ao menos dois deles costumam visitar as instalações do governador Haylock, um guarda e seu assistente pessoal, mas não o Duque Real. Ele fica muito envolvido com os caminhões de construção em Alabar, junto com sua filha. Parece estar engajado em construir a cidade. O Duque Real parece ter pressa.

— Só isso? — murmurei, mais para mim mesmo do que para eles.

— Não exatamente... — Mars caminhou poucos passos para longe, o vinco em seu cenho ainda mais profundo ao me encarar. — Ele tem passado um tempo significativo nas alas subterrâneas do castelo, mesmo quando é noite... quero dizer, nós estamos na época do ano em que temos sol e lua alternados, ele não precisaria passar tanto tempo assim nos andares inferiores, a menos que...

— A menos que...? — instei para que continuasse.

Mars estalou a língua e se aproximou, sombrio.

— Se Vossa Alteza permitir, posso tomar o lugar do assistente do Duque Real.

Beast e eu trocamos um olhar de entendimento. Um silêncio pesado caiu sobre nós, enquanto eu calculava as possibilidades.

— Faça o que tiver de ser feito — decretei. Nada, nem ninguém, se interporia entre mim e a verdade.

Enquanto voltávamos para King Castle, Beast permaneceu calado, soturno.

— Vai me dizer de uma vez o que está se passando nessa tua cabeça de morcego?

Semicerrei os olhos e tentei não cair na provocação de Beast; ele adorava fazer piadinhas com meu título e minha raça.

— Sei que é sério.

— Sabe, é? — desdenhei.

Beast me parou e nos encaramos.

— Ordenou a morte de um homem. — Ele estava realmente chocado, mas Beast me conhecia perfeitamente bem para saber que o clã Redgold era minha prioridade. Sempre.

— Não ordenei nada.

— Permitiu, o que dá no mesmo. Não me venha com seus joguinhos de palavras. Orion, você não é assim, o que está acontecendo?

— Por acaso essa indignação é você prestes a me listar todos os motivos pelos quais isso seria errado? Porque nenhum deles faria sentido.

— O quê? — Ele exalou, irritado. — Não. Estou indignado que meu amigo não está contando comigo para arrancar algumas cabeças. Sou leal, Alteza. Nos conhecemos desde que nasci e, como eu disse, você não é assim, o que significa que tem alguma coisa muito sinistra rondando seus pensamentos. A não ser, é claro, que sejam seus hormônios tomando o lugar da razão.

Eu não tinha respostas para isso.

— Ouvi o Duque de Merda tramando algo pelos corredores do castelo. Não sei bem o que é, mas nada de bom pode surgir de uma conversa que nunca é continuada na presença de outros. Certo? Há mais.

Beast anuiu.

— Echos já sabe?

— Sim. Encontrei com ele pouco antes da aurora.

— Então, é melhor encontrá-lo antes que durma, esses gatos podem ser bastante preguiçosos... — debochou. — Está tudo bem? Sua cara está ainda mais pálida do que de costume.

— Beast... eu... preciso pensar.

— Como assim?

— Nos encontramos no castelo.

Antes que meu guarda e amigo pudesse pensar, eu já estava longe.

Quando era criança, meu lugar preferido era a cachoeira em Bloodmoor, e, com passar do tempo, Anell Angels se tornou meu lugar para todas as coisas, era meu reinado particular. Mas nenhum lugar seria tão impressionante para mim do que a cachoeira.

Meu intuito era uma noite tranquila e deixar um monte de água gelada cair sobre meus ombros e cabeça. Mas nada era perfeito.

Mia estava sobre a pedra plana, a que eu gostava de ficar, fazendo uma espécie de meditação.

Irritante.

Tudo que eu precisava era de um momento que abstraísse Mia ou qualquer outro dos meus problemas, e não dar de cara com a vampira mais sexy de Alkmene, aquela criatura impressionante usando uma calça justa e vermelha que deixava pouco para a imaginação.

Aproximei-me. A atração que ela exercia sobre mim era forte demais.

Mia estava quieta. Concentrada.

— Príncipe Orion Bloodmoor. — Sua voz soou calma.

Puta que pariu.

— Ei... Você ainda está brava comigo? — Eu não queria imaginar que ela estivesse ali para tentar limpar a mente do que aconteceu entre nós, ou melhor, do que *não* aconteceu.

Mia abriu apenas o olho esquerdo.

Foda.

Voltou a fechá-lo, movendo a cabeça, negando. Mas eu poderia jurar que não tinha a ver com estar ou não brava comigo e tudo sobre não se importar com a minha pergunta.

— O que está fazendo aqui? — perguntou.

— Esse é o meu lugar.

Ela bufou uma risada.

— Qualquer lugar em Alkmene é seu lugar, Alteza.

— Orion.

— Hã?

— Trate-me por Orion, Mia.

Ela torceu os lábios em uma careta descrente, absurdamente sexy e irritante na mesma medida.

Mia permaneceu sentada, com as pernas cruzadas e o dorso da mão sobre os joelhos, de olhos fechados.

Sentei-me ao seu lado, sem me importar em passar dos limites.

— Este é meu lugar preferido, Mia. Eu... precisava vir aqui e colocar nos eixos o que aconteceu hoje.

Ela parou com aquela coisa de meditação e virou o rosto para mim.

— O que aconteceu hoje?

— Não sei se estou preparado para liderar o clã.

— Como assim? — Pareceu confusa.

— Você já decidiu que alguém poderia viver ou não? — No mesmo instante que a pergunta saiu, quis bater minha cabeça contra a pedra. Caralho.

Ao invés de se sentir incomodada, Mia sorriu um pouco.

— Eu acho que sou capaz de entender.

Mia pareceu inquieta, como se precisasse organizar suas ideias para dizê-las.

— Nós sabemos que, após o vírus que assolou a humanidade, sofremos uma alteração genética. Acho que já não importa de onde vieram ou como as coisas aconteceram, e sim, o que faremos para mudar essa condição. Já fomos caçados como monstros, já passamos por estágios bestiais, e a cultura popular adora nos retratar das mais diversas e estranhas formas. Hoje, estamos matando uns aos outros, Alteza. Percebe a *profundidade* disso? Somos tão poucos... seria terrível me levantar uma noite e perceber que sou a única em minha condição condenada. Pare para pensar em quão cruel é assistir morrer todos com quem nos importamos. E outros, como nós, estão morrendo pelas mãos de sua própria raça. Então, sim, devemos escolher quem vai deixar de existir: nós ou eles.

— Acredito que importa de onde viemos, como nos tornamos assim e o que somos. Biologicamente, esse questionamento pode nos mudar ou... amenizar. Por isso, criamos Alkmene e demos tanto foco a Rosys, uma cidade criada para ser o maior centro de medicina tecnológica do mundo. Vivemos bem aqui, Mia, justamente por não nos esquecermos que, se voltarmos à irracionalidade dos nossos ancestrais, nunca encontraremos um modo de sair disso. Essa constatação me dá o direito de escolher entre a vida de quem me apoia e de quem não apoia?

Ela balançou a cabeça e voltou a atenção para meus olhos.

— Nunca pensei por esse ponto de vista e tem razão, Alteza. O problema é que *eles* já estão escolhendo. A imposição dos rebeldes em relação à monarquia... me diga, Alteza, é direito de *quem* contestar a ponto de matarem por um ideal? Eles já estão matando, o que estamos fazendo é revidar.

Diante das palavras de Mia, meu último pensamento me assustou: essa vampira é magnífica como guerreira, mas seria ainda melhor como uma rainha.

Doze

Mia

A música clássica me remeteu à infância, séculos atrás, e ao momento em que vi Orion Bloodmoor sendo apresentado à sociedade vampírica, como príncipe, pela primeira vez. Inclusive, me provocando ao mostrar Natassa entre suas roupas.

Abri um sorriso ao ver o salão de King Castle tão cheio de melodia e vida.

Estávamos na primeira noite oficial do torneio, para o terceiro desafio de Orion Bloodmoor: a luta. A cerimônia era no King Castle com bailes, jogos e jantar. Isso não importava muito agora, porque a meta era que Orion conseguisse vencer.

No tempo que passou, dividi as tarefas, falamos sobre as armas e posições defensivas. Dias longos de treinamentos, sem ser necessário o combate físico, tendo em vista que ele foi muito bem preparado para isso desde criança.

Orion já havia sido aprovado em outras fases, sendo a rota de comércio um de seus grandes feitos, elogiadíssimo pelo conselho. Agora, faltava pouco, e eu estava otimista de que ele seria capaz de passar pelo atual desafio com maestria.

Penteei os cabelos compridos. O vestido escolhido foi um longo e armado, com um tecido quente de veludo, corpete justo, decote ombro a ombro, não expondo meus seios, mas evidenciando o colo. Optei por um colar de rubi e ouro branco, com um pingente em formato de coração.

E, agora, horas depois, eu estava pronta para descer as escadas.

Segurei no corrimão e senti os olhos de todos sobre mim, mas quem magneticamente chamou a minha atenção não foi uma pessoa aleatória. O príncipe dos vampiros vestia-se formalmente: luvas negras, sapatos envernizados, camisa social preta com um colete na mesma tonalidade e um fraque ônix, que parecia brilhar sob as luzes do salão. Ao invés de usar uma gravata, Orion Bloodmoor estava com um lenço liso preso por um broche com o brasão dos Redgold, que brilhava em ouro. A única cor que se destacava de todo o resto era o dourado do broche. Respeitosamente, ninguém no salão deveria usar dourado e preto, todos sabiam que a combinação era o símbolo dos Bloodmoor. O tecido preto, na perfeita ausência das cores, nunca foi tão sedutor.

Orion ficou ao pé da escada, para recepcionar-me como sua *Lochem*. Não era a tradição. Geralmente, pela relação *Lochem*-Príncipe ser apenas entre seres do sexo masculino, era pressuposto que não houvesse tanta cortesia. Mas Orion pareceu fazer questão de me recepcionar. Desci degrau a degrau, a sensação do *Ta'avanut*, que tanto tentei ignorar toda vez que estava perto do príncipe, vibrando em meu sangue, como uma chama que se acendia, e não havia nada que pudesse fazer para apagá-la.

Cheguei ao térreo e Orion Bloodmoor foi tudo o que enxerguei. Ele estendeu a mão coberta para mim, oferecendo apoio.

— Senhorita Black — formalmente cumprimentou-me.

— Alteza.

Orion sorriu.

— Apenas segure a minha mão, Mia.

— Certamente.

Apoiei a ponta do meu indicador na palma de Orion, e escorreguei a mão pela dele.

Mas aí parei.

Encarei-o, chocada.

Mesmo com um tecido nos separando, senti um certo choque me alcançar. Assustada, puxei a mão de volta.

— Acho que vou descer sem o seu apoio.

Orion ficou em silêncio, encarando sua mão, com o cenho franzido.

— Como quiser, Mia.

Ficamos lado a lado.

— Está pronta?

Abri um meio sorriso.

— *Eu* deveria perguntar isso.

Orion encarou seu povo. Eu vi o nervosismo cobrir seu rosto, quando mordeu o lábio inferior e, em seguida, suspirou fundo.

— Estamos prontos, certo?

— Você é o mais valente, inteligente e guerreiro dos príncipes dos vampiros, Orion. Não há nada esta noite que o impedirá de provar isso.

Ele me encarou, exibindo um sorriso de tirar o oxigênio da Terra.

— Então vamos.

O rei fez o pronunciamento oficial, recebendo o apoio dos seus conselheiros, incluindo o Duque Real. A rainha, mãe de Orion, ressaltou o orgulho de presenciar o primeiro torneio do seu filho. Serviram as mais diversas iguarias culinárias, debateram sobre a política de Alkmene, fizeram jogos de salão e depois assisti a torneios de lutas na parte de fora do castelo, até chegar ao inevitável momento do desafio de Orion, dentro do salão. Eu tive apenas aqueles cinco minutos iniciais com o príncipe, e não pude desejar a ele boa sorte.

Mas Orion não precisou disso.

Substituiu as vestes de gala por uma roupa cerimonial de luta, para batalhar contra o príncipe de outro clã. Ele venceu com folga, mais uma vez, e eu precisei conter a sensação de orgulho que engoliu meu coração. Segurei a voz, porque quis gritar por ele e adorá-lo, como todos fizeram.

Me contive.

Além disso, precisei ignorar as sensações do meu corpo ao vê-lo lutando. Eu era uma guerreira, estava acostumada a ver vampiros guerreando, endeusados, defendendo territórios e salvando vidas, e nunca tive a sensação primitiva de excitação com a luta. Orion nem estava em uma batalha real, não estava defendendo uma criancinha, muito menos Alkmene, sequer a própria vida.

Mas o arrepio veio em uma onda insuportável. Me manter em pé, estabilizar os joelhos, pareceu impossível. Meu corpo aqueceu, pedindo e implorando por algo que eu nunca poderia dar a ele. E quando Orion encerrou a batalha, com a espada passada de geração para geração colada na jugular do outro príncipe. Buscou meus olhos, eu senti aquele vampiro *em mim*.

Foi como se ele soubesse a química que havia entre nós.

Estava certa de que a incômoda sensação iria passar em algum momento.

Claro, se ignorarmos as reações do meu corpo, tudo estaria indo bem. Orion estava rodeado de amigos, incluindo Beast e Echos, e, até o momento, nada de extraordinário aconteceu. O problema começou quando Constance se aproximou dele, afastando inclusive os amigos de Sua Alteza.

Fel preencheu minha boca.

Ela era a única que vestia dourado, como se já fosse parte da realeza, como se fosse a própria rainha. Constance se aproximava, Orion se esquivava. O vestido dela era justo, muito moderno, brilhante, curto e usado como uma segunda pele, contradizendo a tradição vampírica.

Sentindo-me amarga, agarrada à taça de sangue, vi Constance cometer uma gafe ao espetar o príncipe com um dos pingentes da sua pulseira. Uma gota vermelha saiu da ponta do dedo de Sua Alteza e ela limpou com um lenço minúsculo. Quando percebeu que o sangramento não cessara, pediu mil desculpas até, subitamente, levar o dedo do príncipe à boca.

Eu vi o pomo de Adão dele descer e subir. Constance sorriu, vitoriosa, e disse um audível "perdão, meu príncipe". A filha do Duque Real se aproximou, cochichou algo em seu ouvido, e virou as costas para ele.

Aparentemente, Constance seria mesmo a futura rainha.

Se ele continuasse a olhá-la como se a quisesse.

— O que faz sozinha em uma noite tão bonita?

— Senhorita Constance.

— Sem formalidades. Eu estava aqui e pensei que, talvez, pudéssemos ser amigas.

Constance sentou ao meu lado. Eu estava afastada, buscando paz de espírito depois do que vi, e me culpando mentalmente por ter sentido ciúmes.

Não poderia fazer isso comigo mesma. Era corrosivo, doloroso e eu não estava conseguindo entender o porquê. Coloquei na minha cabeça que isso se tratava apenas do *Ta'avanut* e, automaticamente, relacionado ao desejo que vinha sentindo por Orion Bloodmoor, como se ele fosse propriedade minha.

E isso não estava certo.

Então, ergui a cabeça para Constance e abri o mais largo dos sorrisos.

— Como chegou à conclusão de que podemos ser amigas?

— Oh, você sabe, como *Lochem* de Orion e, suponho, muito amiga dele...

— Alteza.

— Ah! — Ela riu. — Não precisa me chamar assim ainda. Não fui pedida em casamento pelo príncipe.

— Eu estava falando que deveria chamá-lo pelo pronome de tratamento. Vossa Alteza, e não Orion. Pelo menos, até ser pedida em casamento.

— Vou ser, sim. — Constance aproximou o rosto para falar ao meu ouvido. — Sou a *Ma'ahev* de Orion Bloodmoor. Fomos feitos um para o outro. Quando o toco...

Passei a ignorar Constance porque, a passos largos, o motivo da conversa foi se aproximando até parar à nossa frente. Os olhos de Orion não foram para Constance, se fixaram em mim. Com um inclinar de cabeça, percebi que me estudava.

— Peço licença para conversar com a minha *Lochem* em particular, Constance.

— Claro, querido.

Ela levantou e deu um beijinho em sua bochecha, antes de começar aquele mesmo rebolado estúpido e ir embora dali. Orion não focou os olhos naquela parte da anatomia de Constance.

— Parabéns pela vitória, Alteza.

Orion pareceu confuso por alguns segundos.

— O que houve?

— Estou parabenizando-o pelo excelente desempenho na luta.

— Você está sendo fria.

— Bem, na verdade, eu sou uma vampira, o que, por teoria...

— Mia.

— Estou sendo profissional.

Orion ficou em silêncio. Ele sentou ao meu lado, apoiando os cotovelos nas coxas musculosas, e virou o rosto para me olhar. Eu estava encarando à frente, através de uma das grandes portas, o salão de King Castle. Lá, havia mais luz, e as pessoas não paravam de dançar.

— Você parece a mil quilômetros de distância. Então, vou perguntar mais uma vez: o que houve?

Irritada, virei a cabeça e encarei-o bem nos olhos. Estávamos com os rostos próximos o suficiente para eu sentir a respiração dele em meus lábios.

— Você sentiu o *Ma'ahev* pela Constance? Sentiu que ela é sua alma gêmea?

Ele ergueu uma sobrancelha.

— Não.

— Bem, ela alega ter sentido.

— Se Constance tivesse realmente sentido, por que não senti também? Era pressuposto que ambos experimentassem a sensação no mesmo segundo. Só pode ser loucura dela.

— Eu acho curiosa a forma como faz tão pouco caso de uma mulher que se tornará a Rainha do clã Redgold.

— O quê?

— A maneira que a olha e conversa com ela passa a imagem contrária. Constance é filha de um homem que tem te causado suspeitas. Como consegue dormir à noite, consciente de que está se apaixona...

— Uou, espera aí... — Orion me interrompeu.

Levantei, subitamente envergonhada.

— Tem razão, não estava ouvindo a mim mesma. Deixei-me levar pela preocupação com um *amigo* que zelo e que conheço desde a infância, e não com o *príncipe* a quem estou assessorando.

Orion se levantou também, dando um passo para perto de mim.

— Não é isso.

— É exatamente isso.

— Mia, você está discutindo com seu príncipe?

— Estou discutindo comigo mesma, pelo visto.

— Não, Mia.

— Não o quê?

— Você está com ciúmes.

Abri os lábios, chocada.

Pensei em responder algo bem malcriado, mas não quis dar esse gosto a ele. Orion se inclinou para cochichar no meu ouvido.

— Você pode descontar essa raiva toda na espada. Sabe, quando lutarmos.

Afastei nossos rostos.

— Ah, eu vou!

Ele sorriu e umedeceu a boca.

— Ótimo.

— Ótimo! — rebati, alto.

Respirei fundo, buscando me controlar, mas não pude, porque Orion começou a falar.

— Sabe, você ainda tem que dançar comigo. Eu acabei de vencer o desafio. Geralmente, o *Lochem* faz um discurso, mas meu pai achou melhor eu dançar com você na frente de todos; substituiria perfeitamente e mudaríamos o protocolo. Seria mais bonito.

— Porque eu sou mulher e não posso falar em público?

Orion franziu as sobrancelhas.

— Eu não disse isso.

— Disse que vou ter que dançar com você, ao invés de fazer o discurso. Se eu fosse Warder, por exemplo, Vossa Alteza me levaria para dançar?

Orion riu.

— Pelo inferno, Mia! É bem mais bonito celebrar com uma dança do que com um discurso. A propósito, ensaiou um?

Mordi o lábio inferior.

— Claro que sim.

— Todos no salão já ouviram o rei falar, a rainha falar, Warder falar e, por todos os diabos, até o Duque de Merda usou a língua venenosa dele. Não acha que uma dança, com todos em silêncio, exceto pela música, soa mais agradável? — Pausou, me encarando. — Eu jamais diminuiria você ou te colocaria em uma posição inferior a qualquer outro *Lochem,* apenas por ser mulher. A essa altura, imaginava que conhecia o meu caráter.

Oh, diabos. Eu fui injusta com ele.

— Eu sinto muito. Qualquer indicativo de que estou sendo tratada diferente apenas porque não tenho algo entre minhas pernas irrita-me profundamente.

— Você nunca será tratada de qualquer forma diferente da exímia guerreira que é, independente do seu sexo.

Orion ficou em silêncio por longos segundos.

— Vamos para o salão? — sussurrou.

Eles pararam a música apenas para nós. O salão se abriu e formou um círculo para nossa dança. Percebi os olhares curiosos pela quebra do protocolo de discurso, todos ansiosos para verem a primeira *Lochem* a atestar que um príncipe estava pronto para passar pelos desafios e se tornar rei simplesmente dançar.

— Você está nervosa? — Escutei Orion dizer, ainda sem me tocar.

Olhei para ele.

— Nem um pouco — menti.

Orion sorriu.

Ele chegou até mim em meio-passo, perto o suficiente para eu sentir seu expirar na minha bochecha. Com meus braços soltos ao lado do corpo, vi Orion tomar a iniciativa. Uma das mãos percorreu da minha cintura até a base da coluna e, então, puxou-me para cobrir o espaço que faltava. Seus dedos pressionaram, como se quisessem ter a certeza do que estavam tocando.

Havia um infinito de tecidos entre nós. Sua luva, o corpete, meu vestido e seu forro de algodão. Mas pude jurar que a temperatura da mão de Orion percorreu cada camada como se pudesse me deixar em chamas.

Mantive o olhar baixo, incapaz de admirar seu rosto. Encarei a maneira que o pomo de Adão subiu e desceu em uma velocidade rápida demais para que ele não estivesse igualmente nervoso.

Com sua mão livre e mantendo a outra nas minhas costas, percorreu com a ponta dos dedos enluvados o meu ombro, descendo para a parte de trás do meu braço, causando uma faísca. O antebraço foi seu próximo destino e pareceu que um espaço infinito de tempo aconteceu até darmos as mãos. Ele a pegou e fogo dançou entre nós. Quando já estávamos na posição de valsa, a música começou a tocar.

Assim como meu corpo pareceu cantar, o *Ta'avanut* fez o seu exímio trabalho ao me avisar em partes que não deveria sentir o quanto Orion poderia ser bom para mim.

Valsamos suavemente. A música era um som distante aos meus ouvidos, e as pessoas evaporaram à nossa volta. Orion dançou com elegância, treinado para salões e bailes reais. Ele era um perfeito dançarino, e meus pés facilmente o seguiram em cada passo. Não disse em voz alta, mas a última vez que valsei foi sobre os pés de papai, quando ainda alcançava sua cintura.

De alguma forma, o tempo e a falta de prática em ser guiada por um homem em uma dança tão difícil não importou. Orion e eu fomos um só. Naquele instante em que ele me virava e rodava por todo o círculo formado, expulsando as pessoas do nosso espaço, eu era apenas movimento, calor e agonia. Cada parte minha se rendia a ele um pouco mais, segundo a segundo, entregando pedaços que eu não estava disposta a dar, mas que se tornavam dele mesmo assim.

— Você não vê, não é, minha *Lochem*? — Orion questionou baixinho perto do meu ouvido, arrancando-me do transe.

— Perdão?

A boca dele chegou mais perto do meu ouvido, sem me tocar.

— Apesar de ter garantido a você que entre mim e Constance não há nada além de interesse, da parte dela, escutei da sua boca que estava me apaixonando. Você me acusou sem ter certeza, uma centelha de raiva e loucura sobrepondo a razão.

Senti meu sangue ferver, e não de uma maneira boa.

Ele estava me chamando de louca e raivosa?

— Consigo sentir sua respiração se alterar, e quase posso ouvir seu coração acelerar. Então, vou usar uma citação e quero que pense nisso quando estiver longe.

Mantivemos a dança, embora tudo em mim guerreasse. O ciúme cegando-me, e a voz de Orion Bloodmoor fazendo-me flutuar.

— Amamos a vida não porque estamos acostumados à vida, mas a amar. Há sempre alguma loucura no amor, mas há sempre também alguma razão na loucura.

— Friedrich Nietzsche — sussurrei.

— Qual foi a razão da sua loucura, Mia?

— Eu não fui louca.

Orion soltou uma gargalhada deliciosa e nos girou com mais vontade pelo salão.

A dança durou oito minutos, e uma vida inteira.

Treze

Mia

Era capaz de sentir as mãos de Orion ainda pressionando minhas costas, e isso definitivamente não era um bom desfecho para a dança. Sobretudo quando o passo seguinte consistia em uma demonstração de luta. E por tudo o que mais amava na vida, a minha vontade era de duelar para descontar no príncipe cada uma das minhas frustrações.

Ele não era o culpado por meu *Ta'avanut* ter se antecipado. Ainda assim, eu era capaz de listar uma longa sequência de motivos pelos quais merecia minha espada sendo lançada contra ele. A começar com Constance, aquela ardilosa, vulgar. Embora dissesse que não tinham nada, não era cega, ou burra, para não perceber que havia algo acontecendo entre eles. Nem Constance parecia ser o tipo de vampira que não tem certeza de quando um flerte é correspondido.

No entanto, as boas maneiras, como *Lochem*, impediam-me de vencê-lo abertamente. O ideal seria terminar em um empate ou com ele me vencendo, mas o inferno congelaria antes de isso acontecer.

Orion era um exímio espadachim. E eu também.

— Senhorita Mia, está pronta? — A voz de Alte me despertou dos pensamentos.

— Sim, já estou indo.

A prudência e o protocolo diziam que a vestimenta adequada seria optar pelo maleável conjunto de couro, com mangas longas e calça comprida, de cor vinho, mostrando minha posição como sua *Lochem*. Mas os padrões que fossem para o diabo. Eu já havia sido *impedida* de discursar, então a corte estaria mais do que bem em se deparar com alguém vestida como *pesadelo* e *redenção*.

Desfiz o penteado e trancei meus cabelos, dispensei a camareira que deveria me atender e me ajudar com a troca de roupa. O conjunto vinho jazia inútil sobre a cama quando fechei a porta do quarto atrás de mim, acompanhando Alte, que me encarou com as sobrancelhas arqueadas.

A cada passo, cochichos e arquejos eram audíveis. Minhas pernas estavam nuas, exceto pelo comprimento da minha bota de combate, alcançando até pouco acima dos joelhos. A saia, curta e solta, oferecia movimento livre, e sob ela, um collant de batalha sem mangas abarcava meu torso, ambos na cor cinza. Em meus pulsos, braceletes de prata serviam não apenas para evitar o ataque de outra lâmina, como também para utilizar o reflexo da luz para cegar meu adversário, dando-me vantagem. O corpete cinza-chumbo exibia orgulhoso cada arabesco de prata que o revestia desde o busto até a cintura, agindo como uma malha de proteção, prendendo as tiras de couro que embainhavam minha principal espada de batalha: Herja – A devastadora.

Eu usava as cores da Divisão Magna.

O príncipe Orion também havia se trocado para a demonstração. Novamente, com sua vestimenta inteiramente negra, sem o dourado, o que não o diferenciaria de outros combatentes no campo de batalha, protegendo, assim, sua posição hierárquica.

Ele ficou um tempo parado, me admirando com o maxilar apertado. O brilho da íris vermelho-sangue cintilava conforme refletia as luzes do salão. Eu cheguei primeiro ao ponto em frente ao trono dos seus pais, mas Orion ainda precisava caminhar alguns metros até estarmos diante um do outro.

Devíamos cumprimentar primeiro o rei e a rainha. Depois, um ao outro. Neste momento, ele deu um pequeno sorriso antes de morder o lábio inferior, estalando a língua, em seguida, como fazia normalmente antes de uma de suas frases irônicas.

— Você só pode estar de brincadeira...

Não sorri. Não dei qualquer motivo para que pensasse que eu não cumpriria minha promessa: descontar durante o confronto.

— Como é que vou me concentrar na porra da luta agora? — Ouvi-o resmungar entre os dentes.

A música havia cessado. O burburinho permaneceu. Afastamo-nos o suficiente um do outro para desembainharmos nossas espadas. Orion puxou sua katana, exibindo a lâmina longa e brilhante. Tirei Herja da proteção de couro. Ouvi ainda mais alto o arquejo dos convidados, ansiosos por um show, não uma demonstração. A corte podia ser previsível demais.

Desviei o olhar para o ponto dourado e efusivo à minha esquerda. Constance estava quase pulando no lugar, com as mãos juntas no peito, parecendo pronta para se atirar sobre o príncipe. O som da sua voz veio para meus ouvidos como se fosse um insulto, mas ela destinou ao príncipe seus desejos de "boa demonstração... *querido*".

Meus pensamentos assumiram o controle...

Caminhei a passos largos e decididos, direto para Constance. Ela nem teve tempo de perceber o que estava prestes a acontecer. A comoção dos convidados estava mista entre descrença e surpresa, até que alguém gritou ao ver a cabeça de Constance rolando pelo piso, com um lindo rastro de sangue, conforme se afastava, aos pés da corte vampírica. Seu corpo ainda demorou um pouco, de pé, antes de desabar no chão, transformando o espirro de sangue em esguicho e logo uma poça se formava ao redor...

— Mia?

Pisquei diversas vezes, afastando o pensamento tão doce, concentrando-me em Orion, que me olhava, especulativo.

— Vamos fazer isso? — perguntou. Havia um tom de preocupação em sua voz. Anuí e movimentei a espada, rodando a lâmina de dois gumes no ar.

Orion deu uma boa olhada na lâmina comprida e larga em minha mão, desde a ponta até o punho de prata. Sabia o que estava observando: o peso dela. Mas, com dois movimentos rápidos, encerrei suas dúvidas ao perceber que a manuseava como se não pesasse mais do que uma pena, brincando com o espaço entre nós. Apesar de saber esconder bem seus pensamentos, suas pupilas dilataram um pouco e eu acabei erguendo o canto esquerdo do lábio, provocando-o.

As sobrancelhas de Orion se arquearam e ele sorriu, anuindo uma única vez.

Depois disso, tudo o que aconteceu foi, mais uma vez, uma dança entre mim e o príncipe de Alkmene. No entanto, fui eu quem conduziu os passos.

Orion não recuava exatamente, mas, a cada avanço meu em sua direção, ele gingava para o lado oposto, estudando-me. Não foi assim que aconteceu em suas lutas anteriores, com enfrentamento bruto e relativamente rápido. Orion parecia prever cada um dos golpes que seguiriam, encerrando sem demora e quase sem nenhum esforço. No entanto, não estava acontecendo o mesmo conosco. Eu podia notar um ponto de tensão em seu semblante confuso.

Seu dom.

Um lampejo de compreensão me atingiu. Aquela era sua habilidade. Orion estivera todo o tempo seguro de que o Duque Real escondia algo, porque era capaz de se antecipar ao perigo. Eu o vi lutar com Echos e Beast, e ele não demonstrava qualquer preocupação. E era por este motivo que não pareceu minimamente incomodado com o terceiro desafio, as lutas entre príncipes que estavam na mesma posição que ele, provando seu valor para assumir o comando do seu clã. Chegou a *brincar* durante nosso treino. Orion não teve dificuldade em acertar os alvos, trocar socos, tampouco com os duelos de espada.

Ouvi Constance incentivando-o, mais uma vez.

Por que Astradur, sim, e Constance, não?

Por que com os outros príncipes, e não comigo?

Talvez, Orion não pudesse prever o perigo quando era um ataque surpresa. Merda. Teríamos que trabalhar isso, e muito.

Sorri abertamente, parando de me mover, mas o príncipe levou um segundo a mais para também ficar imóvel. Ambos sabíamos. Ele percebeu o momento da minha descoberta, semicerrou os olhos e minha lâmina cortou o ar em sua direção.

A katana de Orion se ergueu defensivamente para a esquerda, para a direita e esquerda novamente, ao trocar a base para defender seu rosto.

Ele era, provavelmente, um dos vampiros mais fortes que eu já havia enfrentado, seus joelhos mal dobravam, absorvendo o impacto dos golpes. Mesmo os recémtransformados não eram tão impressionantes assim. O que me levou a pensar que todo o seu treinamento e luta com seus amigos *shifters* não passou de brincadeira para ele, pois Orion deu apenas uma fração do seu poder.

E, da mesma forma, ele estava se contendo comigo. *Por quê? Eu não era digna?*

O pensamento me irritou. Por isso o ataquei com ainda mais ferocidade, golpes físicos e com a espada. Chutando-o para longe, alternei movimentos duros e rápidos. Orion andou para trás, e havia um monte de ofegos vindo dos convidados, ao mesmo tempo que o som do impacto de aço contra aço ecoava pelas paredes do salão.

Não que Orion precisasse se recuperar, mas seria um *espetáculo* sem graça para os seus convidados ver o príncipe de Alkmene caminhando para trás.

Não lhe dei as costas quando recuei. Não desviamos nosso olhar.

Eu queria ver a cara de surpresa de Orion Bloodmoor. No entanto, o príncipe girou a espada no ar, como se tudo o que estivesse fazendo até então fosse nada além de se aquecer.

E... sorriu, para minha completa indignação.

Ele levava minhas emoções ao extremo. Orion manteve a respiração controlada. Não facilitou para que eu previsse seus golpes. Pelo menos, ele assimilou algo que eu havia lhe dito.

Seu movimento foi tão rápido que vi apenas um borrão cortando minha respiração. Esquivei da lâmina da katana a centímetros do meu rosto, estupefata demais para emitir qualquer som por um momento.

— Você me atacou! — acusei.

— Eu também sei jogar esse jogo — Orion disse, presunçoso.

Mudando sua postura rapidamente para o modo ataque, iniciou, sem floreios, uma sequência de estocadas com movimentos curtos e rápidos que me fizeram curvar diante dele. Saltei repetidas vezes para trás, protegendo meu abdome. Orion prosseguiu, obrigando-me a esquivar, até que minhas costas tocaram a parede sólida, quando ele investiu uma última vez.

Ao invés de golpear direto a prata em meu corpete, Orion se afastou, satisfeito, e virou as costas para mim. Um monte de aplausos estourou pelo salão. Não me senti humilhada, mas surpresa ao descobrir mais sobre o príncipe de Alkmene. Ele era mais rápido do que demonstrava. O cretino escondia grande parte de suas habilidades... mas por quê?

Orion acenou, debochado, como um bufão que agradece ao seu público por gostarem do espetáculo. Então, Constance pareceu prestes a quebrar o vão que os separava, para lançar-se sobre ele. Fui até capaz de vê-los em um abraço cheio, e algo se agitou furiosamente dentro de mim ao imaginar a cena.

O arco que minha espada fez despertou a atenção de Orion. Ele entendeu. Se o quisesse morto, estaria. O ar entre nós se deslocou o suficiente para tocar sua pele e ele se virou, confuso. Constance se deteve em seu primeiro passo na direção do príncipe. Melhor assim.

— Não dê as costas para seu oponente. Não é elegante, nem sábio. Isso foi uma afronta.

— É apenas uma demonstração, Mia — desdenhou. — Parece até que você anseia por uma luta de verdade... Oh.

— *Oh* — imitei.

— Ah, que merda.

Orion atacou, mas bloqueei sua espada com a minha, girando as lâminas e invertendo nossas posições. Suas costas estavam agora contra a parede. Todo o som ao nosso redor pareceu disperso e longe demais para ter importância. Tudo o que tínhamos à frente um do outro era o gemido dos gumes se desafiando repetidas vezes, até que ele usou a parede para se impulsionar para longe, não mais limitando seus movimentos.

Aproximamo-nos o bastante para levar a luta para mais perto do punho das armas. Sua força e altura atuavam a favor dele e tentei sair da armadilha com uma joelhada. Ele trancou o maxilar diante do ataque, mas vacilou o suficiente para que eu desferisse um soco na direção do seu rosto. Dessa vez, os reflexos de Orion foram mais rápidos e ele desviou. Um misto de humor e choque perpassou em seu olhar, mas, antes que eu pudesse tentar socá-lo novamente, sua mão se fechou com força em meu pulso, sobre o bracelete prateado, as lâminas a centímetros de nossas peles.

Estava com raiva e magoada. Ele mentiu para mim, escondeu coisas de sua *Lochem*, o que mais estaria ocultando?

— Posso sentir você dividida entre a necessidade de se conter e a vontade de arrancar minha cabeça — disse para que apenas eu pudesse ouvi-lo.

— Sim, quero machucá-lo — retorqui entre os dentes, absolutamente confusa por aquela declaração sair tão sincera e audível.

Pensamentos homicidas me corroeram, esgueirando-se em meu coração. Senti como se lágrimas fossem brotar a qualquer momento. Meus olhos arderam — *impossível*; prantear era o ápice das emoções conflituosas para qualquer vampiro.

Orion me encarou, o cenho franzido.

Parecia que um milhão de anos haviam se passado naqueles poucos segundos em que estivemos cara a cara.

— Mia...

Uma lágrima se formou no canto dos meus olhos.

O que está acontecendo?

— Mia... — tentou novamente, sua voz rouca não vacilando em seguida. — Eu te dou minha palavra. Ela não será a minha rainha.

Engoli em seco e me desvencilhei de Orion, empurrando-o com força e brutalidade para longe, o grito em minha garganta se libertando ao mesmo tempo.

Tudo ao meu redor se perdeu em fumaça, e só pude ver Orion olhando para Constance se movendo, sedutora, o desejo transbordando por cada um de seus poros.

Golpeei-o com ainda mais força.

— Isso... — falei.

Ele defendeu.

— Não significa...

Outro golpe. Outra defesa.

— Que não...

Mais um golpe duro, mais um passo para trás, mais uma defesa.

— A estava cobiçando! — Minha voz saiu mais alta.

Ele desviou de outro golpe, dando a volta, e então eu girei com a lâmina deitada, abrindo um longo arco em 180°. Orion saltou para trás, tal como eu havia feito anteriormente durante suas investidas.

— Não existe *nada* entre mim e Constance, e *nunca* haverá. — Ele se abaixou quando o aço poderia ter-lhe decepado a cabeça. Os fios do seu cabelo grudaram na pele e acortinaram seu olhar. — Que porra!

Orion também urrou e se lançou sobre mim. Estávamos novamente diante um do outro, medindo forças com nossas espadas.

— Está vendo coisas, Mia. Está cega de ciúmes. Admita! — Sua ordem saiu também entre os dentes.

Estava frustrada. Irritada. Magoada. Todos os sentimentos errados para um confronto, mas não pude evitar.

Foi quando, prevendo o que faria a seguir, Orion deu uma joelhada na minha coxa, e eu segurei a dor, infinitamente menor do que a que ameaçava dilacerar meu coração. A lágrima que eu segurava rolou livremente por meu rosto. O momento foi tão inesperado que oscilei em minha posição, e Orion dominou a luta, forçando ainda mais sobre a coxa que atingiu. Girando nossas espadas e as lançando para longe. Levando-nos diretamente para o chão.

Todo o peso do seu corpo veio sobre o meu, as espadas jazendo a poucos metros de nós.

Uma falha que mudou completamente o sentido da minha existência.

Começou como se estivesse prestes a morrer sufocada no meu próprio sangue, bombeando tão forte que fui capaz de ouvi-lo em meus tímpanos. Tentei respirar, mas meus pulmões foram invadidos por fogo, e minha pele estremeceu com o calafrio. Não seria capaz de afirmar quanto tempo se passou desde que ele ficou sobre mim, cada parte do meu corpo consciente da sua força e masculinidade; o peito largo que pressionava meus seios; as coxas poderosas... uma delas entre as minhas pernas, roçando-me intimamente. Suas mãos espalmaram o piso frio, e seu nariz colou-se ao meu. Foi esse contato que fez toda a sensação começar. O ar quente que deixou seus lábios entreabertos tocou minha pele, enviando ondas ainda mais furiosas de calor, fazendo com que meu coração esmurrasse as costelas, implorando para sair do meu peito.

Engoli em seco. As íris de Orion estavam em um tom diferente de vermelho, dançando em chamas.

Merda!

O meu *Ta'avanut*, que acreditei estar mais brando, rugiu com toda força. Tudo o que necessitava, naquele segundo, era rasgar suas roupas e fazê-lo entrar em mim, envolvê-lo entre meus lábios e nos mover até que me desse sua última gota de prazer. E eu soube que seria capaz de me aninhar em seus braços e ouvi-lo contar seus segredos e angústias, e ser aquela capaz de acolher seu corpo e gerar sua descendência. Pude ouvir cada som que abandonava sua boca como música. O cheiro que vinha daquele homem. O pertencimento.

Não. Isso é só minha cabeça pregando peças.

Ta'avanut. É só isso! Desejo cru.

Tentei me controlar, me levantar, mas senti que para Orion as coisas também mudaram naquela fração de segundo, porque ele ainda estava sobre mim. E pior...

Ele estava me tocando.

Mas isso é ridículo! Nós já havíamos nos tocado antes, não?

O polegar de Orion na curva final do meu queixo; a outra mão em meus cabelos. O olhar dele foi lânguido e carinhoso, com uma ponta de descoberta.

O som que chegou aos meus ouvidos foi estranho até para mim, mas, tardiamente, percebi que arfei com o toque de Orion.

— Impressionante! — A voz do rei ecoou alto, e ouvi os aplausos de todos.

O momento se quebrou e, ao virar o rosto, percebi o olhar surpreso da rainha Stella, que segurava o antebraço do rei Callum.

Orion se ergueu e estendeu a mão para me ajudar.

— Vamos ao banquete! — rei Callum anunciou entre risos, ainda em meio aos aplausos.

Senti-me confusa demais para confiar que seria capaz de um movimento simples, como me levantar.

Aceitei a mão de Orion, que me pôs de pé com delicadeza. Seu olhar, tão perdido quanto o meu, encarou o único ponto em que nos ligávamos.

Nossas palmas ainda estavam unidas.

Conforme os convidados deixavam o salão, seguindo o rei e a rainha, levavam a balbúrdia e os ruídos para longe de nós. Mesmo com as risadas e o som de comemoração, mal consegui me concentrar em qualquer coisa além do belo espécime de vampiro diante de mim. Seus dedos longos, entrelaçados aos meus, faziam-me sentir vazia e plena ao mesmo tempo. O choque do encontro das nossas peles vibrando na corrente sanguínea, a sensação insana de precisar daquilo para estar viva, como se nada ao redor fizesse sentido e tudo referente àquele vampiro fosse importante demais. Sentia como se meu coração estivesse batendo fora do peito, como se ele pertencesse a outro corpo.

Como se estivesse *com* Orion Bloodmoor.

Foi tão impressionante que me perdi nos meus próprios pensamentos. As emoções estavam na borda novamente. Meus olhos lacrimejaram pela segunda vez e mal fui capaz de me lembrar da última ocasião em que isso aconteceu. Talvez... quando perdi meu pai e vi minha mãe desolada.

Dessa vez, foi diferente.

Não havia tristeza, embora houvesse dor, de forma tão incontrolável que me esmagava o peito. O coração sufocando e clamando por uma atenção nunca dada. O mesmo toque causador da tormenta era um bálsamo para a dor que sentia.

Nossos olhares se encontraram e todo o universo deixou de existir.

Estou alucinando.

Ele não é meu prometido. Não pode ser.

Os olhos de Orion ficaram ainda mais intensos, brilhando como chamas. Fogo e veludo. Molhados como se ele estivesse tão emocionado quanto eu. A boca vermelha se entreabriu. Estava cem vezes mais bonito do que um dia já foi para mim.

— Você sentiu isso? — ele perguntou, baixo e rouco.

Engoli em seco.

Orion Bloodmoor... Sério, Mia? Não poderia ser um pouquinho mais complicado? Quem escolhe nossas almas gêmeas, afinal? Talvez eu possa enviar uma carta e dizer que isso estava errado.

Fui atingida por uma avalanche de sentimentos, inclusive a um que era doce, macio e aconchegante, um ao qual queria me agarrar, e não poderia. Observei Orion com carinho. No entanto, precisei me ater à única coisa que deveria: honra.

— Foi uma queda e tanto, não é? Mas estou bem — consegui dizer com a voz mais tranquila possível.

— Não estou falando da queda.

— Ah, está sim, Vossa Alteza.

Quatorze

Orion

Mal haviam servido o prato de entrada do jantar, e já me vi incapaz de tirar os olhos de Mia.

Qual era a razão da minha loucura agora?

Porque, nesses instantes, era como se existissem correntes invisíveis que me atrelavam a ela; a certeza do pertencimento. O fogo que invadiu minhas veias, a sensação de que não poderia me afastar de Mia Black.

Depois de experimentar a atração mais insanamente profunda da minha vida, eu simplesmente... não consegui ser forte o bastante. Estava bêbado por ela, apenas de olhar para as curvas do seu corpo e aquele rosto invejado pelos mortais. Mia já era dona de uma beleza indescritível para mim, mas agora havia se tornado a única coisa viva com a qual eu me importava. Um vício instantâneo que eu não estava preparado para abrir mão.

Nunca teria o suficiente dela.

Não quando havia uma mesa entre nós.

Não havia nada além de Mia. Não consegui mensurar o que cresceu em meu peito, quase como se uma chama pequena se tornasse um incêndio, o próprio inferno existindo dentro de mim. E não de uma forma amaldiçoada, mas sim da forma crua de uma alma que estava condenada à outra. Ela era minha. Pertencente a uma parte que nunca existiu e que só passou a se tornar concreta no momento em que a senti.

Agora, não sabia viver sem isso: um toque. Foi o que bastou para meu mundo inverter, para que eu entendesse que estava destinado a ela.

Ouvi a movimentação dos empregados, mas continuei a olhar Mia. Ainda não era capaz de pensar com coerência, porque tudo naquela mulher... simplesmente *clamava por mim*. A curva do pescoço estava tão longe da minha boca, por quê?

Eu queria beijá-lo e tocá-lo. Viajar os lábios por ali, raspando as presas, enquanto arrancava suas roupas com força. Despir Mia por completo, sentindo-a entre meus dedos enquanto revelava cada pedaço de pele que ainda não mostrou para mim.

Ah, porra!

Uma ereção dura e dolorosa se formou desde o segundo em que aquela mulher se fez minha, desde o instante em que toquei seu rosto, que senti sua pele, e a eletricidade. Nossos narizes se encostaram, minha mão precisou andar por toda a pele que nunca provei. Fiz questão de buscar na memória se, em algum momento durante todo esse tempo, havíamos nos tocado...

Oh, não tivemos a chance.

E, caralho, a energia entre nós... era impossível Mia não ter *sentido*.

O fogo do desejo cresceu a ponto de explodir. Não era só tesão, nem vontade de fodê-la até que esquecesse onde estava.

Era mais do que isso.

Mia era *minha*.

Não só minha *Lochem*.

Aquela vampira era...

— Aceita, Alteza?

— Sim.

Deixei enfiarem qualquer coisa na porcaria do prato, admirando Mia. Ela precisou de toda a força que tinha para me ignorar. Eu sentia o cheiro dela mesmo a certa distância. Era como se ela estivesse... era como se eu sentisse...

Inspirei de novo.

Mia estava no *Ta'avanut*?

Como eu não percebi essa merda antes?

— Acha que é possível mostrar ainda mais força em frente às batalhas?

Beijá-la.

— Sim — respondi, labaredas de fogo dançando dentro de mim.

Tocá-la.

— Mas isso não seria contrário ao que o rei, com todo respeito, está evitando?

Senti-la.

— Sim.

Nua.

— Então por que concorda com isso, Alteza? Novamente, com todo respeito.

Embaixo de mim.

— Sim...

Mia estava sentada à minha frente. Ela não tinha se trocado para o jantar, ainda estava com aquela peça da Divisão Magna, me deixando completamente louco. Se eu jogasse as taças no chão, e subisse sobre a porcaria da mesa... poderia puxá-la em meus braços, montar em seu corpo, beijar aquela boca gostosa, levantar a saia minúscula e escutar seu gemido quando puxasse o zíper da calça e simplesmente...

Rosnei.

Os talheres pararam de cortar e o som das conversas imediatamente cessou.

Abri um sorriso, ainda encarando Mia, que sequer me dignou um olhar.

Olhe para mim. Sinta-me aqui.

— Então, sobre o inverno de Alkmene que virá... — iniciei.

Tomei outro gole da minha taça, escutando a conversa voltando, aos poucos, ao normal. Mia espiou rapidamente, como se tivesse medo de me olhar. Sorri para ela, ergui a taça, e a vi desviar os olhos para voltar a conversar. *Oh, um brinde ao tesão que, em meio segundo, vi em seu olhar.*

Nunca imaginei que pudesse ver a ira de uma guerreira e que o ciúme fosse capaz de cegá-la. Inferno, adorei cada maldito segundo daquilo. A ira de Mia ao quase cortar meu pescoço mostrou algo que não estava disposta a dar: o braço a torcer. Mia estava interessada em mim antes de sentir a conexão.

Dei um longo gole no sangue misturado ao vinho. *Curioso, estava com um sabor mais denso e forte.* Olhei para a taça que já estava na metade. Parecia a mesma mistura de todas as vezes. Tomei mais um pouco, ainda sentindo o gosto estranho, mas continuei a beber mesmo assim. Talvez fosse sangue de algum animal exótico.

Mia estava muito comunicativa, parecia preocupada em entrar em qualquer assunto para fugir do que aconteceu entre nós.

— *Minha Lochem.* — Intensifiquei o pronome propositalmente. Mia endureceu na cadeira. *Ah, que bom, agora ela conhece a sensação de estar dura.* Desviou lentamente o olhar para mim, ainda com raiva. — Esta noite foi mágica, não foi?

Peguei a taça de novo, meu reflexo um pouco mais rápido.

Franzi o cenho.

— Magnífica, Alteza. Se saiu perfeitamente bem no desafio. Estou orgulhosa.

— Apenas isso? — Desci os olhos dos seus para a boca. Mia tinha uma mancha de sangue no canto do lábio. Segurei minha taça com força e, com a mão livre, apertei o braço da cadeira, ouvindo-o ranger.

Mia estreitou os olhos e mordeu o lábio, possessa.

O braço da cadeira se partiu em meus dedos, enquanto colocava cuidadosamente a taça na mesa.

Olhei para Mia, que entreabriu os lábios.

— Ouviram isso? — o Duque de Merda se pronunciou.

— Querido, está tudo bem? — Constance perguntou. — Se quiser, posso lhe acompanhar para tomarmos ar puro.

Minha *Lochem* soltou um suspiro impaciente.

O desejo por Mia foi triplicando à medida que milésimos de segundos passavam, a impulsividade de subir sobre a mesa e matar Astradur com minhas próprias mãos, também.

Me concentrei na razão do banquete: era uma porra de uma formalidade idiota. Mas eu sabia, lá no fundo, que não poderia fazer nada de errado.

Levantei, abruptamente, fazendo a louça tilintar.

Meus pais me observaram.

Eu estava prestes a pular em Mia ou em Astradur; não havia como conter ambas as vontades. Apertei as mãos em punho. Mia analisava-me como se tentasse entender o que estava acontecendo e, sutilmente, empurrou com o próprio corpo sua cadeira para trás.

Ofeguei e, através do olhar fixo de Mia, por algum motivo, consegui me afastar da mesa.

— Queiram me dar licença, senhores.

Saí apressado. Tudo em mim estava mais forte e com uma intensidade absurda para meu próprio reconhecimento. Fui para os jardins do castelo, arfando, ouvindo o coração bater nos tímpanos, boca do estômago e na veia do pescoço. Soltei um urro e destruí uma estátua no processo, precisando extravasar a energia. Estava prestes a correr para a cachoeira, quando ouvi a única voz que não poderia escutar naquele momento.

— Que cena foi aquela?

— Saia daqui! — gritei e virei para ela. Fechei os olhos. — Desculpe, Mia.

Ela, sem medo, deu um passo à frente, a raiva dando voz à preocupação.

— O que houve? — sussurrou, esquadrinhando o olhar por mim.

— Sangue humano na porra da taça!

— Como?

— Adulteraram a minha dieta rígida. Fazia tempo que não tomava o sangue puro. Simplesmente foderam a merda toda!

— Alteza...

— Acha que é seguro ficar perto de mim agora? Você acha? — Dei um passo à frente, ficando perigosamente perto. A ereção pareceu crescer mais, causando dor, e a força em meu sangue estava muito maior, embrutecendo minha voz.

Mia levantou a mão por um segundo, abaixando em seguida.

Olhei-a com advertência.

— Se você me tocar...

— Precisa se acalmar. Respire fundo, mantenha-se no controle...

— Saia, Mia.

— Não posso te deixar aqui.

Puxei meus cabelos, quase arrancando-os, sentindo o suor na ponta dos dedos. Meu olhar para Mia foi de súplica, implorando para que não ficasse e me permitisse fazer uma besteira.

Gemi.

Ela hesitou, mas continuou ali. Pude sentir perfumes desprendendo dela, ainda à distância. Compreendi seus sentimentos apenas através da fragrância que exalava. E não houve medo, mas curiosidade, preocupação e tesão. Mia Black poderia negar o quanto quisesse, só que agora...

A nossa conexão foi estabelecida.

Savach.

Ela era a minha Ma'ahev.

Dei um passo à frente, a milímetros dela. Abaixei o rosto, e nossas respirações se misturaram. Ela não desviou o olhar, apenas me encarou como se não soubesse lutar contra isso. Levei a mão até sua cintura, puxando-a para que não houvesse espaço entre nós.

— Alteza, eu...

Segurei o queixo de Mia, e ela abriu a boca como se quisesse ser beijada. Levei meus lábios com pressa para o seu pescoço, guiando a língua por todo o ponto pulsante, lambendo-a e experimentando o sabor da sua pele pela primeira vez.

Doce, salgada, elétrica, minha.

Cerrei os olhos com força, minhas bolas doendo de tanto tesão, e apertei sua cintura com brutalidade, tirando a mão do seu rosto e levando-a para a bunda, trazendo-a de encontro à ereção. Apertando. Beijando-a em todos os lugares que não sua boca. Lambendo. Escutando apenas seus gemidos abafados e perdidos. Subi a língua e cheguei até a ponta da sua orelha, que puxei entre os dentes, arrancando um pouco de sangue.

— O quê...?

— Não posso lutar — sussurrei. — Saia.

Eu bebi Mia Black, e o sabor era como pecado.

— Eu...

Ela apertou meus ombros, e, em algum momento, suas mãos desceram para o meu peito, indo de encontro à barriga. A insanidade me consumiu.

Desça a mão, Mia.

Rocei os lábios por sua bochecha, desci pelo maxilar, usando também a língua, provando-a como se estivesse fazendo com a sua boca ou boceta. Mia raspou o lábio inferior no meu superior, mas, *não... não ainda.*

— O que estamos fazendo? — sussurrou.

— Nos entregando.

Fui para baixo com os beijos quentes, apertando-a e sentindo aquela bunda gostosa pra cacete sob a pouca roupa. A cintura de Mia era tão pequena, me fazendo imaginar como seria a sua boceta. Apertada? Doce? Molhada para mim? Louca para receber o meu pau? Mia pulsaria quando a preenchesse?

Grunhi, e Mia gemeu quando beijei seu colo, minha boca insaciada pelo que aquela vampira poderia dar a mim. Seus ombros estavam de fora, e não foram perdoados pelos beijos que eu não consegui parar de oferecer. Mia desceu mais a mão, como se não pudesse controlar a vontade...

Bem aí.

Ela levou a mão pequena para a ereção, por cima da calça. Nós dois gememos quando percebi que, se estivéssemos pele com pele, Mia não conseguiria fechá-la em seus dedos. No impulso de beijar sua pele, de mover meu pau de encontro a Mia, de senti-la descendo e subindo o carinho, fazendo eu me perder, tirei a mão da sua cintura.

Levei meus dedos para o decote do corpete, puxando-o para baixo. Mia não teve tempo de dizer se era certo ou errado, porque seus peitos estavam livres. E os bicos eram rosados, os mamilos, cheios, a auréola, do tamanho certo para receber toda a minha boca.

Pelo inferno!

Desci o rosto, e meus cabelos rasparam em sua pele quando tomei o direito, chupando-o com vontade e sentindo o bico endurecer dentro da boca. Minha língua passou em um oito por ele, sugando tanto que o deixei ainda mais vermelho. Mia segurou meu pau com força quando fui para o esquerdo, e guiei meu quadril em direção à sua mão, como se estivéssemos na cama. O vento frio da noite tocou a umidade dos bicos, fazendo-a arfar pela ausência do calor. Suguei-a com a vontade e a fome de um vampiro que não seria saciado até fodê-la por dias.

Raspei os caninos por sua pele, arranhando-a toda.

Mia arfou.

Afastei o rosto para olhá-la.

O colo nu; os peitos subindo e descendo pela respiração rápida; o cabelo despenteado; a boca entreaberta, precisando ser beijada; os olhos injetados de prazer.

Mia me encarou como se não conseguisse raciocinar sobre o que era tudo aquilo.

Levei a ponta da minha língua para o canino direito e sorri.

Estava na hora de provar aquela boca.

Quinze

Mia

— Ainda acredita que é seguro ficar perto de mim?

Não.

Foda-se, sim!

Havia um desejo avassalador entre nós, eu não estava imaginado. Nossos corpos se reconheceram como nunca antes acontecera com qualquer vampiro com o qual estive. A necessidade foi intensa, crua e irracional. Precisava ter Orion dentro de mim, queria que ele me tomasse em seus braços fortes e me fizesse tocar o céu.

E ele sabia exatamente como eu me sentia, porque desenhou suas vontades riscando sobre a pele do meu pescoço o que eu poderia perfeitamente imaginar que faria em outros lugares. E, sim, sim, eu queria aquilo, eu o queria, acima de tudo. Senti a picada em minha orelha e ele chupou ali, gemendo baixinho. O seu sexo na palma da minha mão, tão duro e pronto, tão longo... Depois, com um puxão, longe de ser delicado ou sutil, sem qualquer traço da polidez aristocrática, Orion desnudou meus seios, venerando-os com a boca. Apertei-o em minha mão, incapaz de segurá-lo por inteiro. Sua língua morna traçou espirais em minha pele, sugando meus mamilos, mordiscando, deixando-me molhada e pronta para ele.

Isso era algo com o qual eu poderia lidar, com a ansiedade que precedia o sexo.

No entanto, ele foi além, muito além do físico. A boca de Orion sobre a minha era o que havia de mais perfeito. Quando seus lábios encostaram nos meus, tudo ferveu. A língua pediu espaço, que eu cedi com vontade. Orion rodou-a lentamente por minha boca, desbravando lugares que ele nunca havia tocado, nossos caninos se encolhendo para não nos machucarmos, nossos corpos se adaptando ao tesão que sentíamos. Aquelas mãos também me aduraram, enquanto o calor do seu beijo pareceu viajar para os pontos em que eu pulsava. Tudo ali vibrando, agitando, implorando por aquele vampiro.

O que incendiava meu coração pareceu tê-lo atingido, porque sua inquietude transpassou os limites da razão. Afastando-se o bastante para me encarar, Orion me suspendeu em seus braços, obrigando-me a enlaçar sua cintura para não cair. Novamente, nossas bocas estavam unidas em um beijo inteiro, como se soubéssemos que o mundo acabaria em instantes e precisássemos terminar nossa existência nos braços um do outro. Um beijo profundo, longo, eterno. Nada acabava ali, e nada também começava.

Éramos o começo, o meio e o fim, em um ciclo infinito.

Nossas bocas viajaram por toda a extensão de pele que pudemos tocar, até se encontrarem de novo. Minhas mãos apertaram seus bíceps inchados, enredaram-se entre os fios macios dos seus cabelos. Arfamos e gememos, suas mãos movendo-me pela minha bunda, para cima e para baixo. Eu doía por ele, nada parecia aplacar a urgência que sentia para ter o seu corpo dentro do meu.

— Porra, Mia... como eu te desejo...

— Sim, eu também...

Sua boca estava novamente sugando meu mamilo sensível. Eu era capaz de gozar sem ele me tocar, eu era capaz...

— Foda-se o jantar. Vamos para o meu quarto.

— Sim, foda-se o jantar... — Foi como se um clique estalasse diante de mim. Merda. O jantar. — Não... espera, espera...

— O quê? O que foi?

— Estamos nos jardins do castelo!

— Exatamente. Por isso vamos terminar este assunto lá dentro, na minha cama.

— Não...

— Na sua, então.

— Espera. Calma. Espera...

Afastei-me o suficiente para que Orion me pusesse de pé e arrumei meu corpete o melhor que pude, já que os cadarços laterais estavam frouxos depois do puxão. *Caramba, que força ele aplicou ali, me surpreendia não ter rasgado.* Tentei clarear a mente, espantando a névoa que nos envolvia.

— Caralho. Eu não vou conseguir. Não vou conseguir ficar longe de você, eu... preciso ir embora.

— Espera!

— Não vê que estou fora de mim? — Orion arguiu entre os dentes, e uma pontada de tristeza me atingiu.

— É claro. É o *Ta'avanut* e... eu entendo. Não pensei que...

Dei um passo para trás, mas Orion, de cenho franzido, tornou a se aproximar, anulando a distância que pus entre nós.

— Não se trata apenas disso — sussurrou.

— Claro, ainda tem aquela... vampira e...

Ele moveu a cabeça, negando. O gesto mais rápido que o normal.

— Não há qualquer outra vampira, Mia. Pare de ficar arrumando desculpas!

— Não estou, apenas... — Pausei o raciocínio. — Precisa se controlar. Precisa lutar.

— Eu sei! Mas não há nada pior do que lutar contra a necessidade de...

— Se aproximar?

— Sim. E dói, Mia. Dói muito. Você não...

— Isso é...

— Quero que...

— Não deveríamos ter que...

— Eu sei, mas... — Orion bufou uma risada descontente. — Porra, Mia. Nada disso faz sentido!

— Não faz.

Algo que meu olhar revelou o fez quebrar novamente a distância entre nós. Suas mãos estavam novamente em mim, segurando meu rosto. Tocando os lábios em minha testa. Resfolegando enquanto buscava sua própria paz.

— O que não faz sentido é essa conversa. Porque todo o resto, tudo entre nós, está claro como um dia de verão.

Segurei em seu pulso, sentindo-o acelerado, refletindo o que acontecia em mim também.

Aos poucos, abaixei suas mãos, sem tornar a olhá-lo.

Claro como um dia de verão.

Um verão que nunca poderíamos desfrutar.

Sequer percebi para onde estava indo quando decidi ir embora daquela loucura. Antes que Orion pudesse me seguir, corri para longe. Ele precisava voltar ao normal. E eu também. Aquilo foi um erro, um bom erro, mas, ainda assim, algo que não deveria tornar a se repetir. Havia trabalho a ser feito. Ele era o Príncipe de Alkmene. Eu tinha que proteger as fronteiras... Aquele beijo, aquela entrega, jamais deveria ter acontecido. O rei Callum contava comigo como *Lochem* de Orion. Warder indicou meu nome. O que eu estava fazendo? Traindo a Divisão, a memória do meu pai, traindo o conselho, e a mim mesma. Minha honra.

Caminhei por um longo tempo, sem rumo, buscando sentido para os conflitos que me corroíam, em um sem fim de culpas e desculpas.

Fui para longe da cidade do rei, o máximo de distância possível de Orion, mas eu sabia que não poderia ficar tão longe assim, era madrugada alta e a aurora não tardaria. Pensando em pelo menos seguir o caminho oposto, para o sudeste da ilha, talvez me hospedar em algum alojamento vampiro em Distead — a cidade centro educacional de Alkmene —, avistei alguns vampiros e humanos correndo juntos na direção de Gila. Mas isso não seria possível, porque... o governador de Gila, Bali Haylock, não queria humanos por perto.

Decidi segui-los, abandonando meu primeiro objetivo. Oculta entre as sombras, observei quando descarregaram algumas caixas. A estrada por onde vieram daria direto na Baía Cachalote.

Não soube bem o porquê, mas lembrei imediatamente de Warder e do que me disse assim que cheguei em Alkmene.

Dezesseis

Mia

Setenta e duas horas, e Orion ainda ausente. Ele enviou uma mensagem através de Alte, dizendo que estava bem, e que só precisava de um tempo. Suspeitava que havia se esgueirado para a casa de Beast ou Echos, buscando exílio em quem conhecia e confiava. Não era direito meu intervir. Embora eu sentisse uma falta física e emocional dele. Depois da conexão, era como se a ausência de Orion matasse lentamente partes do meu coração.

— Senhorita Black, o que faz sozinha nos jardins do castelo?

Fiquei imediatamente gelada ao ouvir a voz da rainha.

Levantei em um rompante e fiz a mesura.

— Majestade.

— Ah, por favor, não quero formalidade. Há alguns séculos, eu era como você. A diferença é que eu não lutava com espadas. Era uma simples camponesa, por isso zelo tanto pelo meu jardim. — Fez uma pausa e sorriu. — O rei renomeou como Stella, viu a plaquinha?

— Eu vi. É encantador.

A rainha sentou e me pediu para fazer o mesmo.

— Posso chamá-la de Mia?

— Com toda certeza, Majestade.

— Então, me chame de Stella, tudo bem?

Assenti e a rainha pegou minhas mãos nas suas. Colocou-as em seu colo, acariciando o dorso com o polegar.

— Sabe, Mia. Gosto de analisar as pessoas. Callum brinca e diz que eu poderia ser psicóloga, mas acredito ser muito fácil, porque nossa vida é muito semelhante a este jardim. Quando crescemos, precisamos de acolhimento, alimentação, amor e carinho. Não é necessária muita coisa para nos manter vivos. E acredito que temos o privilégio de sermos quem somos. Como a beleza das flores. Não é maravilhoso existirem?

Stella era tão doce...

— Sem dúvida alguma. E foi uma ótima comparação, Majes... Stella.

Concordou com a cabeça, aprovando que a chamei pelo nome.

— Lembro-me de você pequena, aqui nos corredores. Eu sabia, naquela época, que se tornaria um exemplo para os outros, e isso deixa tudo tão mais interessante.

— O quê, se me permite perguntar?

— Cresceu um pressentimento em mim quando vi Orion com a sua linda boneca séculos atrás. Um sentimento também de que algo poderia acontecer em um futuro próximo. Você se tornou a *Lochem* de um príncipe, e eu estava certa.

— Sou muito grata pelo reconhecimento. Me esforcei para chegar onde cheguei.

— Existe a honra, não é? Um senso de dever grande em fazer parte da trajetória do futuro Rei de Alkmene.

— Sim, evidentemente.

— E esse senso de dever e honra não a impedem de olhá-lo além do seu título?

Pensei por um momento.

— Sempre o verei como um príncipe.

— Oh, querida. É uma pena.

Tentei entender aonde ela queria chegar.

— Aconteceu algo naquele torneio, algo que não teve controle. Seu corpo respondeu, seu coração cantou, o universo parou para que você apenas sentisse. Não foi?

— Eu...

— Já estava em seu *Ta'avanut*?

— Não.

Sorriu.

— Antecipou?

A pergunta pessoal, vinda da rainha, me transformou em uma adolescente. Senti minhas bochechas aquecerem. Ela era a mãe de Orion, do homem que havia me beijado como se o Apocalipse estivesse chegando.

— Sim. — Por alguma razão, fui incapaz de mentir para ela.

— A sensação veio forte, contudo, foi controlada pelo seu senso de honra?

Concordei levemente com a cabeça.

A rainha alargou seu sorriso.

— Pela ausência de Orion, sinto que você renegou a ambos o direito de se amarem.

— Oh, eu não fiz isso, apenas disse que não podíamos e...

— Mia. — A rainha me cortou, porém, sua voz era doce quando retornou ao assunto. Pude sentir o coração bater na garganta pela experiência de conversar com ela sobre isso. — Eu não pertencia à realeza quando senti a conexão com Callum. E o que você sentiu, já passei por isso. Aliás, passo por isso todos os dias, toda vez que o toco. Sem a intensidade de um *Ta'avanut*, mas claramente com o reconhecimento de ele ser o meu *Ma'ahev* e vivendo a conexão da realeza, a *Savach*. Apenas Callum deveria sentir, tendo em vista que ele tem o sangue mais antigo, mas isso se estendeu a mim.

Fiquei em silêncio, apenas observando-a.

— Quando aceitamos a conexão, quando aceitamos o que somos e para quem o nosso coração quer perder as batidas, o mundo se torna... diferente. Você negou a ambos algo que, naturalmente, deveria acontecer. Foi isso que me fez calcular sua ausência. Ele está sofrendo a dor de ser quebrado por uma alma gêmea, e você sente que o seu coração está pela metade.

Abri a boca para respondê-la, e me vi incapaz de usar a voz.

A rainha estava certa.

— Consigo ver o que há de mais profundo dentro de vocês, porque vivi a experiência. E posso afirmar: quando aceitar Orion como seu *Ma'ahev*, mesmo acreditando fortemente que é errado tê-lo para si, entenderá que é o certo, que não poderia ser de qualquer outra forma. — Fez uma pausa, pensativa. — Sabe, Mia... eu senti literalmente a terra tremer debaixo dos meus pés. Talvez vocês sintam algo diferente. Observe o momento em que aceitar a conexão completamente.

— Como o amor... mas mais forte?

Stella riu.

— É muito mais forte que pensa. Te preencherá, te completará e você não precisará mudar quem é para isso, apenas aceitar que há alguém neste mundo para chamar de seu.

— Majestade. Senhorita Black. Sinto muito interrompê-las, mas Sua Alteza, Orion Bloodmoor, está vindo para cá neste instante. — A voz de Alte interrompeu a conversa.

— Eu vou me retirar. — A rainha se levantou, e eu imediatamente repeti o gesto. Antes de ir, como se eu fosse sua filha, Stella segurou as laterais do meu rosto e me deu um beijo na testa. — Pense no que eu disse. Aceite-o. E aceite minha família também.

Com as saias esvoaçantes do vestido preto e dourado, a rainha se retirou, com Alte próximo, e iniciaram uma conversa sobre um novo caramanchão. Aquele gesto simples me fez perceber que... Stella estava certa. Ela não havia mudado quem era apenas por amar seu rei. Continuava humilde, doce e encantadora, como a garota que poderia continuar a ser uma simples camponesa, adicionando elegância e poder de ser a rainha.

— Perdida em seus pensamentos?

Meus olhos encontraram um Orion completamente diferente. Estava com a roupa rasgada, como se tivesse rolado na terra e lutado. Seus cabelos estavam sujos, a camisa, quase toda aberta, a pele branca, manchada de marrom.

Parecia ainda mais bonito, mesmo desgrenhado.

Fiquei em silêncio, encarando o homem que havia virado meus conceitos do avesso. Me aproximei e Orion focou em meus lábios.

Dei um tapa forte em seu rosto.

— Como *ousa* desaparecer assim durante três dias inteiros? Me avisando através de *um bilhete*, sem me contar onde estava? Tratei de assuntos do seu interesse. — Apontei o dedo em sua linda cara. — Como ousa fazer isso comigo, especialmente depois de me beijar como...

Orion segurou meu pulso, a mão que estava com o dedo apontado para ele, e uma descarga elétrica atingiu cada pedaço da minha pele.

— Você fugiu primeiro.

— Eu estava confusa... e não sumi por três dias!

— Preciso mesmo que pare de lutar contra mim, *Yafah*.

Orion negou com a cabeça, o corpo colando no meu. As mãos vieram para minha cintura, o nariz sujo de terra raspando em minha pele. Os lábios de Orion me tocaram quentes, firmes e levemente secos. Primeiro no inferior, depois o superior. A dança que fez com a boca, antecipando o que faria com a língua, não foi nada se comparado ao que realmente aconteceu.

Orion Bloodmoor me beijou com saudade e punição, me fazendo pagar pelos pecados que cometia a cada vez que negava a nós dois. Em cada segundo do beijo, pude sentir seu pedido para aceitá-lo, enquanto ainda me agarrava à honra e aos seus ombros fortes.

Nossas bocas úmidas foram unidas pela mesma paixão, ligadas à sensação de invencibilidade. Orion me fazia querer criar asas e voar para o mundo com ele.

Afastou-se, devagar, como se sentisse que eu ainda não estava pronta.

— Cheguei à conclusão de que preciso conversar com meu pai. Me espere no salão, *Yafah*.

— Por que está me chamando assim?

Mas Orion saiu, sem me dar uma resposta.

Orion chegou no salão, e pareceu que um peso havia saído de seus ombros.

— A conversa com meu pai foi muito produtiva. — Suspirou. — Ele me apoiou sobre a espionagem daquele *cara*.

Em um dos dias que estivemos juntos, Orion me contou sobre Mars e o auxílio que seu amigo estava oferecendo. Olhei em volta do salão, percebendo a razão de Orion não estar falando diretamente o nome de Astradur.

— Não tinha contado a seu pai antes?

— Achei melhor não. Como te disse nas ameias, não quero preocupá-lo se isso se mostrar apenas suspeitas infundadas. Ou algo menor que perderá a importância no momento em que *o tal* sair do cargo.

— O que descobriu? — Estreitei o olhar.

— Não muito, além de descarregamento contínuo de caminhões em Gila. Está parecendo material demais para ser levado até lá. E esses papéis que esconde... acho que *aqueles dois* estão roubando.

— Eu sei do que está falando. Quando... naquela noite... a gente... e eu... você sabe.

Orion ergueu uma sobrancelha.

— Não importa — desconversei. — Eu vi uma movimentação em Gila. Humanos e vampiros correndo para lá.

— *O dono* daquele lugar odeia humanos — Orion sussurrou.

— Eu sei.

— E o que fez? — Os olhos dele se tornaram ternos, carinhosos. Ele precisou me segurar, de alguma forma, para sentir que eu estava ali. — Correu perigo?

— Não, não fui vista. Segui a movimentação e vi o descarregamento de algumas caixas. Como disse, são muitas.

— Sinto que não estamos vendo alguma coisa. O que ainda não percebemos? — Ele beijou minha testa, sem prestar atenção no gesto. — Será que é simplesmente superfaturamento? Lavagem de dinheiro? O que exatamente é?

— Vamos descobrir.

— Necessito de um tempo para pensar, organizar minhas ideias, buscar equilíbrio. Eu preciso das Ilhas Anell Angels.

Fiz uma pausa.

— Quer que eu vá?

Orion me soltou e deu um passo para trás.

— Você fez a pergunta errada, *Yafah*. O que *você* quer? Saiba que, se sair comigo deste castelo e aceitar ficar nas Ilhas Anell Angels, você não irá como a minha *Lochem*. Então, eu te pergunto: tem certeza que quer me acompanhar?

Eu precisava ser sua *Lochem* até o *Samhain*, noite da sua coroação. Precisava ser profissional e me manter afastada. Poderia custar toda a minha carreira e...

Ao mesmo tempo, sentia que Orion precisava da Mia e não da sua *Lochem*. Não era apenas o seu processo para se tornar um rei que o estava atormentando. Em segundo plano, o príncipe sabia que seu pai se preocupava com os rebeldes. Ainda havia a desconfiança administrativa. Como também, nossa ligação... que... estava tirando meu sono.

A voz de Stella veio em minha cabeça.

Era tanto para lidar.

— Eu, eu... não sei...

Orion se aproximou e segurou meu rosto com força, pressionando os lábios macios nos meus.

— Então descubra. — E se afastou.

Ele subiu as escadas.

E levou meu coração com ele.

Aline Sant'Ana e Clara de assis

Dezessete

Orion

— Alteza, peço o seu perdão real. — Beast ainda sorria, no fim de sua gargalhada anterior, e mantinha o tom solene, embora não me enganasse em nada com sua ironia.

— Vá se foder, Beast.

— Mas, cara, quando lembro de você saindo daquele buraco... — Mais uma vez riu.

— Isso não teria acontecido se você tivesse feito seu trabalho direito.

— Claro... eu deveria ter me empenhado ao máximo para cobrir sua retaguarda contra a tirania daquele ardiloso coelho. Vossa Alteza está certo.

— Se o tivesse cercado conforme o meu plano...

Abram os portões! Ouvi alguém gritar quando nos aproximamos das grades e da muralha, interrompendo-me por um instante.

— Hum?

— Eu não teria tido a necessidade de me enterrar.

— Correção, Alteza, com o devido respeito, é claro, mas o coelho teria fugido e nós teríamos retornado para o abrigo. Mas foi *Vossa Alteza* quem transformou isso em vida ou morte... para o coelho estúpido, no entanto, não foi ele quem quase acabou virando Churrasquinho Real.

— Por sua culpa, fiquei horas enterrado, prendendo a respiração.

— Uma coisa boa que possa fazer isso, não? Em todo caso, não foi por minha culpa. Seja o nobre que nasceu para ser e diga com honestidade se foi culpa minha que estava perdendo a cabeça.

— É que ela me frustra! — retorqui entre os dentes.

— *Ela?* A Mia Black?

— Senhorita Black — corrigi.

— Para você, talvez, que nasceu na época das colonizações. Sou da década de noventa, cara. As mulheres perderam esses pronomes de tratamento desde a liberação feminina. Eu estudei história, Vossa Alteza viveu a história, deveria se lembrar disso.

— Cala a boca, Brad.

— Porra...

Ele odiava quando o chamava pelo nome. Quando descobriam sobre seu nome, o chamavam de Brad Pitt anabolizado. Foi minha vez de rir, embora sem metade do entusiasmo dele.

Ficamos em silêncio até chegarmos em Creones, onde um barco esperava para nos levar à Anell Angels. O porto pesqueiro, que atendia à região oeste da ilha de Alkmene, estava localizado longe das fazendas e da vila de *shifters*, que seguia a partir dali até Vale Potenay.

— Ainda preferia ter vindo de carro... estou com a porra da minha bunda dolorida — resmungou. — Isso é mesmo coisa de gente apegada ao colonialismo...

— Isso tem mais a ver com você caindo em um arbusto de espinhos do que a pobre Perola... — respondi, referindo-me à sua égua.

— Não teria caído naquela merda se um certo *príncipe* de Alkmene não tivesse me assustado.

— Já disse que foi um acidente, pare de resmungar feito uma velha.

A noite estava tranquila quando deixamos nossos cavalos com os guardas que nos acompanhavam. Echos nos esperava em seu novo e moderno barco a motor.

— Podem dizer o quanto é uma beleza esta maravilha náutica. Digam mesmo, porque custou muito mais do que eu deveria ter pago.

Subi a bordo, a todo momento, com a esperança de que Mia viesse conosco. Mas não. Ela ainda não estava pronta para nós, talvez, nem estivesse realmente considerando esse "nós", e essa era a possibilidade que me quebrava por dentro.

— É melhor que aquela banheira horrorosa que seus pais te deram. Não me leve a mal.

— Vá se foder, Beast. Você não reconheceria um clássico nem se fosse atropelado por ele.

— Vocês resolveram me xingar hoje... Eu posso aceitar essa merda, porque sou o único aqui com a cabeça no lugar. Vocês têm problemas com mulheres, então compram coisas enormes para compensar ao que o ego de vocês foi reduzido. Além disso, aquele é um clássico tão bosta que comprou esse novo barco.

— Não tenho problemas. — Echos pareceu ofendido. — Nenhum problema com mulher, na verdade. Mas, se quer saber, sim, esta foi uma aquisição para impressionar.

Ele estava falando de Julieth? Ela não ficaria impressionada. A filha de Bali Haylock tinha sérios problemas de enjoo longe da terra firme.

Mia certamente não passava por isso... ou suas viagens pela Divisão Magna seriam verdadeiros tormentos.

Droga. Só de pensar em Mia doente aflorava meu instinto protetor.

— Orion?... Alteza!

— O quê, porra? — Olhei para Beast, que estava com as mãos a meio caminho de um gesto.

— Quanto tempo pretende ficar em Anell Angels? Preciso avisar meu pessoal.

— Por "seu pessoal", refere-se à sua namorada? — Echos intrometeu-se.

— Óbvio. Vocês são os únicos enrolados com vampiras por aqui. Eu tenho minha linda Veronica sob controle.

Meu olhar vagueou, perdido em pensamentos, mas me vi respondendo.

— Ficarei alguns dias, preciso pôr as ideias no lugar.

— E qual das suas ideias seria? A de amarrar Astradur em um mastro em praça pública e deixar o sol fazer sua mágica? Ou algo menos brutal, como amarrar Mia Black à cama e *você* fazer sua mágica? — Echos estava com cara de gato que comeu o canário, mas não mordi sua isca. Nem precisou. Beast me fez a gentileza...

— É *Senhorita* Mia Black para qualquer um de nós.

— Mia Black, Goldblack, senhorita... tanto faz... cedo ou tarde, pelo que prevejo, será: Sua Majestade Rainha Mia Bloodmoor, de Alkmene. — Echos manteve o sorrisinho, que foi deixando seu rosto conforme nos encarávamos. Por fim, franziu o cenho. — Ei, o que está acontecendo?

— Quer mais alguma explicação além de que o príncipe está apaixonado por sua *Lochem*? — Beast expirou, descontente.

— Fazia ideia, mas... confesso que não esperava vê-lo tão... na merda.

Houve silêncio bastante para que entendesse a deixa, eu precisava expor como me sentia, ou eles nunca me deixariam em paz.

— Mia é... especial.

— Todos somos, se não percebeu — provocou Beast. Dei-lhe apenas um olhar.

— Ela é minha *Ma'ahev* — concluí, como se isso explicasse tudo.

Talvez para Echos, que apesar de ser *shifter* de tigre siberiano, compreendia o que para nós, vampiros, significava este elo. Então ele sabia exatamente o que se passava comigo. Beast, apesar da careta confusa, manteve o silêncio.

Ao atracarmos em Anell Angels, seguimos direto para minha casa somente Beast e eu. Entramos por uma das portas laterais, e Beast seguiu direto para a cozinha, mirando a geladeira, como se estivesse em sua própria casa. Pegou os ingredientes para um sanduíche, apontando para o que tinha sobre a bancada.

— Fico feliz que sempre pense no seu amigo aqui.

— Você não será de grande ajuda se estiver desmaiando de fome durante uma possível invasão — impliquei.

Ele deu de ombros, montando uma torre com pão, frios e muita geleia.

— Explica aquele negócio direito.

— Que negócio?

— Essas expressões que vocês vampiros usam. *Marrivi*...? Você nunca tinha mencionado isso. — Claro que não teria ouvido, ele nem sonhava em nascer da última vez em que estive em meu *Ta'avanut*.

— *Marrév* — corrigi. Beast anuiu. — É uma palavra usada há milênios para definir o amor da nossa vida, aquela a quem somos destinados.

Beast franziu o cenho.

— Como uma "alma gêmea"?

— Sim.

— Porra, não era mais fácil falar alma gêmea?

Lancei um olhar para Beast.

— Não. Ela é minha princesa, meu tormento e minha paz.

— Ah, que brega, Orion.

— Eu tenho seiscentos e dezesseis anos, *cara*. Não é brega. Claro que não. Você não se sente assim? Tê-la em meus braços é como mergulhar em um turbilhão, sinto a tensão de uma batalha iminente, mas tudo que faço quando eu vejo aqueles incríveis olhos de elfa é pensar: estou em paz, ela é única. Mas tudo isso também pode ser um pesadelo ambulante.

Mia era a mulher certa para a minha vida e falar sobre ela era como evocar seu espírito, ainda assim, foi surpreendente ouvir a voz suave atravessando o cômodo:

— Quem é um pesadelo ambulante?

Beast havia saído há alguns minutos, ele ficaria em uma ala específica, longe o bastante para nos dar privacidade e perto o suficiente se precisasse de ajuda.

Mal pude acreditar que a tinha comigo. Ou melhor, que ela estava diante de mim, embora não nos tocássemos.

Mia olhou em volta. Apesar de confortável, não se poderia comparar a King Castle. A casa, construída há cinco séculos, fora modernizada nos últimos anos. Foi o presente de aniversário dos meus pais quando começaram a pensar que seria o lugar perfeito para que eu passasse por meu *Ta'avanut*. O formato de anel, ou halo angélico, que deu o nome às ilhotas, era meu refúgio, mas agora, com Mia ali de pé no meio da sala, tinha a impressão de que jamais poderia recordar do refúgio particular da mesma maneira.

— Anell Angels mudou bastante... Lembro de um lugar tão selvagem, vegetação densa, pouca estrutura...

Aproximei-me dela. Qualquer coisa era melhor do que ficar ali parado, longe do seu calor.

— Estou surpresa por encontrar uma casa tão... — Mia encarou as janelas abertas e a vista para o lago e as árvores. Meu coração estava a ponto de explodir. *Como ela conseguia fazer aquilo comigo?* — O que foi?

— Como chegou aqui?

— Fiz com que Echos desse a volta quando mal havia atracado. Então ele me trouxe. — Deu de ombros, mas, em seguida, pigarreou, parecendo incomodada. — Me disse que eu deveria decidir e... bem, aqui estou.

Silêncio se instalou entre nós.

— Escolheu este momento para ficar calado? Nenhuma de suas ironias?

Concordei, movendo a cabeça. Depois negando, respondendo suas perguntas.

— Sabe o que significa que esteja aqui? — *Ah, mas que merda.* Eu não poderia acreditar que ela estava mesmo diante de mim.

Mia mordeu o lábio inferior e o olhar intenso respondeu todas as minhas dúvidas sobre ela entender a impossibilidade de permanecermos juntos e mantermos seu tão apreciado distanciamento profissional. Fechei o espaço entre nós, abraçando-a, sentindo seu calor e abrigando seu corpo no meu. Eu queria que ela pudesse ouvir todas as batidas insanas que meu coração dava por ela.

Beijei Mia. Desde o topo da sua cabeça até suas bochechas. Segurei em seu queixo, olhamo-nos nos olhos, e por fim, tocamos nossos lábios. Começou com algo parecido com gratidão quando apertei forte minha boca na dela. Mia estava ali para mim. De repente, e como sempre quando se tratava de nós dois, nenhum movimento pôde ser controlado. Podar nossos anseios era antinatural.

Receptiva, em meus braços, sentia como se tudo ao nosso redor desse pane, apenas por nos beijarmos.

Mia se afastou quando a carga se tornou demais. Senti da mesma forma. Era assustador, intenso e passional. A violência com que aquela emoção me atingiu me fez consciente de que já não havia autonomia e racionalidade em mim. Tudo se resumiu, em um lampejo, a viver unicamente para amar aquela mulher.

Dezoito

Mia

A mansão nas ilhas Anell Angels era completamente branca por fora, grandes vãos e janelas imensas cobrindo o pé-direito duplo, que, segundo Orion, escureciam caso o sol surgisse repentinamente. O estilo arquitetônico me fez lembrar da Grécia.

Não compreendia absolutamente nada de decoração, mas tudo era muito limpo, claro e acolhedor. Muitos cômodos, mas, pelo lado de fora, notei a luz acesa e a porta entreaberta.

Quando soltei a mala no chão, ouvindo o baque grave, percebi que não havia mais volta.

Beast sinalizou que sairia, dando uma desculpa qualquer. Pelo que entendi, ele ficaria em um local afastado, feito para o guardião pessoal de Orion, mas o fato de ser em outro ambiente me fez pensar que, sendo assim, ficaríamos juntos, sozinhos, e...

Senti um calafrio na espinha.

Por que eu vim?

Comecei a falar sobre a casa e as pequenas ilhas, mas Orion não mordeu a isca. Eu deveria saber que ele me questionaria quanto a estar em Anell Angels. Quando dei por mim, estávamos nos beijando e nos tocando como se não pudéssemos ter mais um do outro.

Eu me afastei, porque precisava impor limites a mim mesma, para começar.

Orion levou um tempo, observando enquanto eu colocava um pouco de distância entre nós. Ele olhou para a mala e deu um sorriso que não consegui decifrar. Me virei para pegar a pequena bagagem, mas ele se antecipou ao movimento.

— Deixa comigo. — Orion colou seu peito nas minhas costas, inspirou no meu pescoço e deixou um beijo ali, enquanto pegava a mala aos meus pés. — Você tem um apego a essa mala...

Ri e ele se afastou para o corredor, mas a sensação inquietante continuou até Orion retornar, sorrindo.

Ele levou a mão direita à manga esquerda da camisa social preta, e começou a tirar o botão da casa.

— Aceita alguma coisa, *Yafah*? — Esticou o braço, fazendo o mesmo com a outra manga. De repente, Orion começou a abrir o botão do colarinho.

Eu estive em guerras que fariam os anjos chorarem. Estive em massacres e *eu fui o próprio massacre* quando precisei dizimar clãs inteiros para que o meu sobrevivesse. Vivi entre a insanidade e a solidão por incontáveis décadas. E nunca tive medo. Nunca estremeci em frente à batalha. No entanto, quando Orion me encarava daquele jeito, quando sentia a conexão entre nós deslizar como seda, me tornava o oposto do que sempre fui.

— Aceito, na verdade.

Orion ergueu uma sobrancelha, abrindo o resto dos botões da camisa. Ele arrancou-a do corpo, sem pudor algum, e abriu um sorriso sacana para mim. Era como se estivesse *se* oferecendo.

Engoli em seco.

— Estou te ouvindo.

— Eu... quero algumas regras.

— Regras?

— Sim. — Inspirei o ar com força. — Um: vamos com calma. Dois: eu preciso que seja secreto, porque isso pode prejudicar minha carreira, pela qual tanto lutei. Três...

— Uou, espera. — Ele veio até mim. *Não consigo pensar com Orion sem camisa.* — Eu jamais deixaria que o nosso relacionamento prejudicasse quem você é. Não entendeu ainda, Mia?

— O que eu... não entendi?

— A sua existência faz parte da minha. — *Droga, o perfume dele me atingiu quando Orion segurou as laterais do meu rosto.* Meu corpo se colou automaticamente ao dele, nossos lábios rasparam. — Você é a minha *Ma'ahev*. Eu senti a *Savach* por você. É a minha prometida, a minha futura...

— Segura esse pensamento aí — interrompi e precisei me afastar, mais uma vez. Meus olhos foram para o peito dele, a barriga com gomos, o vão que levava a... — Não vamos conversar sobre o futuro, porque eu sinceramente não sei o que fazer com essa sensação dentro de mim. Sufoca até a morte e eu sinto que não posso respirar sem você por perto. E é por isso que vim, para tentarmos descobrir como vamos lidar com tudo, porque eu aceito que é arrebatador, não impensado.

Ele abriu um sorriso largo, os caninos pontudos à mostra.

— Não consegue respirar *sem mim*?

Deu um passo à frente e eu, um para trás.

— Alteza...

Ele parou.

— Tá bom, então, me fala: o que há mais para se pensar?

— Será que não é só o *Ta'avanut* falando mais alto?

— Como disse? — questionou, irritado.

— Precisamos de um tempo para estudarmos o que está acontecendo. Essa convivência vai ser positiva.

— O que não está me contando, Mia?

Prendi a respiração.

— Eu... sinto que falhei em ser sua *Lochem*.

Isso o surpreendeu.

— Por quê?

— Nos envolvemos, Alteza. Era suposto que eu confirmasse, perante o clã, que está pronto para ser rei, não um amante.

— Você foi designada para ser minha *Lochem*, mas descobrimos que é também a minha *Ma'ahev*. Acha que poderia prever *isso*?

Jamais admitiria, nem sob tortura, mas ouvir aquilo de Orion... aqueceu o meu coração.

— E se eu não for nada do que você espera? E se eu roncar? E se eu odiar a sua cama? E se...

Parei de falar porque Orion começou a gargalhar. E foi uma risada tão alta, que eu a senti vibrar dentro de mim. Lágrimas saíram dos seus olhos, ele ainda rindo da minha cara, e eu abrindo a boca, chocada com a reação dele.

— Ah, Mia... — Orion suspirou. — Porra, não. Você não faz ideia de como é a minha prometida.

— Não sabe o que está dizendo.

— Eu sei. Falei com minha mãe antes de você chegar, alegando que teria uma vampira péssima como *Ma'ahev*, que roncaria e teria os caninos tortos. — Orion pausou, o olhar divertido e carinhoso. — Se roncar, *Yafah*, provavelmente vou achar o melhor som do universo e ficarei te olhando enquanto você dorme. Ah, e... ponto positivo: seus caninos não são tortos.

Abri um sorriso.

— Você é tão idiota.

— Não acredita realmente no que está dizendo.

Meu sorriso ficou mais largo.

— Não.

Nos encaramos por quase um minuto inteiro.

— Vamos fazer um *tour* pela casa.

Estávamos sentados no sofá da sala de TV, onde Orion colocou um filme para assistirmos. Eu me vesti com a camisola mais coberta que tinha, porque ainda não havíamos decidido se dormiríamos na mesma cama. Na verdade, essa era a discussão do momento, porque a minha mala estava em seu quarto.

Orion pausou o filme.

— Está dizendo que não quer dormir ao lado do homem que pertence a você?

— Estou dizendo que não é *seguro* dormirmos juntos.

— Isso não é só sobre dormir na mesma cama — Orion afirmou, compreendendo. — Certo, tudo bem. Deixa-me te entender. Por que quer ir com calma *nisso*? Eu fervo em cada parte da minha pele e alma por você.

— Eu sinto o mesmo.

O futuro Rei de Alkmene abriu os lábios.

— Então...

— Eu só quero ir com calma.

Ele despausou o filme. Mas voltou a congelar a tela quando me encarou de novo. Havia dois palmos de distância entre nossos quadris e Orion estava com uma bermuda preta e sem camisa, como se estivéssemos no verão. O ar-condicionado em vinte e um graus não era suficiente, e todos os minúsculos pelos do seu corpo estavam arrepiados, inclusive os da barriga. Eu conseguia ver claramente a... *grande coisa* guardada sob o tecido fino da bermuda, fantasiando o momento em que o tocaria sem qualquer peça. Já havia sentido Orion, e saber disso estava me matando.

— Tem alguma coisa alienígena no meu colo?

— Quê?

— Olhe para mim, *Yafah.*

Obedeci.

— Você me olha como se quisesse enfiar os dentes no meu pescoço, beber o meu sangue, enquanto deslizo para dentro de você. Se desfaz de mim como se estivesse prestes a me bater e, logo em seguida, a me beijar. Sorri como se estivesse apaixonada e sentisse, junto comigo, a conexão por sermos *Ma'ahev* um do outro. Entendo que quer ir com calma, mas afirmo: não vamos conseguir.

— Não vamos?

— Não enquanto eu for sexualmente ativo. Se me castrarem, talvez a gente consiga. — Sorriu, malicioso. — Eu quero tanto você que parece que não vou ter paz até tê-la em meus braços. E sabe, Mia, eu estou me acorrentando nas paredes por você, esperando seu tempo, mas, enquanto renegar a nós dois, vai doer, até que...

— Que eu me entregue.

— Vai ser pior a cada dia, e se quer saber, não adianta nada vestir essa camisola de vovó quando sei o que tenta ocultar.

Desviei o olhar.

Eu sabia que ele estava certo, mas era difícil admitir.

— Como acha que vou dormir ao seu lado, sabendo que está tão perto, que posso tocá-lo?

— Não sou proibido. Pode me tocar sempre que quiser. — Umedeceu a boca.

Rolei os olhos.

— Hoje, vou dormir em um dos quartos.

— Tudo bem.

— Tudo bem, então. — Cruzei as pernas. — Vamos voltar ao filme?

Ele me observou por um tempo e deslizou para sentar-se ainda mais perto de mim. Suas mãos vieram até o meu rosto, e Orion me fez encarar suas íris rubras. Me dei conta de que nos beijamos hoje menos do que deveríamos.

Os lábios dele vieram bruscamente nos meus.

Arrebatando meu fôlego, a língua passou para dentro da minha boca, desbravando lugares que eram seus de direito, me molhando e moldando ao seu modo de beijar, como se fizéssemos amor. Meus dedos automaticamente foram para seus cabelos macios e lisos, sentindo-o por completo. Seu peito colou-se ao meu. A pele de Orion estava gelada, e eu me sentia tão quente...

Virei depressa, e, em um segundo, sentei em seu colo. A camisola subiu para os meus quadris quando Orion levou as mãos para lá. Apertou a minha bunda com força, moendo-me nele, o imenso sexo atingindo o meio das minhas pernas. Gememos, trocamos o mesmo ar, o calor dançando em uma espiral úmida e lasciva. Orion mordiscou meu queixo, depois exigiu um beijo quente de língua, enquanto me mostrava embaixo de nós o que faria se estivesse dentro de mim.

Foi nesse instante que o celular dele tocou, dando um tapa na cara do desejo.

Orion raspou os lábios nos meus e apertou minha bunda mais uma vez, despertando-me. Ouvi seu suspiro resignado e ele precisou estender o braço para pegar o celular na mesinha próxima ao sofá. Seus olhos estavam fixos em mim quando atendeu.

— Fala. — Sua boca raspou na minha mandíbula. Orion chegou até o lóbulo, sugando. Mesmo tonta por ele, fui capaz de ouvir a voz do outro lado: masculina, irritada e preocupada.

— Quando? — questionou, rouco.

Orion desceu beijos para o meu pescoço e o senti endurecer ainda mais embaixo de mim. Por um segundo, achei que fosse o *Ta'avanut* falando alto, mas, depois, quando seus lábios pararam de me adular, percebi que era por outro motivo.

O príncipe afastou o rosto, preocupado.

— Você acredita *piamente* que se trata de poder bélico? — Pausou. A voz do homem do outro lado da linha aumentou o tom. — Sei que não pode falar por telefone, Mars, pelo inferno! Mas não pode soltar algo assim e esperar que eu não faça perguntas.

Suspirou fundo.

— Não me importa se viu ou se não viu. Se suspeita, já é o suficiente. Se for o que está pensando, eu preciso saber o que diabos o Duque de Merda quer com uma caixa de armas, está me entendendo? Eu quero relatórios a cada trinta minutos no meu e-mail, e seja discreto. — Desligou o telefone.

— O que está acontecendo?

— Mars viu homens de Astradur com um carregamento suspeito. Ele acredita se tratar de armas. Não é bom, Mia. Por que um Duque Real iria precisar se armar?

Acariciei seu rosto preocupado, disposta a passar a noite inteira conversando sobre o assunto. Ainda em seu colo, fiz carinho em seus cabelos, em seu rosto sem barba, e o ouvi falar sobre a quantidade de vezes que não se sentiu confortável com aquele vampiro no conselho.

Um arrepio subiu em minha pele enquanto ouvia a voz atormentada do príncipe. Naquele instante, escutei-o como sua *Ma'ahev*, como uma amiga também.

Um flash de reconhecimento passou por mim.

Eu queria ser todas as boas coisas para ele.

Aline Sant'Ana e Clara de assis

Dezenove

Orion

Ela estava tão linda, com os cabelos espalhados, contrastando com o lençol azul-escuro. Minha intenção era acordá-la para que visse com seus próprios olhos uma das minhas ideias ⏤ claro, tinha esperança de que não reagisse como minha mãe, que chorou ao se lembrar de um tempo em que semeava os campos sob o sol da alvorada.

Não passava das dezesseis horas, o sol brilhava lá fora; o idiota do Beast estava pescando no lago artificial, matando meus peixes em sua forma de urso, ainda assim, eu queria que minha *Ma'ahev* pudesse apreciar a vista.

No entanto, ao ver Mia daquele jeito, a camisola enrolada nas pernas, em um belo vislumbre de suas curvas, desisti de acordá-la e optei por me juntar a ela na cama.

Ao aconchegar seu corpo, beijei sua nuca, apenas para descobrir que ela já estava desperta. Seu sorriso acompanhou o encolher de ombros, assim que mordisquei o ponto doce atrás de sua orelha. Meu braço a envolveu pela cintura e a trouxe para mais perto.

— Quero te mostrar uma coisa, mas ficar assim com você pareceu-me uma ideia muito melhor. — Pontuei minhas palavras com beijos em seus cabelos, mas ela permaneceu calada, nem mesmo se virou.

Quando pensei em lhe dizer algo... Mia roncou alto.

Ergui a cabeça, olhando para ela, que, apesar de estar de olhos fechados, tentava disfarçar o sorriso.

— Está fingindo que está dormindo?

Sua resposta foi um ronco ainda mais alto.

— Esse seu lado espirituoso... — Beijei seu pescoço novamente — não conhecia... — Outro beijo, e então segui um rastro pelos seus braços, virando-a devagar e ela aceitando.

— Está muito cedo para você vir me acordar com esses seus beijos quentes.

— Meus beijos quentes entendem que não tem hora para tocar você.

O olhar de Mia foi de terno para em chamas, em segundos, bastando que eu descesse minha inspeção por seu pescoço, clavícula, seios e de volta para seu lindo rosto.

— Acho que sei o que está pensando.

— É?

— E a resposta é sim, *Yafah,* vou te beijar em todos os lugares certos.

Ela molhou os lábios e eu quase os toquei, mas decidi descer alguns bons centímetros. Mia sorriu ao me ver pairando diante do seu seio. Era possível perceber sua antecipação em faíscas, porque me sentia da mesma maneira, mas então, ouvi um som abafado. Eu sorri, mas ela ficou com o rosto em um adorável tom de rosa. Desci um pouco mais, tocando os lábios em seu estômago, e depositei um beijo ali.

— Mas antes, precisamos resolver o seu problema. Há quanto tempo não se alimenta?

— Hum... desde... o jantar de encerramento do torneio? — respondeu, sem conseguir esconder seu constrangimento.

— Está brincando comigo?

Eu me afastei, sentando sobre os calcanhares, e Mia também se sentou.

— Queria que ficasse me empanturrando enquanto não fazia ideia de onde estava? Aliás, por onde andou? Aqui? — Neguei, movendo a cabeça, e seu olhar endureceu. — Se disser Labyrinth, eu vou te matar.

Não soube ao certo se foi o tom que ela usou, seu olhar, dividido entre ira e luxúria, ou o fato de estar prestes a me levar a uma briga de casal vestida com a camisola mais feia que ela tinha — afinal, Mia era uma vampira de rendas —, mas não contive o sorriso de divertimento.

— Estou falando muito sério.

— Nós dois sabemos que você ciumenta é irracional, Mia. Descobri há quatro dias.

— Eu não...

— Taywood. Estive na floresta de Taywood. Com Beast e outros dois amigos *shifters* machos — esclareci.

Mia me olhou por um tempo a mais, antes de se dar por satisfeita e voltar a se deitar.

— Hã-hã, nada disso, *Yafah*, precisa se alimentar.

— Mais tarde.

— Agora. Vamos, vou pegar uma taça de sangue humano, precisa de mais força do que o sintético pode lhe dar.

— Não pode me obrigar a sair da cama com o sol forte lá fora.

— Na verdade, posso, sim.

— Você é um príncipe tão tirano... — ela resmungou.

— E bem mais forte que você. Se não vier por bem...

A sobrancelha esquerda de Mia arqueou de um jeito diferente.

— O que pretende? Me arrastar? Não sabe se é realmente mais forte do que eu baseado no que aconteceu na demonstração. É de praxe que o *Lochem* deixe o príncipe ganhar.

Lurreee-m...

Sexy.

— Sei...

— Claro que sabe.

— Certo, *Yafah*. Vamos tentar diferente: ou vem com suas próprias pernas, ou vou aproveitar que estamos na cama e dar uma utilidade melhor à mobília.

— Tenho preferência por A negativo. — Mia começou a se mover para fora do colchão.

— Boa menina.

Os quartos ficavam no andar inferior — uma exigência dos meus pais por questão de segurança —, e Mia não pareceu confortável ao subir os degraus até a cozinha.

— É de tarde... o que estamos fazendo indo para cima com sol lá fora...? — resmungou.

— Confie em mim, *Yafah*.

Caminhei à frente dela, segurando sua mão até chegarmos à cozinha, para Mia descobrir que todas as janelas estavam fechadas com persianas.

— Sabe, deveria equipar aquela adega lá embaixo com o que nos interessa.

— A adega está cheia, Mia.

— Ora, então por que me fez vir até aqui? Vamos voltar lá para baixo e...

— Espere.

Mia se deteve, observando confusa quando levei a mão ao controle remoto, acionando uma sequência de botões que fizeram as persianas vibrarem ao iniciar o rolamento que as suspendia.

— O que... o que está fazendo? — murmurou, assustada.

— Confie em mim.

Ela não pareceu convencida, até que a claridade começou a entrar, filtrada pelas janelas, e Mia semicerrou os olhos, não acostumada com aquele tipo de iluminação nada artificial.

Seus dedos se entrelaçaram nos meus com força e sua respiração ficou irregular. Seus olhos estavam arregalados, e ela engoliu em seco, como se estivesse se preparando para saltar de um precipício. E maldito fosse eu se não senti uma pontada de orgulho ao saber que ela não recuou pelo medo, e, mesmo assustada, confiou em mim.

As persianas rolaram abertas e Mia quase esmagou minhas mãos.

Os raios de sol não se infiltraram. E ela riu, de repente, estupefata, mas seu aperto não diminuiu. Mia olhou em volta, não apenas a cozinha, mas boa parte dos cômodos ao nosso redor. Um pássaro voou para um galho frágil, próximo à janela, e Mia riu novamente. Dessa vez, havia emoção em demasia. Pensei que ela ficaria triste ou frustrada, engano meu.

Sorrindo mais amplamente, esticou a mão livre, detendo-se em seguida.

Caminhei com Mia, mesmo reticente, até que estivéssemos mais próximos da janela. A temperatura do sol atingiu nossas peles; essa sensação eu nunca iria esquecer. Liberdade e humanidade, coisas difíceis de trazermos à superfície.

— Sempre quis ver a luz do sol tocando o mar...

Maravilhada, não expressou nenhuma das dúvidas que estampavam seu olhar.

— Eu tenho muitas ideias para o meu clã. Esta é uma delas, minha querida *Lochem*. Esta película filtra os raios de sol. Sem ela, seríamos atingidos com a potência de uma bomba atômica. Você sabe, pela dissociação molecular.

— Isto é... incrível! Impressionante... — sussurrou. — Você criou isto? Como?

— Tenho uma cabeça pensante, *Yafah*. Terei enorme prazer em lhe mostrar como, mas só depois de alimentá-la. Vamos.

— Tudo bem, estou tão desnorteada que não teria forças para me opor, ainda que quisesse. — Mia esticou a mão para a frente, vendo a iluminação do sol tocar sua pele, o calor que emanava. — Isso é espetacular.

— Que ótimo, então, para deixá-la sem palavras, preciso criar algo apenas... espetacular — brinquei.

— Tem ideia de que...? Mostrou isso aos seus pais? Eles sabem que...

— Sim, mostrei. Mas ainda precisamos de mais testes. A película não resiste muito ao sol do meio-dia.

— Como sabe? — Para respondê-la, virei um pouco o braço, exibindo meu pulso ainda marcado.

— Você... Mas...

— Está tudo bem, não é permanente. Venha, vamos te alimentar. Quero vê-la bem-disposta para o caso de "ir com calma" parecer um pouco estúpido.

— Ei!

Eu ri quando ela pareceu realmente ofendida, então mostrei onde guardava o sangue humano e o sintético, e servi o que seria melhor para quem estava há tantos dias sem se alimentar.

— Espera. — Segurou-me pelo braço quando pensava em deixá-la à vontade. — Estou muito orgulhosa de você. É muito inteligente e inovador. Você quer trazer qualidade de vida para os vampiros de Alkmene.

— O projeto ainda não está cem por cento pronto. — Um elogio vindo de Mia, que era naturalmente arisca, foi surpreendente. Também só estava acostumado a receber elogios pela minha aparência, e nenhuma outra esteve tão próxima de mim para me conhecer de verdade. — Quero dizer, eu sabia que não iria te machucar a essa hora do dia. Adorei ver a confiança que depositou em mim, mas foi divertido contemplar seu pânico. — Ri.

— Cala a boca.

Mia surpreendeu-me com um beijo, com gosto de pecado e devassidão. Ela não fazia ideia de que aquela pequena amostra, vinda de seus lábios, era capaz de me enlouquecer igual. Pediu passagem para girar sua língua na minha, obrigando-me a fazer a única coisa sensata: erguê-la em meus braços e levá-la de volta ao quarto.

Isso de ir com calma está me matando.

Ela mal teve tempo de registrar que estávamos a um passo da cama, quando a pus deitada, beijando seu corpo e desnudando a minha alma.

— Está me deixando louca...

— Não vai ficar mais fácil, você sabe, *Yafah*. Minha Mia... Eu te quero muito, mas... só se você me quiser também.

— Mas eu...

— *Quando* me quiser também, *Ma'ahev*. Eu serei teu escravo. Minha vida é sua para fazer dela o que quiser.

— Não me diga essas coisas, porque... eu te quero. Muito. Mas e se isso tudo for apenas névoa do *Ta'avanut*? E se nada disso for verdadeiro e me culpar ao perceber que não sou...

— Mia, se você não é a minha *Ma'ahev*, porque eu, como um príncipe, tenho vontade de ficar de joelhos toda vez que te vejo?

— Príncipes não se ajoelham.... *Oh.*

Ela entendeu para onde meus pensamentos se encaminhavam, e eu sorri. Estava na hora de alimentá-la, por mais que meus desejos parecessem calar a razão.

Vinte

Mia

As coisas estavam mesmo ficando complicadas, assim como o príncipe havia previsto. A cada dia, meu corpo passava a implorar mais por ele. E a cada hora, nos aproximávamos de uma maneira que nunca consegui com outra pessoa. Os minutos eram alternados entre beijos e conhecimento de quem éramos um para o outro. Os segundos, contados pelos instantes que meu coração batia descompassado; cinquenta por cento desse tempo.

Nossos ideais de vida, a maneira que víamos o mundo, como ansiávamos pelo melhor... simplesmente parecia certo. Não eram os beijos os responsáveis pelo incêndio incontrolável que nascia em mim, mas a forma que o nosso intelecto se conectava.

E, pouco a pouco, o aceitava como meu, porque não havia alternativa quando o coração tinha voz própria e mandava eu me entregar.

Como vencer um amor que não é conquistado somente pelo coração?

— Acha que este tópico está mal explicado?

— Sim... Não... quer dizer...

— Mia?

Estávamos sentados no sofá, e já havia passado das nove da noite. Orion estava com os papéis da sua proposta como Rei de Alkmene no colo. Estivemos trabalhando nisso por dias e, paralelamente, recebendo notícias preocupantes sobre Astradur e Bali, mas, aos meus olhos, não era essa a pauta.

— Desculpe, estou um pouco aérea.

Ele tirou os papéis de cima de suas coxas e os apoiou sobre a mesa. Franziu as sobrancelhas e umedeceu a boca.

— Está preocupada?

Havia uma mecha do cabelo liso e negro caída sobre o olho direito, com as íris rubras, escuras, mesmo sob tantas luzes. Orion estava à vontade, sem camisa e com uma calça de moletom preta, descalço. Aquela noite, particularmente, não estava tão fria. O céu estrelado, visto atrás de Orion, por uma das imensas janelas, nos prestigiou com a lua cheia.

Foi, então, que eu soube.

Não por uma estrela que caiu do céu, nem por qualquer coisa que Orion tivesse feito naquele segundo. Foi simplesmente o olhar dele no meu e a forma como meu coração tropeçou e parou por segundos inteiros.

Eu aceitei por completo o que éramos um para o outro naquele instante.

A luz da sala oscilou de repente, para depois retornar. Orion olhou para cima. Engoli em seco, sem dizer uma palavra. Quando o príncipe voltou a me admirar, seu pomo de Adão subiu e desceu.

— O que aconteceu? — A pergunta veio baixa, suave.

Levantei do sofá. Dei alguns passos para trás e, de repente, não me senti eu mesma. Era como se tivesse me transformado, me tornado oficialmente *dele*.

Sem dizer uma palavra, abaixei lentamente a alça fininha da minha blusa de seda. Os olhos de Orion foram para o gesto e ele tensionou.

A luz da sala deu um estalo, se apagando por completo.

— Mia? — Ele afundou os dedos no estofado do sofá. Abaixei a outra alça com toda a calma. Orion fechou os olhos. — Por que você... — Não resistiu, abriu as pálpebras, levantando-se num rompante.

Cruzei os braços e passei a blusa pela cabeça, ficando completamente nua da cintura para cima, já que não usava sutiã. Orion deu um passo para frente e, enquanto o encarava, escutei o som da lâmpada da cozinha se espatifando em mil pedaços.

Orion virou o rosto por um segundo para olhar o que estava acontecendo.

— As lâmpadas estão explodindo. — Sua voz soou rouca e forte. Desviou o rosto até me encarar. Seus olhos desceram para os meus seios. Sequer uma célula minha hesitou quando levei os dedos para o botão da calça. Orion admirou tudo como se fosse uma resposta para a pergunta que não ousou fazer.

Remexi os quadris para me desfazer da calça e, sorrindo, a chutei para longe quando chegou aos meus pés.

Orion deu outro passo.

Ouvi a lâmpada da sala de jantar estourar. Um arrepio cobriu minha espinha, chegando à base do pescoço, me estremecendo.

Virou o rosto, analisando, estudando cada centímetro que escondi dele. Orion precisou umedecer a boca mais uma vez. Os caninos, muito pontudos, ficaram ainda maiores. Como um presságio, meu corpo passou a responder a algo que ainda não havia acontecido. Os bicos ficaram rígidos, meu corpo recebendo uma onda quente, descendo daquele ponto para a minha calcinha, deixando-a lentamente molhada.

— Orion — murmurei.

Ele rapidamente voltou a atenção para o meu rosto. Seu nome soava tão sexy saindo dos meus lábios. Meu coração pulsou em partes adormecidas, e senti cada célula minha respondendo ao olhar faminto do príncipe dos vampiros. Era como se ele estivesse me tocando, me sentindo, ainda que houvesse um enorme espaço entre nós.

— Se você não é o certo para mim, então por que odeio a ideia de viver sem você? — A lâmpada do abajur da mesa em que Orion deixou os papéis explodiu. A casa dele estava recebendo a energia da aceitação de uma *Ma'ahev*, e era essa a pergunta que Orion não ousou fazer, com medo da resposta. Então, eu precisei começar a falar. — Se não é o certo para mim, por qual razão venho me apaixonando a cada segundo que passamos juntos? Se não é o certo, por que venho aceitando-o a cada dia que passa? É frio sem você, é sem sentido, e eu *quero*, eu *preciso* que seja o amor da minha vida. Porque vai ser uma agonia sufocar mais um minuto desse sentimento.

Ele deu mais um passo. A respiração de Orion se alterou, seus olhos ficaram emocionados, a íris brincando entre o vermelho-vivo e o laranja. O peito dele subiu e desceu, aquele homem me olhando como se tudo que saísse da minha boca fosse música para seus ouvidos. Desci os olhos por ele, a pele da barriga de Orion se arrepiou, a ereção crescendo por trás da calça.

Meu coração tropeçou, enquanto sentia a pulsação do prazer zanzar por minhas pernas. Me obriguei a continuar, ainda que doesse fisicamente a espera de me tornar dele.

— Aceito-o hoje como parte da minha alma. — A máquina de lavar louças parou de funcionar. — Aceito-o como meu amor. — A luzes de fora começaram a apagar, estourando e espalhando vidro pelo chão. — Aceito a energia que está emanando de nós dois. — Algo fez um barulho estrondoso quando simplesmente explodiu. — Por fim, aceito-o como meu *Ma'ahev*.

Talvez tenha levado um segundo, não saberia dizer, mas bastou uma respiração minha para Orion simplesmente voar para os meus braços. Em um passo largo, suas mãos me tocaram firmemente na bunda, seu peito forte colado aos meus seios nus. Ele me encarou por um minuto inteiro, raspando os lábios nos meus, o quadril pressionando-me, exigindo atenção.

Entre nós, seu sexo duro foi o que eu senti antes de sua boca cobrir a minha. Sua língua me invadiu, penetrando-me como se estivesse fazendo isso em outro lugar, aumentando a umidade entre minhas pernas.

Ouvimos mais algumas coisas estourando, mas simplesmente não tivemos coragem de parar.

 Orion tirou uma das mãos da minha bunda, levando-a ao seio. Espremeu entre o polegar e o indicador o bico direito, causando uma dor aguda que tocou meu clitóris e me fez arfar. Riu contra a minha orelha, sua língua entorpecendo meus sentidos. Fiquei tonta e sedenta pelo momento em que me tornaria sua.

Desci a mão por seu corpo, enfiei os dedos no elástico da calça e abaixei-a levemente. Sem uma cueca ali, meus dedos se surpreenderam quando tocaram a carne rígida, coberta por uma pele macia. Ele era imenso, largo. Senti suas veias, o calor que emanava do sexo muito pronto para mim. Orion se perdeu quando comecei um vai e vem doce e suave, seu quadril acompanhando meu ritmo, fazendo amor com a minha mão. Aquele homem de quase dois metros de altura parou de beijar a minha orelha, incapaz de fazê-lo enquanto o tocava, e ouvi um suspiro profundo. Minha boca foi para seu pescoço, sugando e raspando os caninos na jugular.

Eu queria marcá-lo como meu.

Os dedos de Orion afundaram em toda a pele que pôde encontrar. A ereção na palma da minha mão deixou o contato úmido, desejando estar dentro de mim.

— Porra... — rosnou, voltando a me beijar. Orion levou as mãos para a minha cintura e me pegou no colo.

Ele precisava de um minuto para entender a explosão que tivemos. Então, foi o que lhe dei, beijando suavemente o furinho em seu queixo.

— Eu queria muito ouvir isso, mas não imaginei que fosse destruir a minha casa — sussurrou.

— Destruímos muitas coisas?

Ele olhou rapidinho para a televisão.

— São setenta e duas polegadas. — Inspirou profundamente. — Vamos sair daqui.

Ri em sua boca, sentindo-o caminhar para fora da casa, comigo agarrada a ele. Beijei-o intensamente, minhas mãos passeando por seus ombros e cabelo, buscando tudo, arrancando o prazer que tão desesperadamente queria sentir.

Aquele vampiro não me decepcionou.

Seu beijo arrancou minha alma e a colocou de volta. Os caninos encolhidos, a língua raspando gostoso em meus lábios. Ele aprofundou o beijo, querendo me provar que o sexo não seria calmo.

Orion afastou nossas bocas quando chegamos a uma área externa da casa que parecia exclusivamente feita para banho. Havia uma piscina aquecida, redonda, com hidromassagem e luzes internas. Orion entrou na água ainda de calça, me carregando no colo, imediatamente esquentando meu corpo da brisa gelada.

Me sentei em seu colo, assim que entramos na banheira, e senti seu sexo completamente duro e pronto embaixo de mim. Suas mãos saíram do meu quadril e vieram até meu rosto. Orion uniu nossas testas, dividindo o ar quente que exalamos.

— Eu estou completamente, loucamente e perdidamente apaixonado por você, Mia Black. — Uma das luzes da banheira falhou. Orion raspou os lábios nos meus, um arrepio subindo pela minha barriga. — Não posso viver um minuto da minha eternidade sem pertencer aos seus braços e sem reconhecer que pertence aos meus.

Outra luz falhou.

Meu coração parou, junto com ela.

— Aceito-a como minha *Ma'ahev*. Hoje e durante nossa existência. — Imediatamente, as luzes se apagaram. Uma a uma.

— Orion, nada me faria mais feliz.

Ficamos sob a luz da lua e o vi sorrir.

— Será que, quando eu deslizar para dentro de você, as estrelas também irão se apagar? — questionou baixinho, quente. Descobri que seu humor sexy poderia ser realmente excitante quando um arrepio me fez pulsar por inteiro.

Dentro de mim, que ideia gostosa.

Era naqueles braços que eu queria passar a eternidade.

Era com aquele beijo que eu desejava acordar todos os dias.

Era para aquele homem que entregaria meu sangue, coração e alma.

— Que elas se apaguem, então.

Vinte e Um

Orion

Mia Black estava em meus braços, oficialmente me aceitando como seu *Ma'ahev*. As palavras que ela disse ainda rodavam dentro de mim quando começou a se mexer no meu colo, rebolando lentamente, se esfregando no meu pau, pedindo para entrar nela.

Rosnei, mordendo seu lábio inferior. Automaticamente, minhas mãos foram para sua cintura, embaixo d'água, descendo, apertando a pele macia da sua bunda com força, trazendo-a ainda com mais dureza para mim. *Ah, porra, que gostosa!* A textura da renda branca em meus dedos enlouqueceu-me. As mãos pequenas de Mia fizeram uma trilha por meu tórax, deslizando pelos músculos, sentindo, me fazendo ondular pelo contato. Grunhi com a língua dentro da sua boca.

Mia gemeu baixinho.

Passei a ponta dos dedos por suas coxas, raspando a pele, mostrando a ela o que faria com meus dentes quando a mordesse. Mia sentiu aquilo, tremeu sobre mim, interpretando o que eu queria. Percebi que não aguentaria mais quando minhas bolas enviaram ondas elétricas por toda a extensão, pulsando.

Deixei um suspiro escapar pelos lábios. Com um impulso, a coloquei sentada na borda, dando certa distância entre nós.

Na penumbra, a luz da lua não escondeu de mim as curvas da minha *Ma'ahev*. Os seios pequenos, os bicos rosados, as pintinhas que desciam do meio deles para a barriga, como se mostrassem o caminho. A cintura estreita de Mia, que descia para o lugar que eu queria percorrer com a língua até que sentisse seu prazer se desfazer na minha boca.

Me aproximei da beirada, meu rosto exatamente onde eu queria que estivesse. Olhei para cima, encarando seus olhos verdes, quando enganchei os dedos nas laterais da renda e comecei a puxar a calcinha. Mia apoiou as mãos para erguer o quadril. Fui descendo os olhos como se tivéssemos horas para vivermos aquilo.

Teríamos.

A peça deslizou e Mia me ajudou com os pés. Joguei a calcinha em qualquer lugar, porque o que eu queria estava bem na minha frente. Me movimentei mais uma vez para a frente, chegando mais perto. Segurei seus quadris, olhando-a pela primeira vez. A boceta rosa, úmida de prazer, tão pequena e doce, fez meu pau queimar pela vontade de deslizar por aquelas curvas. Mia arfou quando coloquei a mão em suas costas e fui deslizando para a bunda dela. Ergui seu quadril e abri um sorriso.

— Está entregue, Mia? O suficiente para minha língua te fazer gozar?

Abriu a boca, as bochechas coradas.

— Sim...

Ao invés de percorrer beijos por ela, inspirei em sua barriga e fui descendo a ponta do nariz por sua pele. Cheguei à virilha e, encarando seus olhos semicerrados de prazer, apontei a língua, percorrendo a pélvis de Mia. Toquei o seu ponto túrgido vagarosamente, experimentando o sabor. Ela tremeu e agarrou meus cabelos.

Aquela mulher era absolutamente linda quando se entregava. Os lábios entreabertos, a cabeça inclinada para o lado, seu quadril vindo de encontro à minha boca... Tremi a língua pela boceta, devagar e intenso, fazendo um oito que sabia que a faria enlouquecer. Me afastei por um momento para observar seu rosto mais uma vez, enquanto o polegar brincava com o clitóris, começando a fazer círculos suaves. Guiei a língua para lá, descendo, até entrar com ela em Mia.

Estoquei-a com a língua, um vai e vem provocativo quando circulava o clitóris com o polegar, acariciando-o. Mia estava no limite. Ela arfou meu nome, puxando os fios do meu cabelo, entrelaçando seus dedos ali, instigando-me a continuar. Sorri contra sua boceta, a língua forçando a entrada apertada e quente.

— Orion, eu...

Porra.

Sua boceta começou a pulsar em torno da minha língua e eu a tirei de lá, tocando lentamente, com a minha boca, os lábios dela.

Gostosa e minha.

Deslizei um dedo para dentro, imitando o que faria com meu pau. Mia procurou-me com os olhos, sua boca espremida para não gemer, sem sucesso.

Sorrindo, assisti minha *Ma'ahev* rebolar no meu dedo. De repente, ela parou, e seu corpo tenso e rígido em volta de mim. Gritou algo a plenos pulmões, liberando uma onda de prazer que foi o suficiente para que eu gemesse junto dela.

Mia tirou os dedos do meu cabelo e acariciou meu rosto. Beijei o dorso da sua mão, deslizando a boca para o seu braço, até alcançar seu ombro. Trouxe o rosto de Mia para baixo e espacei seus lábios com a língua, mostrando como fica seu gosto em um beijo. Ela literalmente se perdeu em minha boca, e eu fui me levantando, o pau implorando àquela altura.

Nos afastamos e Mia enfiou os polegares no cós da minha calça, curiosa e ansiosa. Seus olhos imediatamente foram para o meu pau que saltou quando foi liberado.

Duro, imenso e louco por ela.

Ela piscou diversas vezes, o cenho franzido.

— Não se preocupe. Você nasceu para mim, Mia.

Ela mordeu o lábio inferior, e ajudou a me livrar da maldita calça.

Sentei no fundo da piscina e pedi com o indicador para ela vir.

Mia sorriu e veio, ondulando a água em torno de nós, abaixando-se. Com tesão, senti seus *lábios* acolhendo a cabeça do meu pau. Devagar, rebolando para conseguir mais espaço. Os olhos dela brilharam mais do que as estrelas no céu. Seus dedos apertaram a borda da piscina, e apoiei suas costas. Mia jogou a cabeça para trás, os cabelos tocando minhas mãos.

Olhos fechados, boca entreaberta.

Fiquei parado, mesmo querendo me mover, mas esperando o tempo dela.

Macia, quente, molhada e doce.

Subi uma das mãos, agarrando seu cabelo com força. Trouxe-a para mais perto, sugando um dos seios. Ela arfou e desceu com mais vontade, até não haver qualquer espaço entre nós. Segurou em minha nuca, guiando para onde queria ser beijada. Alternei entre sugar, chupar e lamber seus bicos, direito e esquerdo, mudando de um para o outro sempre que tinha vontade.

Mia me enlouqueceu.

Indo e vindo, para a frente e para trás, para cima e para baixo, conduzindo o sexo entre nós. Agarrei o seio com a boca, meus caninos crescendo, deixando um rastro de sangue por sua linda pele. Bebi as gotinhas que provoquei, o cheiro férrico no ar misturando-se ao vapor de água.

Saborosa.

Lambi, selando o local. Trilhei beijos até o pescoço de Mia, cego de prazer, nossas mãos em todos os lugares. Viajei meus dedos para onde nos conectávamos, provocando o clitóris enquanto aquela vampira rebolava no meu pau, engolindo-me inteiro.

Nossos gemidos e respirações se tornaram um uníssono alto.

Eu me perdi no corpo dela; era o labirinto perfeito.

Ela me deixava mais duro e pronto, mais excitado e louco do que qualquer porra de *Ta'avanut.*

Levantei, carregando Mia, a água deslizando por nossas peles. Levei-a, completamente molhado, pelo deck de madeira, até a área confortável sobre as almofadas no chão. Deitei sobre ela e, automaticamente, suas pernas me rodearam.

— Minha *Yafah.*

Mia sorriu por um segundo antes de eu entrar com força em seu corpo. Ela arfou de prazer, arranhando minhas costas, sua boca procurando meu pescoço.

Fechei os olhos, oferecendo-me.

Nenhum de nós tinha marcas de outros amantes no pescoço. Era comum, em um sexo importante para um vampiro, ser capaz de marcar o outro. Uma cicatriz que poderia durar pelo resto da vida. Nem eu nem Mia havíamos encontrado pares bons o bastante para isso, pelo visto.

Sequer hesitei.

Embalei meu sexo nela, indo e vindo, bem gostoso. Mia ofegou, seus caninos raspando na minha pele. Na pausa da minha *Yafah,* compreendi a pergunta que ela não fez.

Em resposta, meu pescoço tocou ainda mais sua boca, os caninos pontudos rompendo a pele. Mia agarrou minha nuca e ombro, ao mesmo tempo em que pressionava os calcanhares na minha bunda, pedindo para eu continuar enquanto ela estivesse me marcando.

De pálpebras cerradas, fodendo-a com prazer, senti a dor aguda da pele perfurada.

Oh, porra, como é bom!

Foi delicioso senti-la sugando o meu sangue. Foi perfeita a sincronia do fluxo que saía e molhava seus lábios, junto com o movimentar e rebolar dos meus quadris, com a força de um vampiro que havia perdido o controle.

Rosnei quando ela passou a ponta da língua na ferida, fechando-a. Mia puxou meu rosto para um beijo, e senti o gosto metálico nos seus lábios, passando para mim o prazer que sentiu.

Ofegante, sem parar de penetrá-la com urgência, agarrei seus cabelos em punho e virei seu rosto para o lado. Assim como eu, Mia não levou um segundo para mostrar o lindo pescoço. A veia saltada e pulsante, doce e virgem, me mostrando que desejava ser bebida.

Meus caninos cresceram, machucando meu lábio inferior. Levei-os para o ponto doce do pescoço de Mia, enfiando com carinho. Ela estremeceu embaixo de mim, seu quadril batendo no meu pelo prazer que sentiu quando a suguei.

Mia gozou, sua boceta me apertou com força, enquanto eu experimentava seu sabor em minha boca, aquecendo não só fora, como algo dentro de mim. Parecia um vinho encorpado, com um fundo férrico, e suave o suficiente para que eu soubesse que era o meu sabor favorito.

Lambi sua pele, selando-a como minha. Observei a obra de arte que fiz, reconhecendo que agora qualquer vampiro saberia que um de nós havia sido importante para ser seu primeiro — e último —, pois a marca era permanente.

Mia gemeu com o vai e vem e, com um impulso, nos virou, me surpreendendo. Em cima de mim, encaixou-se novamente, com uma pressa ainda maior, me tomando para si. Deslizei dentro dela, perdendo-me na intensidade de um prazer que nos cobriu com a violência de uma avalanche.

Meu corpo começou a responder, bruto, o pau crescendo ainda mais dentro dela. Levei o indicador para onde nos conectávamos, rodando o dedo, assistindo Mia ter mais um orgasmo.

Foi quando percebi que seria incapaz de aguentar mais um minuto.

Agarrei sua cintura, levantando e abaixando Mia no meu pau. Ela me olhou com a boca entreaberta. Vi-a jogar a cabeça para trás, no mesmo instante em que minhas bolas enrijeceram, enviando uma onda quente para cima, bem na glande, obrigando-me a gozar.

A sensação veio, e foi diferente de todas as outras vezes. Foi como se meu corpo inteiro flutuasse, vibrasse e sentisse o orgasmo. Não foi apenas no meu pau, tudo em mim simplesmente gozou por Mia, como se fisicamente sentisse que ela era a mulher certa.

O prazer continuou fazendo uma espiral por cada músculo do meu corpo, o grunhido alto que soltei... tive certeza de que fui capaz de ser ouvido pela ilha afora. Busquei a boca de Mia para me calar, tentando compreender como um orgasmo poderia durar tanto, sua língua sugando os demais gritos que não pude soltar.

Estava além do ofegante quando acabou e arfei exausto, sem forças sequer para me levantar. Mia me observou, um lindo sorriso em seu rosto de elfa. Puxou uma mecha de cabelo para atrás da orelha, e umedeceu os lábios sujos do meu sangue e do dela.

— Sentiu o orgasmo no corpo inteiro, não foi?

— Por... ra!

Ela gargalhou.

— Eu tentei te avisar, mas fui incapaz de falar.

— Ca... cete... por que... será... que vai ser sempre... assim?

Mia sorriu.

— Se for, nós vamos morrer em uma semana.

Fui beijá-la, simplesmente porque não consegui ficar longe daquela boca, mas algo... me fez parar.

Atrás de Mia, uma Aurora Boreal formou um halo no céu, as cores dançando entre verde e azul, clareando ainda mais a noite escura. Abri os lábios para dizer qualquer coisa, e não pude. Então, apontei para o cenário sobre nós.

Mia olhou para cima, e foi como se o céu estivesse nos mostrando que a conexão foi real... e, de alguma forma, aceita.

As estrelas não se apagaram.

Elas caíram.

Centenas de estrelas cadentes passeavam sobre nossas cabeças, junto à Aurora Boreal, que não escondeu o que o universo queria nos mostrar.

Mia ficou sem palavras, o rosto focado, o queixo tremendo.

— Elas... caíram? — sussurrou.

— Faça um pedido. — Minha voz saiu calma e tranquila dessa vez.

Mia tirou os olhos do céu para focá-los em mim.

E vê-la sobre o meu colo, ainda conectada ao meu corpo, com as íris verde-uva cintilando, como se fossem a própria Aurora Boreal, fez meu coração compreender que não havia um centímetro dele que não pertencesse a Mia Black.

— Já tenho tudo que eu preciso.

Aline Sant'Ana e Clara de assis

Vinte e Dois

Mia

— Nunca pensei que pudesse ser assim... — Orion manteve o olhar no meu. Depois do que aconteceu no deck, ele me trouxe nos braços até sua cama, e ficamos ali, nos amando e descobrindo as sensações do corpo um do outro.

Surgiu um vinco profundo entre as sobrancelhas escuras.

— Não gosto de imaginar você fazendo nem metade do que aconteceu aqui com outro vampiro.

Ele me fez sorrir. Tracei um caminho com a ponta do dedo, desde a ruguinha em sua testa até a ponta do nariz.

— Você não pensou que, em tantos séculos, eu teria optado por uma vida celibatária, pensou?

— Gosto de imaginar que sim. — Trocou nossas posições, ficando sobre mim. Seu sexo, duro e pronto, pesou sobre minha pele. Os cotovelos e antebraços ficaram apoiados ao lado dos meus seios, enquanto acariciava meus cabelos e rosto. — Vou ter que me contentar em saber que sua... virgindade vampírica foi minha. Que nunca se uniu a nenhum outro.

— E você, mesmo com uma vida promíscua, Orion Bloodmoor, não se uniu a nenhuma outra.

Ergui a cabeça um tanto, beijando seus lábios suavemente.

— Você é tão linda. Seus olhos são impressionantes. Adoro a maneira como eles brilham.

— Eu também adoro a forma como seus olhos mudam de vermelho cintilante para vinho... Você é tão bonito, Orion.

— Amo como meu nome soa em sua voz. Essa boquinha linda, que faz coisas tão sexy, também é capaz de me deixar sem palavras apenas com o quão doce parece aos meus ouvidos.

— Orion. Orion. Orion...

Ele sorriu ainda mais, conforme eu sussurrava seu nome entre beijos em seu rosto, pescoço e lábios.

Orion se curvou, movendo-se para dentro de mim, mais uma vez. As presas surgiram maiores, quando me penetrou languidamente.

— Quero beber de você outra vez, *Yafah*.

Sorri, pronta para dar a ele o que quisesse de mim. Orion era tão impressionante, não apenas pela força e os músculos tonificados, nem pelo rosto de homem e não de menino, era algo mais que me atraía para ele; nada sobre *Ta'avanut* e tudo sobre ele ser minha alma gêmea.

Ficamos no quarto até que a fome deixou de ser apenas um pelo outro. Ele acariciou meus cabelos, tocando meu rosto, admirando com todo carinho. Fiquei um tempo imersa em suas íris, perdida nas batidas do coração, quando se ergueu.

Orion me deu um bom vislumbre do seu corpo nu e sua bunda perfeita, antes de puxar a calça para cima, cobrindo sua nudez.

— Precisamos comer. Posso fazer panquecas.

— Comida humana? — perguntei, sem disfarçar o semblante enojado.

Ele riu alto, a ponta do dedo no dorso do meu nariz.

— Não faça essa cara. Sei preparar a melhor *blodplättar* que você já comeu.

— Aí é que está, Alteza. Eu nunca comi isso, costumava apenas *beber*.

Orion me puxou para um abraço, acariciando meu rosto com o dele.

— Minha doce *Yafah*... te mostrarei todas as maravilhas culinárias que puder.

Orion e eu subimos para a cozinha, encontrando Beast servindo-se de um monte de carne e batatas.

— Boa noite, Beast — cumprimentei, mas ele fingiu não ouvir, apontando para o chumaço de algodão em cada orelha.

— Desculpe, disse alguma coisa, *senhorita* Mia? Não pude ouvir, tive que proteger minha audição aguçada. Vocês são bem barulhentos, sabiam? E o que foi toda aquela coisa com as luzes? Deu um trabalho do caralho trocar tudo. Até ferraram o gerador.

— Sem gracinhas, Beast. — Orion fez uma carranca para o amigo.

— O que eu disse? — Beast deu de ombros. — Se não queria que eu falasse, por que ficaram tanto tempo fazendo *a coisa*? Dois dias inteiros, uau...

— Beast. — A voz de Orion soou como um aviso, mas não pude deixar de rir, suavizando o momento. Não fazia ideia de que havíamos ficado tanto tempo assim imersos em nós mesmos.

— Pelo menos, foram para dentro, eventualmente. Tenho certeza de que os jovenzinhos de Distead ficaram com as bochechas coradas ao ouvirem vocês. Sem dúvida, acho até que deu para ouvir lá da Islândia. Aliás, por que transaram do lado de fora? Ficaram com medo do pisca-pisca ou quebraram a cama igual vampiros de Hollywood?

— De Hollywood, você entende, Brad — Orion provocou.

— Ok... ok... estou saindo. Agora, vou voltar para meu refúgio, lá tenho mais destes tampões de ouvido... São bem úteis.

— Sai daqui, Beast. Só... sai.

— Certo...

Beast passou por mim e deu uma meia-parada, analisando-me dos pés à cabeça. Não disse nada mais, nem precisou, envergou os lábios para baixo e moveu a cabeça, anuindo, pouco antes de partir.

— Oh, inferno! Desculpe por isso, minha linda. Ursos, pelo visto, não sabem quando parar a brincadeira.

— Está tudo bem.

Orion começou a tirar alguns utensílios dos armários e ingredientes da geladeira, e pegou da adega climatizada um recipiente transparente, cheio de precioso líquido vermelho.

— Está na temperatura certa. — Despejou o conteúdo na taça.

— Pensei que ia cozinhar — impliquei. — Acho que sempre quis ver a realeza sujando as mãos com farelo de trigo.

— Não seja engraçadinha. Beba. Vai repor suas energias. — Piscou para mim, sorrindo em seguida. *Dois dias inteiros? O tempo passa diferente quando estamos nos divertindo ou o quê?* — Eu vou fazer panquecas, já disse.

— Humm... é natural ou sintético? — Dei um longo gole. O sabor não me era estranho, mas achei curioso que ele tivesse sangue humano, dadas suas restrições autoimpostas.

— É natural, mas está diluído. Humano e cervídeo.

— Bom. Mas... pensei que não gostasse de sangue humano. — Dei de ombros.

— Eu não *gosto*? — Ele riu, misturando sangue, manteiga, açúcar e trigo. — Não é isso. Na verdade, é viciante para mim. Bem... lembra do jantar, depois do torneio?

— Como esqueceria?

Orion se inclinou na bancada, capturando meus lábios fugazmente, e então sorriu.

— *Yafah.* — Voltou a misturar os ingredientes e suspirou de um jeito aborrecido. — Na antiguidade, não podíamos nos controlar, a ponto de sermos caçados, e por isso despertamos todo tipo de curiosidade e histórias aterrorizantes. Eu te disse, certa vez, sobre o estado animalesco e o desequilíbrio. Comigo não é diferente. É pior, já que minha linhagem remonta aos primeiros vampiros a serem afetados pelo vírus e sobreviverem. Sei o que sangue humano faz aos meus instintos. Adotei uma alimentação restrita, caso contrário, aquela maldita taça de sangue humano teria me deixado ligado a ponto de eu passar vergonha durante o jantar. Minha personalidade é difícil, e você viu isso quando nos reencontramos, além do *Ta'avanut*, imagina como seria se eu vivesse em constante estado primal.

Fiquei em silêncio, vendo-o trabalhar a massa na frigideira, pensando em como deveria abordar o assunto delicado. Não havia maneira fácil de dizer. Então, as palavras apenas saíram.

— Isso nos leva a um grande porém, Orion. — Ele despejou mais um pouco da massa vermelha, girando-a até formar um disco e retirando pouco depois.

— Como assim?

— Ainda sou sua *Lochem*, independente de estarmos dormindo juntos.

— Não estamos *apenas* dormindo juntos — corrigiu-me.

— Fazendo sexo. Melhorou?

— Não. E não me referia a isso, mas ao fato de que não se trata apenas de uma relação sem importância. Achei que tinha ficado claro quando te marquei. Não estou interessado em transformar minha *Ma'ahev* em concubina.

— Tudo bem... — acalmei-o, gesticulando para descartar a linha de raciocínio. — Não é sobre isso. Mas... acho que teremos um problema, porque... a prova que vai finalizar os desafios...

— O que é? Beber sangue humano? — Orion riu, despreocupado. — Acho que consigo lidar com isso.

— Precisa transformar alguém.

Orion franziu o cenho. Sem grande alarde, deixou o ar sair pelas narinas de um jeito irritadiço, desligou a chama do fogão e pôs o último disco de panqueca sobre os demais. Ele deslizou o prato em minha direção, ofereceu talheres, e apoiou as mãos na bancada branca, tamborilando os dedos enquanto anuía.

— Nenhuma chance de ser outra coisa? — Movi a cabeça, negando. — Quem escolhe as provas?

— Humm... — Dei uma mordida na panqueca. Estava deliciosa, mas ver a expressão contrariada no rosto de Orion fez com que a refeição perdesse um pouco o sabor. Engoli, bebendo sangue para ajudar a descer. — Geralmente... trata-se de algo que o príncipe precisa demonstrar para a sobrevivência do clã... Quero dizer, se... por alguma catástrofe, fôssemos reduzidos a poucos, o clã Redgold precisa saber se o príncipe é capaz de reiniciar sua... descendência, de alguma forma.

— Então, foram os aristocratas — resumiu. — Imagino que Bali Haylock tenha votado por isso, ele adora fazer chacota, nas entrelinhas, sobre eu não tomar sangue humano com frequência.

— Humm... bem... Das famílias antigas da aristocracia, apenas Warder escolheu outra prova. Os irmãos Eymor: Arick e Anson; Darius, e suas irmãs, Euturiel e Raven Lawford, também decidiram por esta prova. — Ao notar o olhar magoado de Orion, eu quis me punir por ser portadora de uma notícia que estava claramente devastando-o. Ainda que eu não entendesse realmente o motivo, não poderia ser apenas por ele se privar do sangue humano. Tentei minimizar as coisas e trazê-lo para a realidade. — Não que seja pessoal, Orion. Sei que Bali Haylock não é seu amiguinho, ou coisa do tipo, mas... é importante que seja assim. O clã precisa saber que pode confiar em você.

Ele tornou a tamborilar os dedos sobre a bancada, sem desviar o olhar do meu. Estava tão sério e pensativo.

— Quando isso vai acontecer?

— O ideal é que fosse na noite anterior ao *Samhain*.

— Mia, a panqueca vai esfriar, coma.

Terminei de comer, incomodada com o silêncio que pairou entre nós.

— Está nítido que isso o está perturbando.

Outro suspiro descontente saiu por entre seus lábios.

— Você está certa. Não é sobre beber sangue humano. — Antes que eu pudesse interrompê-lo, Orion ergueu a mão, pedindo que esperasse. Retirou meu prato e voltou, trazendo consigo uma garrafa de vidro, com sangue cervídeo, para bebermos. Enquanto se movimentava e nos servia, Orion pareceu pensativo. — Houve uma noite de orgia... Calma, não precisa invocar a ciumentinha que habita em você, não era sexual, apenas farra. Estávamos todos embriagados. Eu tinha 100 anos na época, e achava que era velho o bastante para que todas as atitudes erradas parecessem certas. Donn estava comigo.

— Seu primo, o Conde Profano?

Orion sorriu, mesmo sendo um movimento frágil que mal lhe alcançou os olhos.

— Esse apelido é ridículo — murmurou. — Mas, bem, sim, com ele. Vampiros e humanos. Estávamos realmente bêbados, quando... Quero dizer, havia uma moça, nós... Eu passei dos limites. Não consegui parar. Quando ela estava quase sem vida, e me dei conta disso, pensei unicamente em salvá-la, precisava transformá-la. As lembranças daquela noite são turvas, desencontradas, mas lembro-me bem do que fiz. Eu a matei. Falhei. Eu...

— Orion... — Minha voz não era mais forte do que um sussurro.

— Sinto muito, Mia. Sinto muito pela moça. E também que você tenha que lidar com um príncipe que certamente não é perfeito.

— Ah, Orion... — Fui até ele, passando os braços em seu torço, abraçando-o com carinho.

— Jamais me esquecerei do olhar dela, suplicando para viver.

O telefone de Orion tocou em seu bolso. Ele ia ignorar, mas me afastei dos seus braços, retornando para meu lugar na bancada.

— É o Mars — disse, antes de atender. — Estou ouvindo, vou pôr no viva-voz, Mia Black está comigo.

Orion apertou um botão e ergueu o celular entre nós dois.

— Alteza, as notícias não são nada boas. — Suspirou fundo. — Tonéis estão sendo descarregados no subsolo de Gila, vindos da Baía Cachalote. Foram registrados nos papéis como grãos, mas verifiquei e se trata de produtos químicos. Conversei com Echos a respeito do que descobri e ele irá pessoalmente para Baía Cachalote, quando o próximo navio chegar, para iniciar uma fiscalização portuária e apreender qualquer tonel químico que seja suspeito.

— Tonéis de produtos químicos? O que está dizendo, Mars? — perguntou Orion

— E não é só isso. Acho que finalmente consegui a prova que você precisava. Grampeei uma conversa entre os dois. Vou mandar para vocês. Investiguei mais a fundo e descobri que Bali Haylock está prestando consultoria para Astradur sobre a construção de uma arma que transforma, em massa, humanos em vampiros.

Como uma arma química poderia transformar biologicamente humanos em vampiros? Se fosse uma arma biológica, faria mais sentido.

— Onde ele pretende soltá-la? — Orion questionou, apreensivo. Observei o choque em seu rosto. *A suspeita financeira não passava perto da verdade.* — No centro da cidade do rei?

— Não, em Alabar — Mars esclareceu.

— Não entendo... Alabar é uma cidade fantasma. — Orion franziu o cenho para o celular, como se Mars pudesse ver sua reação.

— Alteza, ouça com atenção a conversa que acabei de te encaminhar. Houve uma movimentação militar clandestina na região e, neste momento, Astradur e Bali confirmaram, para amanhã à noite, a chegada de um navio turístico no recém-construído porto de Alabar. Suspeito, levando em consideração essa tal arma...

— Como Darius não viu essa movimentação? — interrompi, perplexa.

— Seria impossível, senhorita Mia. A movimentação foi autorizada. Utilizaram, como desculpa, os caminhões das empresas de engenharia. Os leais ao clã Redgold não sabem.

— Há muita gente envolvida? — Orion travou o maxilar.

— Talvez. Mas há algo curioso nisso... O homem de mais confiança de Astradur não está nessa missão. Ele foi enviado para Labyrinth, sozinho, o que não faz sentido. Qual seria o interesse de Astradur na cidade dos *shifters*?

— Vou falar com o rei a respeito de tudo. Mars, quero que vá para Labyrinth.

Há algo mais?

— Sim, Astradur me pediu para verificar a possibilidade de uma audiência com Vossa Alteza. Na hora, pareceu uma pergunta estranha, como se ele quisesse se certificar da sua localização. Por isso, menti. Disse que você deu ordens para não ser incomodado em seus aposentos.

— Por que é importante saber onde estou? — Orion murmurou.

— Não tenho resposta para isso, Alteza. Preciso ir agora ou darão por minha falta. — Mars desligou sem despedidas.

— Astradur não faz ideia de que você está em Anell Angels — esclareci.

— Inferno... — O olhar de Orion demonstrou tudo. Ele tornou a digitar no telefone e o levou ao ouvido. — Droga, pai. Celular fora de área. — Orion continuou tentando. — Não consigo nem falar com Darius.

Suspirou fundo e gritou por Beast.

Processando tudo que acabara de ouvir, fui além. Busquei meu telefone, com Orion em meu encalço.

— O que está fazendo? — questionou.

— Tenho que enviar uma mensagem codificada para Titus. Precisamos de reforços e da Divisão Magna o quanto antes. Não haveria qualquer razão para Astradur e Bali transformarem humanos em vampiros, se não pretendessem tomar Alkmene. Estão criando um novo exército, então, deixou de ser um assunto que diz respeito somente ao clã Redgold. Isso é algo que interfere diretamente na Aliança — expliquei, enquanto digitava a mensagem. Respirei aliviada quando vi que foi enviada. — Se os tonéis estiverem relacionados à arma química, preciso ir até Gila e impedir que esse material chegue a Alabar. Não há como esperar pela Divisão Magna. Eu não sei onde o comando mais próximo está. Podem estar a horas ou dias daqui.

— De fato, não temos como esperar a Divisão Magna, mas, Mia, lembre-se de que temos a Brigada Real, os Guardiões... nosso próprio exército.

— O exército que você não consegue entrar em contato? — rebati.

Ele compreendeu que minhas palavras faziam sentido. Mas ao mesmo tempo percebeu que peguei, para mim, a responsabilidade dessa missão.

— Ei... ei... Não!

A reação de Orion me fez encará-lo, confusa. Beast entrou em um rompante.

— O que está acontecendo? — questionou, mas foi ignorado.

— Não pode ir lá sozinha. Você enlouqueceu? — Orion continuou discutindo. — Vamos todos.

— Você, não. É o *meu* dever.

— O seu dever é ser minha *Lochem* agora. Assim que conseguir falar com Darius, ele vai reunir um destacamento da Brigada Real e de Guardiões para ir a Gila e Alabar.

— Ainda não entendi que merda está acontecendo, mas aqui certamente é o lugar mais seguro para vocês dois. Como seu guarda pessoal, não aconselho deixar Anell Angels. — Os olhos de Beast estavam cravados em Orion.

Meu *Ma'ahev* observou o amigo.

— Antes de proteger a minha vida, eu devo pensar em Alkmene.

— Exatamente! Alkmene deve preservar seu herdeiro, você sabe disso — lembrei a ele. — Eu vou.

Orion se aproximou, segurando meu rosto com ambas as mãos.

— Não. Eu sei que você é incrível, mas não pode ver que, se algo acontecer, isso acabará comigo?

— Não deve colocar os interesses da sua cama acima de Alkmene. — Assim que falei, percebi o erro.

— Os interesses da minha *o quê*...?

Segurei o rosto de Orion entre as mãos, trazendo-o para mim. Vi toda a indignação e mágoa por minhas palavras ali, e colei nossas testas, inspirando fundo.

— Desculpe, meu amor. Eu não quis dizer isso.

Orion fechou os olhos e envolveu-me em um abraço apertado.

— Eu sei. — Deu um beijo em minha testa. — Vamos nos acalmar, há tempo. Continuaremos tentando contato com Darius ou com meu pai.

— Orion, desculpe interromper...

Beast deu um passo à frente, e eu virei o rosto para olhá-lo.

Meu *Ma'ahev* também observou o amigo, enquanto seus braços ainda estavam em volta de mim, a respiração quente em meus cabelos.

— Por que não tenta contato direto com a Brigada Real ou os Guardiões? Por que esperar seu pai ou Darius? Você é o príncipe da porra toda... — Beast franziu as sobrancelhas, seus braços abertos, como se estivesse apontando o óbvio.

— Acabei de receber uma ligação do Mars — Orion sussurrou e apoiou o queixo no topo da minha cabeça. — Não sei quem é leal ao trono neste exato momento. Não posso arriscar alertar Astradur ou Bali. Darius se colocou tantas vezes em risco por Alkmene... não acredito que esteja envolvido.

Beast ficou completamente confuso. A boca aberta, a testa enrugada, indignado.

— Olha... eu sei que você sempre teve ressalvas quanto a Astradur, e Bali sempre foi um opositor de suas ideias, mas preciso perguntar... que merda tá acontecendo?

O amigo de Orion olhou para mim, buscando uma explicação. Neguei com um meneio de cabeça, indicando que as coisas não estavam bem.

— Precisamos conversar. — Orion se afastou.

Estávamos no começo da madrugada quando nos sentamos na sala de Orion, o mapa de Alkmene aberto sobre a mesa de centro. Orion explicou as informações que recebeu de Mars para Beast, e o vi se preocupar de verdade depois do que descobriu.

Tonéis químicos, um navio de turistas aportando na noite seguinte em Alabar, uma arma capaz de transformar humanos em vampiros, o questionamento sobre o paradeiro do príncipe, movimentação em Labyrinth... Beast escutou tudo com atenção, e Orion foi utilizando o que encontrava para mostrar a movimentação de Astradur sobre o mapa.

Meu *Ma'ahev* fez uma curta pausa, para tentar contato mais uma vez com King Castle.

— Ninguém atende essa porra de telefone. — Se levantou, de repente, irritado e levou o celular mais uma vez à orelha. — Caralho!

Vi a agonia de Orion, os ombros tensos, o olhar apreensivo. Ele jamais perderia a calma, não dessa maneira, se já não estivesse atormentado.

Beast ficou em pé, assim como eu.

— Astradur e Bali não seriam tão estúpidos a ponto de fazerem algo contra o reino... seriam? — A pergunta de Beast refletiu as minhas próprias preocupações. Alte jamais se ausentaria, a ponto de não atender a um telefonema do seu príncipe, assim como Darius ou seu pai.

Orion intercalou o foco entre mim e Beast.

— É melhor voltarmos a Alkmene.

Cruzei os braços.

— Juntos?

— Claro... — Orion respondeu.

— Há provas contra Astradur, Bali... — interrompi, nervosa. — Eles estão tramando algo e...

— Você não deixa o seu príncipe terminar de falar, não é, Mia? — Orion respirou fundo, trazendo humor para nos acalmar, e a si mesmo. — Tudo bem, deixa-me pensar... é...

— Eu posso ir para Gila sozinho e investigar. — Beast tentou encontrar uma saída.

— E você sabe entrar furtivamente nos lugares? — Medi-o de cima a baixo, analisando sua altura e a estrutura do seu corpo. — Ursos são desengonçados.

— Ei...

— Eu sou rápida, ágil, forte, já fiz isso inúmeras vezes e...

— Esperem, ainda estou pensando. — Orion estreitou as pálpebras, como se fôssemos duas crianças malcriadas. — Mia, você vai.

Encarei-o, surpresa.

— Não me sinto confortável em tomar essa decisão, mas é a mais racional. Você é a minha alma gêmea, Mia. Apesar de saber que vou me preocupar a cada segundo da sua ausência, e uma parte do meu coração irá contigo, você estava certa. Não posso colocar os meus desejos acima da Coroa. — Fez uma pausa. — Sei do seu potencial, das honrarias que ganhou merecidamente e do poder de sua estratégia e inteligência. Preciso da melhor guerreira de Alkmene nisso. E é você.

Sorri e fui até Orion, abracei e o beijei nos lábios. Estava feliz por ter visto, naquele vampiro, além do meu amor, o príncipe de Alkmene.

— *Ahhh...* sério? Vocês acham tempo para romance no meio do caos? — Beast riu. — Tá bom, tá bom... e eu vou fazer o quê? Ir até a minha Veronica e beijá-la enquanto o Apocalipse cai sobre nossas cabeças? Fazer um amorzinho gostoso e tudo isso? Então, acho que vou ao mercado. Pego um vinho, velas, levo carne de cordeiro, a favorita dela...

— Brad — Orion interrompeu —, cala a boca. Você vai junto.

Beast prestou atenção, deixando de lado a expressão divertida.

— Com quem?

— Mia. — Desviou a atenção para o amigo. — Veja na figura dela a princesa de Alkmene. Portanto, a proteja.

— Com a minha vida, se for necessário — Beast prometeu.

Vinte e Três

Orion

Enquanto estávamos no mar, bolamos um plano. Tínhamos que parecer tranquilos. Honestamente, àquela altura, já não sabia se todos os olhos que estavam sobre nós eram leais ao clã Redgold. Mia permaneceu ao lado de Beast, propositalmente segurando sua mão, como se fossem um casal. Ninguém em Alkmene fazia ideia de que éramos mais do que *Lochem* e príncipe, e, certamente, aquele não era o momento de demonstrarmos nosso afeto em público.

Aportamos, e os soldados nos cumprimentaram. Em terra, exigi dois carros. Dias antes, havíamos chegado em Creones, a cavalo. Nossos animais deveriam estar no estábulo de King Castle.

— Dois carros, Alteza?

A pergunta soou inocente, confusa e pareceu ser feita apenas para se certificar do que ouviu. No entanto, quando enxergamos ao nosso redor inimigos em todos os rostos, tudo parecia suspeito.

— É que eu vou levar minha namorada em casa... — Beast respondeu, abraçando Mia, meio de lado. *Não precisa atuar tão bem, Brad.*

— Perfeitamente — respondeu o guarda.

Deu certo, até que um segundo guarda se aproximou.

— Deseja que dirija para Vossa Alteza? Sou bom motorista.

Fingi considerar. *Puta que pariu.* Um simples não para um aliado de Astradur poderia significar que estou a par de qualquer plano? Mas... se eu entrar no carro e ele não for para onde quero... talvez seja obrigado a matar esse cara e novamente estaria na situação de denunciar o que sei.

Foda.

— Na verdade, pensei em passar em um lugar específico e... não seria de... — Pensei na palavra. — Hum... *bom tom* expor a senhora... que visitarei.

Beast segurou uma risada. Mia revirou os olhos.

— Oh! Evidente, Alteza, evidente. Perdão.

Sorri.

Assim que os soldados trouxeram os veículos, entrei no primeiro e parti, pondo uma grande distância entre o meu carro e o de Mia e Beast, demonstrando veracidade quanto a não estarmos juntos.

Logo que atravessei a ponte, saindo de Creones e próximo à entrada de Biberbach, fiz um pequeno desvio, estacionando à beira da estrada. O farol do carro em que vinha Mia se aproximou pouco tempo depois. Antes que Beast freasse completamente, a porta do carona se abriu, o carro parou com um solavanco e Mia desceu, vindo depressa até mim.

Colidimos quando a recepcionei em meus braços. Nossas bocas se uniram em um beijo profundo e longo, como os sentimentos que estávamos experimentando um pelo outro. Mia raspou os caninos em meu lábio inferior, ao mesmo tempo em que eu buscava, em sua boca, a certeza de que a teria exatamente assim, mais uma vez. Nossas línguas se tocaram, e Mia gemeu suavemente. Colei nossas testas, respirando seu ar.

— Prometa que terá cuidado.

— Eu terei — sussurrou. — Você também.

— É sério, Mia. Quero ouvir as palavras.

— Prometo. — Sorriu. — Juro que não matarei ninguém à toa.

— Não seja espertinha. Estou falando muito sério. Precisa entrar e sair sem ser vista.

— Orion, seguirei o plano. Em breve, saberemos o que esperar de Astradur e Bali. Eles continuarão acreditando na vantagem do elemento surpresa... que não têm.

— Inteligente e linda.

— Amo você. — Minha *Yafah* ficou na ponta dos pés, beijando meus lábios fugazmente. — Agora vá, não temos tanto tempo assim. Te encontro o quanto antes.

— Amo você também, minha Mia.

Beast buzinou com vontade.

— Vou ter que ir ao mercado mesmo? — gritou da janela do carro.

Sorri contra a boca de Mia.

Estava na hora de ir.

Deixei o carro próximo à entrada do castelo. Caminhando, peguei o celular para tentar falar com o Capitão da Brigada Real, em quem confiava também.

— Merda! — Só pude ouvir estática do outro lado da linha. *Por que não consigo fazer uma maldita ligação?* Quando ia ver o que diabos estava acontecendo, o celular resolveu tocar. Uma chamada de Mars.

— Mars, estou prestes a entrar em King Castle, porque os telefones do castelo estão com problema. Verifica isso pra mim?

— Alteza! Eu disse que Astradur perguntou sobre onde estava... Espera, os telefones não estão funcionando?

Enquanto escutava Mars digitando, andei sobre a grama, passando pelos jardins iluminados. Olhei para cima e avistei apenas dois dos cinco guardas em seus postos, nas ameias. Parei e franzi a testa.

Onde estavam os outros?

— Alteza, ainda está aí?

— Sim, Mars.

— Realmente tem alguma coisa errada com a comunicação. Só chamadas em curto raio de alcance são possíveis. Ou seja, nada de ligações externas. Talvez, só estejamos nos falando porque Vossa Alteza ainda não entrou no castelo.

— Por que cortariam as ligações externas e não as internas?

— Por que não queriam que vocês soubessem o que está acontecendo do lado de fora? Se eu estivesse querendo foder com o meu país, com o perdão da palavra, garantiria que pedidos de socorro não chegassem ao reino.

— Quero que resolva esse problema do bloqueio de sinal, Mars.

— Eu vou. Mas liguei para dizer que os homens de Astradur e Bali ainda estão utilizando os acessos que ligam Gila a King Castle.

— Fechar esses acessos será uma das primeiras coisas que farei. — Cocei a cabeça, tentando organizar as ideias. — Conseguiu chegar a Labyrinth?

— Estou aqui.

— Alguma notícia?

— Ainda não. — Mars desligou.

Esse cara precisa melhorar o traquejo social.

Entrei no castelo e, por mais que quisesse correr, gritando ordens para que fechassem os malditos portões, não podia. Minha *Ma'ahev* estava do lado de fora e, sem dúvida, traria informações importantes para nós. A outra questão é que talvez estivéssemos abrigando pessoas de Astradur. Se Mars não tinha informação a respeito de quantos estavam envolvidos, ser cauteloso era fundamental.

Pensei no que faria. Encontrar meu pai e Darius era prioridade, mas não os dois ao mesmo tempo. O General me nortearia, ele era o homem das Forças Armadas, e indicaria seus melhores e mais dedicados soldados.

A situação era crítica.

O clã Redgold estava sendo traído por vampiros, e não outra raça. Pior ainda, por cidadãos de Alkmene e aristocratas, em quem meu pai confiava. Percorri o longo caminho até encontrar o General Darius, sentado atrás de sua mesa, digitando no computador.

— Darius...

Fechei lentamente a porta atrás de mim.

— Alteza.

— O que está fazendo? — Fiz uma rápida varredura em sua sala.

— Hum... — Darius franziu a testa. — Terminando a lista de novos recrutas...?

— Continue. — Preocupado com possíveis escutas, disse uma coisa e fiz outra. Movi a cabeça em uma negativa e indiquei que se afastasse da mesa. — Depois conversamos.

Por um segundo, Darius titubeou. Mas se levantou, sem fazer barulho, e me acompanhou até a porta. Indiquei que conversássemos em um corredor vazio e, quando percebi que estávamos sozinhos, suspirei fundo.

— O que está acontecendo? — Darius pareceu confuso.

— Há traidores.

— Traidores?

— Astradur e Bali Haylock já foram identificados. Estou com provas da criação de uma arma que transforma humanos em vampiros, e soube que tonéis químicos foram encontrados no subsolo de Gila. Ainda aguardando informações sobre o quantitativo de inimigos, Mia Black e Beast estão nisso. Há também um navio que aportará em Alabar amanhã. O curioso é que se trata de um navio turístico.

— Tonéis químicos e arma... isso não soa bem.

— Somados ao navio turístico... Astradur e Bali podem estar criando um exército. A estrada que liga Bloodmoor a Alabar poderá estar comprometida. Soubemos de uma movimentação militar clandestina também.

— Isso é sério, Orion.

— Eu sei. Existe uma atividade suspeita em Labyrinth. Enviei um espião.

— Você confia em todas as pessoas que envolveu nessa operação?

— Sim — respondi sem vacilar.

Darius respirou fundo.

— O que nos deixa em uma situação delicada. Acionar qualquer protocolo seria o mesmo que afirmar que sabemos de algo.

— Isso exige uma operação secreta — afirmei. — Reúna os homens em que confia, os mais dedicados e os que nunca questionaram suas ordens, e mantenha-os de sobreaviso, em prontidão para combate iminente. Mas acho que terá que ir pessoalmente avisá-los. A comunicação em King Castle está comprometida.

— Astradur me subestima. Ele acha que eu usaria um *celular* para ir atrás de respostas? Para me comunicar com meus homens? — Darius riu suavemente. — Amador, burocrata.... Não se preocupe, Alteza. Temos uma linha segura.

O General sequer piscou quando puxou o rádio.

— General Lawford, Redgold 1, atento? Câmbio.

— *Major Yale, Redgold 1, na escuta, General. Câmbio* — respondeu prontamente.

— Redgold 1, preparar para copiar código-chave. Câmbio.

— *Atento. Redgold 1, pronto para copiar, General. Câmbio.*

— Redgold 1, código-chave acionado em **D**elta, **A**lfa, **N**ovember, **G**olfo, **E**co,

Romeo. Câmbio.

— *Copiado. Código-chave acionado. Informe a natureza da situação, General. Câmbio.*

— Redgold 1, natureza da situação: 10-89 no QG. Repito: 10-89 no QG. Câmbio.

— *Atento, General. Linha segura. Câmbio.*

— Redgold 1, recebi ordens para iniciar uma operação secreta. Agrupamento dos pelotões: Brigada Vermelha e Redgold 5, 31 e 23. Rastrear e informar o paradeiro do Governador de Gila e Astradur. Ao localizá-los, não se aproximem, não deem voz de prisão, é uma missão de reconhecimento e vigilância.

Darius trouxe o rádio para mais perto da boca.

— O porto de Alabar deverá receber um navio amanhã à noite. Alterne entre humanos, *shifters* e vampiros quando for necessário. Envie um destacamento para Labyrinth e informe qualquer transporte de carga que tenha origem em Alabar, Gila ou Baía Cachalote. Câmbio.

— *Positivo. Câmbio. Desligo.*

— Preciso encontrar o rei Callum. — O General deu um passo à frente, mas bloqueei seu caminho, impedindo-o.

— Eu vou, para não levantar suspeitas. Primeiro, verifique o nosso subterrâneo. O atalho que liga King Castle a Gila. Homens de Astradur e Bali andam frequentemente por lá, como ratos. Preciso saber o que acontece dentro e fora daqui. Quero atualizações a cada dez minutos.

O General piscou duas vezes e nem mesmo vacilou quando me respondeu.

— Sim, Alteza.

Enquanto Darius seguia as minhas ordens, fui ao encontro de Alte, antes de ver o rei. Eu precisava do vampiro responsável pela organização de King Castle. Quando pensei em procurá-lo nos andares superiores e pisei no primeiro degrau, Alte surgiu à minha direita.

— Ah, você nunca me decepciona, Alte.

— Do que precisa, Vossa Alteza?

Funcionárias passaram pelo outro lado da escada, e eu abri um sorriso para elas. Depois, foquei a atenção em Alte.

— Lembra que, quando era criança e corria por esses corredores, você sutilmente me repreendia e dizia que eu deveria aprender a ser mais... *discreto*?

Alte abriu um sorriso.

— Perfeitamente, Alteza.

— Se recorda também qual era o meu lugar favorito quando brincava?

O mordomo pensou um pouco.

— A ala de s...

— Adoro *especialmente* aquela ala, mas, Alte... agora, acho que preciso de sangue — interrompi. — Há muito em estoque?

Quando criança, brincava na ala de segurança por simplesmente adorar o espaço. Continha tudo que um menino, com muita imaginação, poderia precisar, caso gostasse de se imaginar como um detetive. Câmeras de segurança, telefones, estoques de sangue, travesseiros... uma vida inteira em uma ala. Continuei a olhar para Alte, esperando que o vampiro que me conhecia por toda a vida sentisse que algo estava errado. Esperando que ele entendesse o meu pedido muito sutil.

Vá à ala de segurança e verifique o estoque de sangue. Talvez, possamos precisar.

Ele arregalou os olhos, manteve a postura e assentiu.

— Vou verificar. — Alte olhou para os lados. — Quantos precisa?

— Eu disse, Alte. Você nunca me decepciona. — Sorri. — Todos que tiver. Estou morrendo de fome.

— Imediatamente, Alteza.

— Espere, e... onde está a minha família?

— Suas Majestades e os seus tios, Duque Vallen e Duquesa Gwen, estão no salão de jogos. — Manteve a postura. — O Conde Profa... seu primo está... digamos que... ocupado na biblioteca. E a Condessa Leeanne e Lady Julieth estão em seus aposentos.

— Oportunamente, meu pai e tio estão se divertindo. Acho que vou me juntar a eles.

Alte concordou. Olhei para ele, naquele momento, não como nosso mordomo, mas sim como um amigo.

Minha mandíbula tensionou.

— Talvez eu não tenha muito tempo para contar ao meu pai... todas as aventuras que experimentei nesses últimos dias.

Vinte e Quatro

Mia

Estacionamos em um pequeno declive entre as folhagens da vegetação alta, um pouco distante da estrada, mas perto o bastante se precisássemos fugir.

Gila era uma cidade pequena. Nos níveis fracionados, em salões subterrâneos com acesso pela casa do Governador, tudo acontecia. Não haveria outro lugar possível para prepararem uma arma, além daquele bunker. O caminho menos óbvio para invadir o local seria através dos claustrofóbicos dutos de ar.

— Tem certeza de que não há outra opção? — Beast falou baixinho, ainda olhando de um lado para o outro por cima do ombro.

Medi-o de cima a baixo, propositalmente.

Ele revirou os olhos, sabendo que, mais uma vez, estava implicando com sua altura e porte físico.

— Você consegue entrar ali? — indaguei.

— Adoro lugares *bem* apertados. — Esboçou um sorriso malicioso.

Foi a minha vez de revirar os olhos, e Beast segurou uma risada antes de eu entrar nos túneis.

— Estou logo atrás de você, senhorita Mia.

Conseguimos nos esgueirar para dentro das instalações subterrâneas. Não era o local mais agradável do mundo, e me senti aliviada quando meus pés tocaram o chão. Aquela parecia ser uma galeria de armazenamento. Escondi-me com Beast atrás de algumas caixas, quando três humanos e quatro vampiros passaram pelo corredor. Contei por alto quantos homens estavam ali, notando alguns uniformes da Brigada Real, entretanto, aqueles... não pertenciam ao clã Redgold. Não tinham a postura militar de alguém treinado pela Ordem de Teméria.

Astradur e Bali realmente infiltraram pessoas para traírem a Coroa.

Desviei rapidamente o olhar para Beast, que expirou, suas narinas se alargando.

Estava possesso.

Mais homens de Astradur chegaram, levando e trazendo caixas grandes e pequenas. Ficamos ali não mais que dez minutos, arriscamos sair quando houve um período de silêncio. Entramos em uma galeria um pouco maior, abarrotada de caixotes de madeira, e nos escondemos. Com cuidado, levantei a tampa de um deles e descobri estar vazio, assim como os demais naquela seção. Além do fluxo, não encontrei nada significativo, até que Beast apontou para sua direita.

Os tonéis que Mars viu... estavam ali.

Súditos de Astradur e Bali transportaram pelo bunker, em um carrinho de serviço, barris metálicos, cilíndricos, com algum material químico. O símbolo de uma caveira indicou que se tratava de um composto nocivo à saúde.

Ficou claro que deveríamos seguir aqueles homens e descobrir o destino dos tonéis. Avançamos, cautelosos. Eles descarregaram em uma área onde não havia caixas, apenas cilindros metálicos.

Fiz uma pausa, assim como Beast, percorrendo os olhos rapidamente pelo lugar. Em um ponto cego, sobre um daqueles tonéis fechados, estava uma espécie de prancheta. Sinalizei que iria até lá.

Beast assentiu uma única vez.

Agachada, me movi depressa e sorrateira, e puxei a prancheta pesada para o colo. Os homens estavam rindo de alguma piada interna, enquanto carregavam os produtos químicos, organizando-os em uma empilhadeira.

— Vamos com isso, cara — brincou o humano. — Não vai virar churrasquinho, hein? Nem passar a noite aqui.

— Eu me enfio em algum canto. Querem esse carregamento na estrada ainda hoje.

Estrada para Alabar, talvez? Ainda hoje?

Voltei para perto de Beast. Em silêncio, folheei o conteúdo da prancheta. A atenção dele alternou entre os guardas e os papéis que encontrei.

As primeiras folhas eram de informações sobre logística que envolvia horário, lugar e nomes de, aparentemente, funcionários de Astradur. Logo depois, encontrei a catalogação de armas de fogo, disponíveis para quem fosse ao tal lugar. Chamavam-no de Plano Ferradura. Depressa, virei as folhas, procurando o que aquilo representava. Layout de navios apareceram em seguida. Meu coração foi acelerando conforme compreendia que seria um ataque marítimo e terrestre a alguma zona de Alkmene que eu desconhecia.

Cutuquei Beast, que estava checando os homens. Ele olhou para a prancheta. Apontei para o nome Ferradura. Beast deu de ombros, sem entender. Continuei a passar as folhas, a ansiedade e a preocupação aumentando a cada segundo.

Segurei a respiração, atônita.

Diante dos meus olhos estava o mapa de Alkmene, o principal porto marcado em vermelho, uma estratégia militar de ataque. O esquema direcionado em setas indicava os lugares em que deveriam estar.

Astradur montará duas frentes de batalha? Em Alabar, um ataque químico. Na Baía Cachalote, uma guerra?

Puxei o celular do bolso, e Beast suspirou fundo quando compreendeu a prova que estava em minhas mãos. Tirei fotos do que pude, mas ouvir a voz asquerosa de Astradur me congelou antes que eu virasse a página seguinte. Beast sinalizou freneticamente para que fôssemos a outro lugar mais escondido. No entanto, eu pretendia saber o que Astradur falava. Abaixada, fui até o tonel mais próximo e deixei lá a prancheta.

Não houve tempo para que retornasse ao meu esconderijo ao lado de Beast. Me espremendo ao máximo contra os tonéis, fiquei longe da linha de visão de Astradur. Consegui ouvi-lo bem acima da minha cabeça.

Prendi a respiração.

Se Astradur se inclinar sobre o tonel e olhar para baixo...

Ah, que merda.

Beast arregalou os olhos. Colocou o dedo em riste contra os lábios, pedindo para eu fazer o máximo de silêncio possível.

Coloquei a mão na parte lateral da minha bota, sentindo o cabo da adaga. Um único movimento e eu resolveria tudo. Ergueria meu corpo rapidamente e apunhalaria seu pescoço, atingindo a jugular. Não importaria o resultado, porque eu conseguiria eliminar a maior ameaça à minha pátria.

Olhei para Beast e movi os lábios:

— Saia — falei, sem som.

Ele negou e apontou com o indicador para a minha adaga.

— Não faça isso — pediu, mudo.

Puxei o ar bem lentamente para dentro de mim, ignorando o pedido de Beast. Fechei as pálpebras. Em uma fração de segundos, pensei em Orion, e me despedi do meu *Ma'ahev*, esperando que entendesse minha decisão.

Tirei centímetro a centímetro da adaga e parei quando um soldado entrou.

— Astradur, Bali Haylock está aqui.

Vou matar os dois.

Abri os olhos e assisti Beast exalar silenciosamente, como se tivesse prendido a respiração.

— Aqui? Ora, que surpresa! — Astradur riu grotescamente. — Bali deveria contemplar sua obra... deixe para lá. Vou falar com o Governador.

Deslizei a adaga, guardando-a.

Não nos movemos até os homens se dispersarem. Os passos de Astradur ecoaram pesados no bunker, e ele se afastou. Retornei para perto de Beast, que estreitou as pálpebras, com uma carranca em seu rosto. Eu sabia o motivo, mas não quis dar margem para uma conversa. Não agora.

— Vamos, rápido!

— O que você tinha na cabeça? — Beast me repreendeu. — Foi uma ordem direta. Você é importante para Orion.

— Apenas me diga: se tivesse a chance de matar o inimigo, deixaria passar? Não importa. Precisamos ir até Astradur e Bali.

Abaixada, passei na frente de Beast. Antes que pudesse ir adiante, ele segurou meu pulso, me fazendo olhá-lo.

— Entendo que você é uma guerreira e que ama Alkmene, mas jurei protegê-la com a minha vida, fiz uma promessa a Orion. — Beast manteve a fisionomia séria. — Vamos voltar vivos para King Castle, Mia?

— Não vou ser impulsiva.

— Bom saber.

Inspirei fundo e tomei a frente, nos guiando em direção à voz de Astradur. No caminho até outro setor, o Duque deu ordens. Beast e eu continuamos indo, nossas botas sem fazer barulho no chão, praticamente nos arrastando entre caixas, tonéis e pilares. Em vinte minutos ali, já tínhamos informações importantes.

O subsolo do Governador era muito organizado e tecnológico. Painéis indicavam as sessões, os funcionários que não estavam carregando coisas vinham apressados com tablets, parecendo preocupados com o tempo e a quantidade de coisas a fazer.

Apontei o canto de uma das paredes para Beast. As câmeras de segurança estavam desligadas e direcionadas para o chão. Propositalmente, acreditei. Eles não queriam que ninguém soubesse o que estava acontecendo ali. Não queriam que tivessem provas.

A voz de Astradur ao fundo ficou mais próxima.

Nos encaminhamos para lá e paralisamos, quando dois guardas humanos fizeram uma curva e arregalaram os olhos ao nos encontrarem. Não foi necessário trocar um olhar com Beast. Ele pulou sobre o soldado da esquerda.

O da direita era meu.

Em uma fração de segundo, tirei a adaga da bota, tão rápido que o homem não teve a chance de compreender o que aconteceria, e lancei-a. Atingiu bem no meio de sua traqueia, evitando que gritasse. O homem cambaleou até cair de joelhos, suas mãos esticadas para mim. *Traidor.* Me adiantei. O impacto de sua queda não poderia alardear quem estivesse por perto, então rolei, segurando-o quando se inclinou para frente, amparando sua queda. Indo para trás do homem, peguei a adaga de volta, e o deitei no chão.

Beast se aproximou.

— Você gosta de fazer sujeira, hein, senhorita Mia?

Indicou o seu guarda com o pescoço quebrado, sem uma gota de sangue.

À direita, encontrei uma caixa comprida e vazia que transportava fuzis. Peguei-a e coloquei de cabeça para baixo, sobre o corpo do soldado que eliminei, ocultando-o.

— Pronto.

— Vou avisar ao Orion que você gosta de empurrar a sujeira para debaixo do tapete.

Sorri.

— Vamos.

A cada passo, a voz de Astradur ficava mais audível. Encostamos em uma pilastra quando um *shifter*, com um tablet na mão, passou, mas, diferente dos outros, este usava máscara de proteção com dois filtros, não deixando de anotar coisas com a caneta *touch*. Mais homens se aproximaram pelo outro lado, falando e rindo alto. Seríamos descobertos. Entramos no local de onde o *shifter* com a máscara saiu, a porta metálica se fechou assim que passamos por ela, e continuamos. Estava prestes a procurar um novo esconderijo, mas travei.

Estava preparada para encontrar mais tonéis químicos, mas não para o que vi. Olhei para Beast, sentindo-me mal por ele ter de presenciar aquilo. Em seu rosto, a luz azul do tanque refletiu a descrença. Beast travou o maxilar e percorreu cada centímetro daquilo, a revolta dominando sua expressão.

Imerso em uma água azul-esverdeada, havia um corpo. Do pescoço para baixo eram membros humanos. Já sua cabeça, completamente transformada em um tigre siberiano. Pensei em Echos e em todos os *shifters* que cruzaram a minha vida, incluindo o amigo ao meu lado.

A ligação de Mars atingiu-me.

"Qual seria o interesse de Astradur também na cidade dos *shifters*?"

Labyrinth.

— Não sei que tipo de experimento estão fazendo — sussurrei, tão baixo que mal pude me ouvir. — Mas é melhor eu seguir sozinha. Há soldados usando máscaras e...

— Mia — Beast voltou o foco para mim. — Isso... — Apontou para o tanque. — Não vai me impedir de continuar.

— Os tonéis são nocivos à saúde. E se isso tiver conexão com os *shifters*, e não com a transformação em massa de humanos em vampiros...

— Vamos. — Beast indicou o próximo setor.

Entramos na sala e avistamos sombras. Nos aproximamos e conseguimos ouvir Astradur cumprimentar Bali Haylock. Seria perigoso chegarmos mais perto. Pela fresta, entre as caixas, contei facilmente cinquenta homens em uma espécie de laboratório. Eu e Beast seríamos capazes de lidar com esse número, mas, àquela altura, não se tratava de conter a ameaça, e sim compreender o que ela abrangia. Precisava ter uma ideia de quantos e quais homens eram conhecidos por Orion e o rei.

E o fator mais significativo: depois de tudo que vimos, depois do vislumbre da crueldade naquele tanque, por maior que fosse a minha vontade de entrar em uma batalha ali, sabendo que provavelmente teríamos sucesso, não haveria garantias de que uma daquelas pessoas não pudesse acionar os planos de Astradur.

Eu subestimei o Duque.

Seu objetivo era mais vítimas, mais caos e menos resistência.

— Por que veio até aqui, Bali? Não ia pessoalmente cuidar do Plano Zoológico?

— Achei melhor acelerar o Plano Ferradura primeiro. Inclusive, dei ordens em seu nome.

Astradur riu. Beast pigarreou baixinho.

— Em *meu* nome? Tome cuidado com sua proatividade, Governador.

— Lembre-se, Astradur, em poucas horas, precisaremos nos abrigar. Quem supervisionará os Planos? Esses animais?

— Tem razão, meu amigo — ponderou falsamente. — Tem razão...

— Você sabe que precisa ligar para Ivar e agradecê-lo. O garoto entregou tudo no prazo.

Quem é Ivar?

— Não fez mais que a obrigação, na verdade. Gastei muito com a educação dele. Apesar da inteligência acima da média, sei que a influência de bons professores ajudou Ivar a se tornar um gênio.

Um cientista?

— Bons genes...

— Genes que já estão me ajudando, mas isso não importa agora — Astradur cortou Bali. — Me explique sobre os dardos do Plano Zoológico.

Olhei para o lado. Beast estava filmando a conversa. Franzi as sobrancelhas quando ele tossiu para dentro. Pensei nas máscaras e no olfato aguçado de Beast. Não poderíamos ficar ali muito tempo.

— Você está bem? — sussurrei.

— Estou bem, meu nariz está ardendo... mas eu aguento. — Beast esfregou o nariz na manga da camisa. — Porra...

— Tem certeza?

Assentiu e continuou a filmar.

— Funcionará como combinamos. — Escutei a voz de Bali. — É o resultado perfeito. A fórmula química que Ivar desenvolveu já está nos tonéis. O líquido está sendo despejado em cápsulas, que irão para os dardos. Criamos uma arma de propulsão que atira esses dardos e aplica o veneno no organismo dos *shifters.* Como os tranquilizantes em animais... o que, de fato, são. Os *shifters* acatarão ordens, o veneno os deixa suscetíveis à nossa vontade. Não serão bestas descontroladas, não se preocupe. A anarquia começará em Labyrinth no horário previsto. Seu homem já não está lá?

— Claro! Aguardando os caminhões. — A voz de Astradur arrepiou minha nuca. — Algum efeito adverso?

— Fiz uma jogada arriscada. Um casal de *shifters* estava cuidando dos campos em Espinhosa. Atirei, à distância, na garota. O efeito foi imediato.

Astradur abriu um sorriso sádico.

Beast parou de encarar o celular e focou em mim. Horrorizado. Sua íris estava negra, tomando quase toda a parte branca, a pupila dilatada. O telefone tremeu em suas mãos quando levou o rosto na altura do braço, tentando tossir em silêncio.

— Não vamos conseguir resolver as coisas se você cair aqui — murmurei. — Vamos voltar e contar tudo para Orion. Já descobrimos o bastante.

— E se houver... mais coisas? — A voz de Beast falhou. — Não vimos os outros setores. Vamos ficar, senhorita... Mia.

Me ignorou e voltou a atenção para a conversa.

Astradur olhou para o relógio, se apressando.

— Minha filha já deve estar aqui. Preciso ir para a sala ao lado. Com licença, Bali. Não deixe de acompanhar *pessoalmente* o Plano Zoológico.

— Por que deveria? Não há necessidade...

— Não, mas você tem que ficar lá... vai perder uma de suas obras-primas?

Bali franziu o cenho.

— Até breve, Duque.

O Governador saiu imediatamente com seus homens, e aproveitamos a deixa para irmos pela esquerda, curvados e furtivos. Entramos em outra sala, e tivemos uma visão privilegiada de Astradur e Constance. Ela estava acompanhada, assim como Bali, de um pequeno exército.

Essa mulher me causa repulsa...

Ocultando nossa posição entre caixas, Beast apontou para uma parede lateral, indicando alguma coisa.

Apesar de estarmos relativamente próximos, não consegui enxergar o que estava escrito, a imagem que representava. Tirei algumas fotos para vermos depois.

— Você chegou no horário, Constance.

— Está surpreso? — Bateu com o indicador no nariz do pai. — Eu também estou. Tantas coisas acontecendo ao mesmo tempo.

— Se refere aos quatro Planos? — Astradur ficou sério.

Constance caminhou até o quadro com as informações que não fui capaz de ler. Ela deslizou o dedo pelo papel colado à parede, uma espécie de estrutura para todos os planos de Astradur.

— Por sinal, adorei os nomes bonitinhos que você inventou. Plano Ferradura, para o ataque à Baía Cachalote, se bem que aquele lugar fedorento parece mesmo uma ferradura. Plano Zoológico, os dardos para Labyrinth, por causa dos bichinhos lindos que são os *shifters*. — Constance levou o indicador ao queixo, pensativa. — Pai, acho que eu super gostaria de ter um desses animais de estimação.

Beast enrugou o nariz, a tosse aumentando.

— O Plano Navio! — Constance continuou a tagarelar. — Ah, excitante! Mas confesso você foi infeliz com esse nome, porque é tão sem criatividade... transformar tantos humanos em vampiros me deixa arrepiada. Deveria ser Plano Exército!

— Plano Exército? Da próxima vez, deixarei nomeá-la.

— Agora, o que eu menos queria, o Plano Câmara. — Constance exibiu um semblante triste. — Você foi... poético ao criar este nome.

— Constance, nunca diga que *eu* inventei qualquer coisa. Para todos os efeitos, não sei o que está acontecendo. Acho bom se acostumar a falar dessa forma, não queremos que você escorregue e me comprometa.

— Estamos entre aliados, pai.

— Alianças são voláteis. Pessoas traem.

Constance gargalhou.

— Como você? — Ela parou de rir e ficou muito séria, ainda admirando a parede. — Não era bem isso que eu queria, pai.

— Tudo que eu faço é por você. Sabe disso. Apesar de se importar com ele, não deveria, não é recíproco. — Astradur fez uma pausa e olhou rapidamente para Constance. — Mas não se preocupe, filha, você será uma princesa em breve.

— Por um momento, achei que Ivar não fosse capaz de criar o soro com *uma gota do sangue de Orion, que tirei no torneio.*

Maldita.

A pulseira e todo aquele teatro, mas...

O sangue de Orion seria uma espécie de antídoto? Para quê? Até agora, Astradur só tinha planos agressivos, nenhum de contenção. *Teriam usado isso para transformar humanos em vampiros?* Fazia mais sentido, já que os tonéis eram para os *shifters.* Bem que eu estranhei a informação de Mars... arma química não é o mesmo que arma biológica.

No entanto, se o sangue de Orion se tratava do Plano Navio, por que estavam se referindo ao Plano Câmara?

Fale o que é, Astradur...

Tentei mais uma vez enxergar o que estava na parede. A tosse de Beast estava piorando gradativamente. Estava na hora de sairmos dali, e o Plano Câmara ainda não estava claro para mim.

— Agora podemos ir andando — Astradur pontuou.

— O que estávamos esperando? — questionou Constance.

— Precisava me certificar de que o Governador tomasse distância. Quando o Plano Navio estiver acionado, quem sabe Bali não fica no caminho entre Alabar e Labyrinth, já que vai cuidar do Plano Zoológico, e me poupa o trabalho de dar um jeito nele...

Caminharam para longe. Beast sinalizou que eu o acompanhasse para seguirmos Astradur e Constance, mas seria irresponsabilidade demais permitir que permanecesse ali mais um minuto, vendo a piora na sua saúde. Seu rosto estava inchado, talvez ficasse como o *shifter* submerso no tanque. Não poderia arriscar. Ao invés de segui-lo, indiquei a saída e pedi que fôssemos para lá.

Beast rastejou pelo duto, com pressa, até alcançar o lado de fora. Quando chegamos ao ar livre, ele caiu com mãos e joelhos no chão, ainda tossindo muito, arranhando a garganta, cuspindo.

— Beast! O que está sentindo? — Abaixei ao lado dele, mas, antes que pudesse tocá-lo, gesticulou, agitando mão e braço para descartar minha preocupação. Talvez só precisasse de um pouco de ar.

Fora do bunker, em segurança, era o momento de ver detalhes de tudo que fotografei.

Passei pelos planos, procurando o que ainda não sabia. O esquema do tal Plano Câmara estava ao lado do Plano Zoológico. Visualizei a estrutura de uma espécie de bomba: fios, conexões, um contador de horas, um sistema de queima com detonador inicial e explosivo comum... mas não parecia exatamente uma bomba comum. Era como se o desenho tivesse sido criado para um determinado fim. Continuei a analisar, buscando onde seria lançada. O nome de Bali Haylock e Ivar estavam como assinatura.

Deslizei o dedo para o lado.

Minha mão vacilou ao segurar o celular.

— Be-ast... — sussurrei, minha voz falhando. — O Plano Câmara... é uma bomba em King Castle.

Ainda com os dedos trêmulos, anexei as provas em uma mensagem e enviei rapidamente para Orion, Darius e Warder, por segurança, desejando que procurassem, desativassem ou, em último caso, evacuassem o castelo. Enviei também para Beast, por garantia. Quando percebi que ficou em silêncio por tempo demais e não respondeu sobre a bomba, o encarei.

— Fuja... Mia...

Na verdade, ele não balançou a mão para dizer que estava bem, mas sim para que eu fosse embora. Estava se transformando forçadamente, a natureza animal tomando o controle do seu corpo.

O conteúdo dos dardos não precisou ser injetado. Só de Beast inspirar...

A pelagem escura cobriu sua pele, e o som dos ossos de sua face se partindo em milhares de pedaços fez meu coração gelar. Ele urrou de dor. Seus caninos se tornaram enormes presas, e suas mãos se transformaram em patas, assim como os pés, rasgando as botas. Suas roupas ficaram em farrapos quando o urso dobrou de tamanho.

Não havia mais Brad, apenas uma enorme fera raivosa diante de mim.

Vinte e Cinco

Orion

— Royal Straight Flush! — Meu pai soltou as cartas sobre a mesa, rindo, enquanto fazia a maior pontuação do pôquer.

Balancei a cabeça, negando. Me aproximei no exato momento em que via meu tio Vallen abandonando as cartas em sua mão, enraivecido. Por um segundo, fiquei triste por ser o portador de más notícias, mas não havia outra alternativa.

Minha mãe foi a primeira a me notar e, em seguida, seu sorriso se desfez. Ela leu em meus olhos toda a preocupação de um monarca com seu povo. Tia Gwen foi a segunda, e chamou a atenção do meu tio e do meu pai. Com isso, consegui o foco da minha família.

Andei pelo salão de jogos, procurando qualquer indício de uma escuta. Verifiquei embaixo da mesa, atrás dos quadros, em todo lugar possível. Enquanto checava, meus pais sussurraram entre si. Fui até a porta e, antes de fechá-la, tateei ao redor do batente.

Virei-me para eles. Estava na hora de falar.

— O que está acontecendo? — Minha mãe levantou, e todos fizeram o mesmo.

Engoli em seco.

Puxei o celular do bolso e coloquei a gravação de Mars para tocar. Ali, a voz inconfundível de Astradur e Bali completavam uma à outra, narrando a criação de um esquema chamado Plano Navio. Uma arma que transforma instantaneamente humanos em vampiros e que já está dentro de uma embarcação turística que aportará em Alabar, formando seu exército fiel em Alkmene. A conversa datava o dia seguinte à noite como o momento ideal para o ataque, sem clarificar o porquê.

— Astradur! Oh, Vallen... nossa filha está com Julieth Haylock, a filha do Governador! — Gwen agarrou-se à manga do marido. — Temos que ir até ela.

— Calma, tia Gwen. Eu tenho certeza do caráter de Julieth. Ela era a única que ia contra o pai — tranquilizei-a.

O rei veio até mim.

— Eu deveria ter trocado de administrador antes — meu pai sussurrou, consternado, porém firme. — Astradur... está criando um exército com civis? Ou tentou nos ludibriar? Com isso, não desconfiaríamos, até que fosse tarde demais para um contra-ataque de Alkmene.

— Acredito que ele não imaginava que sua estratégia seria desarticulada. Também não poderia contar com o apoio de outro país, soldados e armamento humano — pontuei, franzindo a testa. — Não sem iniciar uma Terceira Guerra Mundial. É preferível um exército de humanos civis, recém-transformados, a não ter exército algum.

— Você tem um ponto, Orion — o rei concordou. — Astradur jamais colocaria em risco o segredo de sangue. Isso seria expor demais sua própria segurança.

— É, pai... e provavelmente esse exército marchará direto para King Castle, o núcleo do governo. Alabar já está com uma movimentação militar ilícita — acrescentei. — Além dessa ligação, tenho mais notícias. Existe uma ação suspeita em Labyrinth. Tonéis químicos estão sendo transportados da Baía Cachalote para Gila. Mia e Beast foram para lá. Precisamos ter certeza sobre com o que estaremos lidando. A essa altura, devem estar voltando para King Castle. Não consegui falar com eles. Os nossos telefones estão com interferência de sinal.

Após a revelação, a sala de jogos ficou em silêncio. O rei me encarou, pensativo. Minha mãe levou a mão ao coração, e tia Gwen encarou Vallen. Choque e raiva passaram pelo semblante do meu tio.

— Bali e Astradur sempre conviveram conosco. Agora, é o momento de sermos sigilosos — o rei analisou. — Possuem altos cargos... se não posso confiar nestes dois, como saber quem está envolvido? Precisamos chamar o General Darius, sei que ele é leal. Ativarmos o código chave para...

— O Delta, Alfa, November...? — Observei seu sorriso, enquanto arregalava os olhos. Sorri de volta. — Já fiz isso, pai.

— Operação secreta — murmurou. — Exatamente como eu faria. E os caminhos subterrâneos? Apesar de Astradur não conhecer tudo, é imprescindível...

— Lacrados.

Aline Sant'Ana e Clara de assis

— Suponho que já mandou Alte verificar o estoque de sangue na ala de segurança...

— Certamente.

Meu pai tocou meu ombro. Apesar de estarmos em uma situação de risco, consegui ver o orgulho em seu olhar. O rei deu um passo para trás, deixando-me continuar.

— Mãe, preciso que...

— Ala de segurança... eu sei — garantiu. — Levarei todas as crianças e quem não puder lutar. Inclusive, Gwen irá comigo.

— O ataque talvez aconteça amanhã, então, poderá ficar muito tempo por lá — sussurrei, desgostoso.

— Sei que não quer arriscar. Não se preocupe, filho. Terei todo o conforto.

— Ficarei com meu irmão e meu sobrinho — Vallen nos avisou.

Minha mãe ficou ao lado do meu pai e puxou-o para si, abraçando-o. Suas mãos foram para o rosto dele e ela plantou um beijo em sua boca. Não com carinho, mas com a angústia de quem sabia o que o rei teria que fazer.

— Eu amo você, Stella — papai sussurrou, e a rainha respondeu com um *eu também* contra seus lábios. — Só abra a porta quando alguém que saiba exatamente o nosso código de segurança apareça. Você verificou qual é a senha de hoje?

— É a primeira coisa que faço depois de escovar os dentes.

— Minha rainha... — O rei sorriu.

Tia Gwen abraçou Vallen e disse algumas coisas para ele bem baixinho, enquanto minha mãe se dirigia a mim. O abraço caloroso me trouxe a energia necessária. Inspirei contra seus cabelos.

— Não deixe sequer um inimigo de pé, meu filho. Eu acredito muito no homem que você é, no líder que se tornou, e tenho certeza do que é capaz de fazer.

Beijei sua testa e me afastei, vendo o medo em seus olhos. Ainda assim, a rainha quis passar toda a força que foi capaz de reunir.

— Farei jus às suas palavras, mãe.

Não abrimos espaço para mais sentimentalismo. Meu pai veio para o meu lado e tio Vallen, para o outro. Precisávamos sair do salão de jogos. Quando dei um passo para fora, Alte veio em nossa direção e, pela primeira vez, em sua expressão, havia desespero. Suas mãos carregavam bolsas de sangue vazias, e seus olhos alternavam freneticamente entre mim e meu pai. Sua boca abriu duas vezes, para depois se fechar.

— Majestade, Altezas... eu... fui até o estoque de sangue, como o príncipe Orion ordenou. Deveríamos ter quinze funcionários na cozinha, e encontrei apenas dois deles, apunhalados e jogados no hemocentro.

Minha mãe e tia arquejaram.

Alte desviou o olhar rapidamente para o conteúdo em suas mãos.

— E sobre o sangue... não temos quase nada no estoque. Não fomos saqueados, mas sim sabotados. As bolsas foram rasgadas e o sangue se perdeu pelos ralos. Está tudo no chão, impossível de re... recuperar. — Sua voz falhou.

O rei deu um passo à frente.

— Quero imediatamente que envie um mensageiro, alguém de sua confiança, a Rosys... O centro médico de Alkmene fica a duas horas de distância. — O rei olhou para o céu. — Envie um *shifter*, o mais rápido que tivermos. Estamos perto do amanhecer. Temos que recuperar esse estoque. Agora. Quero que fale com Darius também.

— É... em todo caso, só temos *shifters* mesmo. Não encontrei outros funcionários humanos, que poderiam nos ajudar, caso precisássemos de alimento. Eles alegam que receberam uma mensagem minha, liberando todos os humanos para uma espécie de folga. Algo que nunca fiz — Alte se explicou, nervoso. — Os corpos de Ann e Matias ainda estavam quentes. Informarei ao General.

— Ou seja, o ataque já está acontecendo — acrescentei em voz baixa. — Temos que nos armar e nos comunicar com Darius, vermos se tem alguma novidade. — Cerrei os punhos. — Está na hora de resolver essa merda.

Vinte e Seis

Mia

Tudo que eu podia ouvir era o som da minha respiração ofegante enquanto corria o mais rápido possível para longe de Gila, indo para oeste. Olhei para trás, certificando-me de que o enorme urso pardo ainda corria para me alcançar. Não havia pesadelo maior do que a possibilidade de ferir um amigo.

Beast foi exposto ao vapor químico que fez com que se transformasse em urso, mas sem a racionalidade de sua porção humana.

Soube que me atacaria de maneira letal e tentei levar a luta para longe, para os campos ainda não semeados, nas fazendas em Creones. Beast me alcançou, e sua pata dianteira atingiu meu tornozelo, me fazendo rolar por um declive. Não parei. A perseguição continuou até que chegamos a uma clareira, muito antes das fazendas no interior de Creones.

Ele bufou e urrou, irado.

Mesmo Beast sendo *shifter* e não um simples urso, o fato de estarmos na estação anterior ao inverno fazia com que, naturalmente, sua versão animal ficasse mais agressiva, já que, por instinto, deveria caçar e armazenar toda a comida possível para a estação mais rigorosa de Alkmene.

De seu 1,98m enquanto humano, pouco sobrara. O animal que se agigantava diante de mim, sobre duas patas, tinha cerca de 2,5m, pesando mais de 300 quilos, e percebi de onde se originava seu apelido: Beast. O olhar dele era algo que eu jamais esqueceria. Todo o seu lado racional desaparecera. Beast bramiu tão alto e forte que suas enormes presas ficaram expostas. Meu coração estava prestes a sair pela boca. Eu deveria sacar minha espada, mas ele não era somente uma fera irritada. Por baixo da pelagem, estava um dos nossos melhores amigos: Brad.

As garras de quinze centímetros não estavam mais ocultas. De repente, ele avançou em mim, todo montanha de pelos e rugidos ensurdecedores, que anunciavam a morte iminente. Joguei-me para o lado direito, desviando do seu ataque feroz, e as patas encontraram nada além de ar quando miraram em minha cabeça. Ele se virou de imediato, sua outra pata fazendo um movimento em arco ascendente, com a intenção de me derrubar e me cravar no chão. Novamente, fui mais rápida, saltando para trás e para a esquerda, fugindo.

Deveria haver algo para despertá-lo do transe.

Talvez... se gastar energia, aquela merda saia de seus pulmões.

Então eu fiz o que qualquer criatura, sendo perseguida por um urso, jamais faria: dei uma guinada para o lado oposto e fui em sua direção, voltando para a clareira. Parecia que iríamos colidir de frente, mas ele pulou, a bocarra aberta, pronto para morder meu rosto. Escorreguei pela terra, passando por baixo dele. Quando Beast pôs as quatro patas no chão, mal teve tempo de registrar o golpe em suas costas. Atirei contra ele a maior pedra ao alcance das minhas mãos, com força. Ele caiu e rolou, virando-se, parecendo ainda mais ameaçador e irritado. Bramiu num misto de dor e ódio.

— Vamos brincar um pouco, Beast.

Estalei o pescoço e os dedos. Ele veio para cima, rápido, rugindo. Perto o bastante, sua pata dianteira tentou me jogar no chão e seus dentes bateram, ansiosos por morder meu rosto ou pescoço. Evitei seus golpes como um pugilista fugindo dos socos. Desviei. Esquerda, direita, abaixando, para trás, a poeira se erguendo como uma nuvem entre nós. Toda vez que ele tentava um golpe, com suas garras determinadas a destruir minha jugular, eu o impedia. Consegui chutar seu focinho e seu peito, fugindo, em seguida, do seu abraço mortal.

— Porra, Best, acorda!

Ele conseguiu atingir minha coxa esquerda com a pata. O ferimento cicatrizou em segundos.

Água. Ele não precisava apenas suar, precisava acordar.

Soquei seu focinho, realmente com força, e vi um enorme urso caindo para o lado, sons de dor vindo dele, sangue escorrendo. Irado. Seu focinho deu um estalo deplorável e por isso não tentou mais me morder, mas suas patas não demonstraram sinais de cansaço. Ficaríamos naquilo o resto da noite, pelo visto. Mas eu não tinha esse tempo. Não considerando que o sol logo apareceria.

Corri em direção ao rio da divisa entre Gila e Creones. A água gelada talvez o tirasse do transe. Era minha última opção antes de incapacitar Beast de uma vez por todas.

Ele continuou vindo, uma fúria assassina em seu olhar.

Chegamos ao rio. Ergui entre nós um galho de árvore, grosso e longo o bastante para manter distância, mas Beast, com uma única patada, destruiu o tronco pela metade. A água congelante do rio bateu em ondas no meu tornozelo. Caminhei para trás, a água em minha panturrilha, coxa, cintura. O urso avançou. Me joguei, me deixando levar pela suave correnteza. Quando soube que tinha profundidade suficiente, mergulhei. Embaixo d'água, pela iluminação da lua, vi o vulto de Beast, ainda na forma de urso. Nadou até mim, me caçando, mesmo com a dor da água fria em seu focinho. Submergi, e ele também. Bramiu, urrando de dor.

Mergulhei de novo, e o urso fez o mesmo. Com a respiração presa em meus pulmões, assisti à transformação. A pelagem deu lugar à pele humana. Suas patas se tornaram mãos, e o rosto de urso lentamente foi sendo substituído pela feição de Brad. De repente, no meio das águas calmas, buscou fôlego, puxando uma grande quantidade de ar para seus pulmões, tossindo.

Ele voltou.

— Filho da puta, você me deu um trabalho desgraçado!

— Mia? O quê...?

Nadei até Beast quando percebi que era seguro.

— O que estamos...? Está gelado pra caralho! Meu nariz... meu nariz está *quebrado*?

Ele tinha o rosto transfigurado em dor.

— Você me fez correr, lutar, mergulhar em um rio a quase um mês para o inverno... lide com isso!

— *Eu* fiz?

Beast colocou seu nariz de volta no lugar, e a cicatrização começou.

— Um urso de dois metros... Sério, Beast?

Nadamos até sair da armadilha congelante. Dentro d'água, a sensação foi terrível, mas, fora dela, o vento foi ainda mais cruel. Estremeci no momento em que meus pés tocaram terra firme. Minhas roupas estavam encharcadas e meu celular mergulhou junto comigo. Enviar as provas por mensagem para Orion... foi de extrema importância. Se os telefones em King Castle não estavam funcionando, pelo menos, o dele estava. A essa altura, com o layout da bomba, esperava que já estivessem tomando as providências.

Sobre o ombro, olhei para Beast.

Completamente nu.

Tentei, em respeito a ele, não encarar.

Seu corpo arrepiado se agitava involuntariamente, em reação ao frio. As mãos esfregavam os braços freneticamente; os lábios estavam azulados.

— Q-quero meus p-pelos de v-volta — sussurrou, as palavras entrecortadas. — Caralho, acho que v-vou me transformar.

Arregalei os olhos e virei para ele.

— Melhor não, Beast.

A diversão saiu do seu rosto. Ele parou de tentar se aquecer e respirou fundo.

— Lembra da pergunta que me fez lá no bunker? Sobre a possibilidade de matar o inimigo? Pois é, a resposta é sim. Eu faria. — Beast fez uma pausa. — Sinto muito. Pedi para você não ser imprudente, mas fui também. Permaneci, mesmo sabendo que o vapor tóxico poderia me afetar de alguma forma. Depois do tanque...

— Não faça isso com você mesmo — interrompi-o. — Efeito colateral. Impossível prever que isso aconteceria. Não foi porque *você* quis. Não enxerguei Brad, e realmente sua humanidade não estava lá, apenas um urso pardo, pesado, correndo atrás de uma possível presa.

— Mesmo assim, peço desculpas — falou, sério. Um reconhecimento passou por seu semblante e Beast sorriu predatoriamente. — Ainda bem que não correu em linha reta.

— Podemos apostar uma corrida um dia — provoquei. — Não se esqueça que sou uma vampira, acho que nossas velocidades são semelhantes.

Beast riu.

Involuntariamente, meus olhos desceram para... girei sobre meus calcanhares e comecei a andar.

— Precisamos voltar para King Castle. O carro não está longe. Chegaremos em vinte minutos.

— Mia, olha pra mim.

Deslizei rapidamente a atenção para Beast.

Seus braços abertos, o rosto divertido.

— Acha que vou me apresentar assim diante do *rei*? — Voltou a se abraçar, com frio.

— Não está pensando em voltar a Gila, não é? Com uma bomba que não sabemos se está ou não prestes a explodir em algum lugar de King Castle...

Os braços de Beast caíram ao lado do corpo.

— O *quê*?

Ele não lembra de uma palavra que eu disse.

— Te conto no caminho.

No caminho entre o carro estacionado secretamente entre as folhagens, contei para Beast sobre o Plano Câmara, o dispositivo criado especialmente para King Castle e a ameaça de uma explosão. Acalmei-o ao dizer que enviei provas para Orion, e acreditava que o castelo já estava se preparando. Quando entramos no carro e dei partida, Beast colocou a mão sobre a minha, no câmbio.

— Espera — ponderou. — Sei que temos pressa para chegar e verificar se eles estão realmente sabendo da ameaça de bomba. Só que... Mia... minhas roupas ficaram em farrapos perto dos dutos de ventilação do bunker do Governador. Meu celular, com provas de que estivemos ali, também. Apesar da urgência, poderemos colocar tudo a perder se não voltarmos e os recuperarmos. Não vai demorar e pode impedir que Astradur descubra que já sabemos.

— Tem razão. Não podemos correr esse risco. Vamos voltar.

Acelerei em direção a Gila e estacionei a certa distância da casa do Governador. Beast realizou tudo em poucos minutos, por mais que estivesse nu e não pudesse ser visto. Com sorte, não precisou apagar nenhum guarda. Retornou para o carro com sua antiga calça, parecendo uma saia, sem camisa e o mais importante: o celular recuperado e sem danos. Quando dei partida mais uma vez, liguei o aquecedor de bancos, nos ajudando contra uma possível hipotermia. Peguei a curta estrada que ligava Gila a Bloodmoor, aliviada por termos uma hora até o amanhecer. Meus cabelos ainda estavam pingando da água do rio quando avistei King Castle.

Beast e eu fizemos toda a missão em tempo recorde.

Eu estava chegando em casa.

Vinte e Sete

Orion

— Qual o status? — Coloquei as luvas de couro, flexionando os dedos para ajustá-las. Afivelei o cinturão, sentindo o peso da katana na bainha, e encarei Darius através do espelho.

O General entrou no meu quarto e fechou a porta, para conversarmos em particular.

— Descobrimos mais corpos, além de Ann e Matias. Outros funcionários de King Castle, leais ao clã Redgold, foram mortos. Seis vítimas encontradas até o momento. Os homens da Brigada Vermelha identificaram traidores. Qual a ordem?

Virei-me, encarando-o de frente.

— Merecem o mesmo tratamento que deram aos meus. Mate-os. O que mais, General?

— Os túneis de acesso subterrâneo foram lacrados. Não há mais caminho que liga Gila a King Castle. Nossos funcionários continuam salvos e em segurança.

Há vida ativa e autossustentável funcionando dentro da montanha. Não poderíamos permitir que enfrentassem o perigo do que era esperado aqui em cima. Além disso, os túneis de acesso, em um nível ainda mais baixo, deveriam ser usados como uma rota de fuga, mas os homens de Astradur corromperam o local.

— Perfeito, General. Quando estiver certo de que os traidores não estão mais nos níveis inferiores, feche também a passagem para o castelo.

Darius andou ao meu lado em direção ao corredor. Uma dupla de soldados da Brigada Vermelha passou por nós. Ótimo, eles ainda checavam as alas dos quartos.

— Quanto ao pedido do rei, em relação às bolsas de sangue em Rosys, minhas irmãs cuidarão pessoalmente para que o carregamento chegue a King Castle. O *shifter* enviado tem ordens para falar apenas com as doutoras Euturiel e Raven.

— Qual a previsão de chegada?

— Dez da manhã.

Olhei para o celular.

Nenhuma mensagem de Mia ou Beast. Qualquer telefonema de Mars. Echos não havia me passado informações sobre Baía Cachalote...

Ainda estávamos com bloqueio de sinal.

— Meu pai e meu tio já estão no salão de estratégia?

— Assim como seu primo, Donn.

— Ótimo.

Abri a porta do salão de estratégia. Meu pai e tio estavam em uma conversa acalorada sobre traição, homens de Astradur e aristocracia. Donn, ao lado de Vallen, observava o mapa de Alkmene, o punho fechado sobre a mesa denunciando seu péssimo estado de humor.

— É impossível que sejam tantos homens assim, Callum.

— Estou contando cada olhar e cada diálogo atravessado.

— Nunca o desacataram... — Vallen elucidou.

Meu pai me encarou e estendeu um papel para mim.

— Astradur e Bali também não. — O tom de voz do rei saiu sombrio.

Me aproximei da mesa. Vallen e Donn me observaram, provavelmente curiosos a respeito do que eu acharia.

A lista continha membros importantes que eram o alicerce de Alkmene. Rapidamente, descartei alguns nomes. Estavam classificados ao lado de números.

— Sem dúvida, os números 5, 12, 19, 27 e 28 não estão envolvidos. Por exemplo, os irmãos Eymor, Arick e Anson não suportam Constance. Inimaginável um cenário em que eles concordem com a filha de Astradur. E vocês também não estão achando que ela é uma inocente vítima do *magnífico* estratagema do pai, certo?

— Não colocamos o nome de Constance porque é óbvio. Não por ser filha dele, mas porque a ambição daquela menina sempre flertou com a ganância. — Vallen semicerrou os olhos.

— Diferente de Julieth... A filha de Bali é tão generosa que não cabe na árvore genealógica dos Haylock — Donn pensou alto. — Pena que não faz meu tipo. Tão certinha...

Após uma breve batida na porta, Warder entrou.

— Imaginei que estivessem aqui. Os telefones estão com problemas. E isso não é normal.

— Só faltava você — o rei afirmou. — Chegou em ótima hora, amigo.

Warder me observou, procurando alguma coisa.

— Onde está a *Major* Goldblack?

O homem, que era como um pai para Mia, notou sua ausência. Aquela pergunta não era só um questionamento do paradeiro da minha *Lochem*. O cargo de Mia no exército foi colocado proposital e sutilmente.

— Em uma missão que designei a ela — informei.

A verdade suavizou sua expressão. Warder aprovou que eu não tinha me esquecido de Mia, e que não a intitulei apenas como minha *Lochem*. Mia era uma exímia guerreira. Em uma situação como essa, era fundamental que pudesse participar.

— Com quem?

— Beast.

Warder concordou e se dirigiu ao rei, aguardando o resto da conversa e o que poderia fazer para ajudar. Embora não soubesse exatamente o que estava acontecendo, bastou identificar quem estava na sala para compreender que não se tratava apenas de telecomunicação. Meu pai, ao invés de falar, gesticulou para que a palavra fosse minha. O Tutor assentiu, abrindo um sorriso quase imperceptível.

— Darius, dê um passo à frente — pedi. — Nos informe sobre a operação secreta.

Resumidamente, o General esclareceu a situação a Warder. Quando finalizou, se dirigiu a todos que estavam na sala.

— A operação secreta encontra-se em andamento. Por enquanto, e, infelizmente, Astradur e Bali Haylock não foram localizados.

Travei o maxilar.

— Meus homens estão atentos a um carregamento específico que está saindo de Gila e possivelmente indo para Labyrinth. Vamos interceptá-lo quando for o momento certo. Já nos outros pontos abordados, Alabar e Baía Cachalote... tudo está muito tranquilo.

— Quieto demais para o meu gosto — o rei sussurrou. — Fora da operação secreta, preciso saber o que acontece aqui dentro.

— Armamos os que poderão lutar. Na ala de segurança, estão os que não poderão, e Alte já verificou todas as acomodações. Elas mantêm o mesmo padrão de conforto da decoração real. Iremos abastecer o estoque da ala de segurança quando chegarem as bolsas de sangue de Rosys. As áreas de serviço funcionam normalmente, para não alardear possíveis espiões ainda não identificados. Já faz um tempo que os túneis foram isolados. Após o cumprimento de uma última ordem do príncipe, vamos lacrar a passagem do nível inferior que dá acesso ao castelo. Dessa forma, não haverá como entrarem pelas passagens subterrâneas. E quem mora sob nós se manterá protegido.

Meu pai não precisou perguntar sobre a ordem; viu em meu rosto.

— Mantenha-nos atualizados, Darius. Vou deixá-lo fazer o seu trabalho.

— Obrigado, Majestade. — O General assentiu para o rei, e a reunião foi encerrada. Darius saiu e ficamos os quatro ali, estudando a lista do meu pai e Vallen a probabilidade dos planos de Astradur não se mostrarem por completo. A melhor arma que possuíamos, no momento, era a pura e simples informação. Continuamos a busca pela verdade, entre papéis e suposições.

Não era o bastante.

Talvez, se Mia e Beast não demorassem...

Foquei na porta do salão de estratégia, ansiando pelo momento de ela ser aberta pela minha *Ma'ahev*. Verifiquei o celular pela segunda vez. Ainda fora da área.

Pedi licença e retornei sozinho para o salão principal de King Castle. Donn ficou com meu pai e tio, auxiliando-os. Os três sabiam que eu precisava verificar de perto a logística interna e a adequação de tarefas, sem que parecesse suspeito.

Encontrei Leeanne e Julieth, que decidiram se juntar a nós, e não cogitaram a ideia de se abrigarem na ala de segurança, se eram capazes de empunhar uma espada. Quando se foram e fiquei mais uma vez sozinho, observei Alte encarando as poucas bolsas de sangue que conseguiu reunir. Ver aquilo me deixava apreensivo com a espera do *shifter* de confiança de Alte. Ele precisava trazer boas notícias.

Inspirei fundo quando o General chegou ao salão, em passos duros. Balançou a cabeça, negando a pergunta que estava em meus olhos.

— Os sinais do ataque silencioso de Astradur começaram a aparecer. Como Vossa Alteza disse, Labyrinth precisava ser vigiada. Interceptamos um caminhão da construtora que fornecia insumos para Astradur. O homem tentou fugir, mas conseguimos capturá-lo próximo à entrada de Labyrinth. Encontramos um líquido azul em tonéis e cápsulas prontas em dardos.

Os tonéis em Gila...

— O que conseguiu de informação?

— Com um pouco de incentivo — Darius levantou uma sobrancelha —, conseguimos a confissão do motorista. O material confiscado era uma fórmula química que alterava biologicamente os *shifters*. Impede-os de usarem a racionalidade e os torna apenas feras. Se isso for liberado, Alkmene virará um caos.

— Preciso que seus homens estejam nisso, Darius. Nenhum caminhão entra em Labyrinth até que eu saiba o que tem lá dentro. Não quero alarde. Coloque uma fiscalização indireta. — Andei pelo salão, com Darius me acompanhando. Joguei o cabelo para longe do rosto, enquanto pensava. Instintivamente, levei a mão à katana, sentindo-a ali. — Astradur e Bali não podem cogitar...

— Não saberão.

— Como?

— Fizemos tudo silenciosamente. Estamos cuidando para manter a operação secreta, Alteza.

— Mantenha assim.

— Sim, Alteza.

O rádio de Darius tocou, um chamado pela linha segura. Ele atendeu na minha frente, incitando seus comandos militares. A voz do homem do outro lado pareceu apreensiva. Fiquei atento quando murmurou sobre Alabar. Houve um pequeno corte antes de dizer algo compreensivo.

— *... não avistamos qualquer navio em Alabar. Repito: estamos a postos e não avistamos qualquer navio em Alabar.*

— Avise-os que a ameaça data amanhã como aportação — indiquei.

— General Lawford, Redgold 1, Câmbio. Informação copiada. O navio indica o dia seguinte.

— Soldado Smith, Brigada Vermelha 31, Câmbio. Compreendo, General. Mas a informação que tenho é de que existe uma ameaça real no porto da Baía... Cachalote. Câmbio.

Aquela informação não poderia ser verdadeira. Deveria se tratar de uma estratégia de Astradur e Bali, para não identificarmos o que estava prestes a acontecer.

— O que disse? Câmbio.

— Não visualizamos o navio em Alabar. Há uma ameaça real na Baía Cachalote. Navios ultrapassaram a fronteira marítima. Vinte e cinco mil milhas. E se aproximando. Devo ir, junto ao exército de shifters e humanos também, para lá? Câmbio.

Darius me encarou, e eu paralisei. A vontade que tive foi de pegar o maldito rádio e falar por mim mesmo.

A ameaça era real.

Caralho, Duque de Merda!

Astradur virá com frentes de ataque nos portos mais importantes de Alkmene.

— Mande um grupo para Baía Cachalote, mas mantenha Alabar sob vigilância — avisei Darius. — Quero soldados de prontidão em Alabar. Deixe-me falar com o seu comandante na Baía Cachalote.

Darius deu a ordem, e o homem passou para o comandante da operação no principal porto da cidade.

Expliquei que precisava conversar com Echos, Barão de Egron. Echos levou alguns minutos para chegar até o rádio. Não perdi tempo com comandos militares.

— Echos.

— Orion, porra! Que loucura está acontecendo?

— Astradur e Bali. Um ataque simultâneo. Preciso que me afirme que há navios chegando.

Echos ficou em silêncio por poucos segundos.

— Sim... há navios chegando. Ficarei aqui e lutarei por Alkmene. — Sua voz saiu firme e determinada.

— Não poderei me deslocar. Te nomeio, Barão de Egron, em caráter imediato e temporário, o homem à frente desta batalha. Não deixe que esses... não permita que venham à cidade. Já temos soldados de prontidão. Mas preciso da sua inteligência e destreza.

— *Terá, Alteza.*

— E, Echos?

— *Sim?*

— Te vejo quando esse inferno acabar.

Devolvi o rádio para Darius, que assentiu em concordância. Quando troquei olhares com o responsável pelo exército de Alkmene, soube que ele só estava esperando a minha ordem.

As coisas mudaram a partir do momento em que Astradur colocou aqueles navios em minhas águas.

Respirei fundo, tensionando o maxilar.

— A partir de agora, declaro, em vigor, o Decreto Sentinela. Isole a Cidade do Rei. Coloque a Brigada Real e os Guardiões nas ruas. Cubra as entradas de todas as estradas e portos de Alkmene. Ninguém entrará ou sairá do nosso país. Não estamos mais em uma operação secreta. Astradur e Bali começaram a atacar. Nós vamos revidar com todo o poder bélico que tivermos.

— Considere feito, Alteza.

Precisei retornar, a passos largos, para o salão de estratégia, para conversar com o rei. Avisei-o a respeito do ocorrido, e nunca o vi tão furioso. Vallen e Donn amaldiçoaram os nomes dos aristocratas e juraram proteger o clã Redgold. Antes de eu sair, meu pai trocou olhares comigo, prometendo-me em silêncio que Astradur pagaria por cada um de seus pecados.

Uma sensação de inquietude e alívio tomou meu coração antes que eu pudesse chegar ao salão principal, precedendo o som da porta se abrindo. Uma eternidade se passou antes de eu ver o seu rosto. Já sabia quem entraria no salão.

Mia.

Sem esperar, corri em sua direção. Os olhos verdes cintilaram para mim. Mia não teve tempo de processar, eu a puxei, abrigando-a em meu peito, e fechei os olhos, sentindo seu corpo. O sino tocou em King Castle, avisando-nos sobre o amanhecer. Por um segundo, não me importei com nada ao redor, nem com a guerra declarada, apenas o conforto do calor da sua pele em meus braços. Mia resfolegou, apertandome forte, sua roupa molhada fazendo eu me perguntar que inferno tinha acontecido.

— Está tudo bem, minha *Yafah* — sussurrei contra seus cabelos, tonto pela felicidade de tê-la ali. Puxei seu rosto para o meu, tocando sua boca com a minha, e abri as pálpebras. — Estão todos armados e prontos.

— Beast tentou te ligar, sem sucesso. Fico feliz que tenha recebido a mensagem que te encaminhei.

— Acredito que a parte mais importante do plano de Astradur seja uma guerra na Baía Cachalote e a ameaça química contra os *shifters*. Espera... o que disse?

Pela visão periférica, atrás da minha *Ma'ahev*, vi meu amigo com uma expressão exausta. Suas roupas estavam rasgadas. Franzi as sobrancelhas, e Mia afastou-se.

— A mensagem que te enviei, com as provas de Astradur — Mia explicou. — Recebeu? Sobre a bomba. Vejo seus homens atrás de você. Estão desarmando-a, não é?

— Bomba... em Alabar? Ainda não encontramos o navio — murmurei, confuso.

Vi a expressão de Mia mudar de alívio para terror. Sua boca se abriu, e ela imediatamente olhou para trás. Quando voltou o rosto em minha direção, pegou em minha mão, arrastando-me apressadamente.

— Não sabe? Orion, não em Alabar, mas aqui! — gritou. — Oh... inferno. Se não está desarmando-a, precisamos sair, todos, agora! Não sabemos quando detonará.

Brequei-a e Mia parou.

— Espera, não está fazendo sentido...

Meus olhos foram para meu pai, Vallen e Donn, que estavam retornando do salão de estratégia. Percebi que havia algo errado quando meu tio se escorou na parede, Donn pareceu tonto e meu pai...

Mãe.

Não escutei qualquer som, por menor que fosse. O ataque de Astradur foi silencioso e traiçoeiro, assim como ele. Meus dedos lentamente soltaram a mão de Mia, enquanto assistia ao meu próprio pai perder a força e cair de joelhos. As mãos de Mia vieram até meu rosto, seus olhos arregalados e sua boca dizendo algo que não consegui ouvir.

Então, a escuridão.

Vinte e Oito

Mia

Tudo estava lá, então, todos os sons se foram. Em meu ouvido, uma pressão forte. Orion estava tão perto de mim, e minhas mãos, antes em seu rosto, não tiveram força suficiente para mantê-lo ali. Senti-o tremer antes de ele cair, os lábios roxos, os olhos injetados e a pele empalidecendo. O desespero atingiu-me na boca do estômago, junto ao odor de amêndoas amargas, vindo de algum lugar do castelo. Não escutei o meu próprio grito quando clamei por seu nome.

Vallen deslizou pela parede de pedra, olhando-me. Leeanne desfaleceu nos braços de Julieth, sua amiga, que tentou inutilmente segurá-la. Alte correu para o rei Callum, que desabou para trás. Um vampiro, de cabelos castanho-escuros também jazendo sobre o chão. A realeza desmoronou, e amaldiçoei Astradur antes dos meus próprios joelhos tocarem o piso.

Beast veio até mim, agachando-se, seus braços apoiaram meu pescoço e seus lábios pronunciaram palavras sem som. Vi a angústia em sua íris, ao mesmo tempo em que seu nariz se moveu, farejando o ar. Mexi a boca, abrindo-a e fechando-a repetidas vezes, estalando o maxilar.

Até ouvir de novo.

— O que eu faço? — Alternou a atenção entre mim, Orion e Warder, que estava caído ao lado do meu *Ma'ahev*. — Alguém me ajuda aqui!

Beast exalou repetidamente, seu peito subindo e descendo rápido, a respiração apressada.

Tentei falar com ele, mas não consegui.

— Esse cheiro é... — Beast inspirou profundamente — ácido cianídrico, cloro... Mas tem algo a mais... — Farejou de novo. — Eu acho que... é o sangue do Orion.

Beast me encarou.

— Mia, preciso que você acorde. Eu acho que... não é uma bomba. Não é explosiva. — Então, vi uma centelha de compreensão passar por seu semblante. — É um gás.

A inconsciência levou-me para um breu.

Luz.

Orion, você está comigo?

Sangue.

Uma picada seguida de um líquido gelado.

Escuridão.

Beast sussurrou que estava cuidando de tudo.

Luz.

As janelas ainda estavam fechadas.

Escuridão.

Isso era bom, né?

Luz.

Cheiro de éter.

Escuridão.

Gosto metálico em minha boca.

Luz.

Minhas pálpebras estavam pesadas e senti meus olhos arderem por trás delas. A voz de Beast me norteou em algum momento, tranquilizando uma parte minha que estranhou sobre onde estava.

— Onde está... Orion? — Minha voz saiu arranhada e quase inaudível.

— Ela acordou! — alguém disse.

— Chamem o Beast! — pediram.

A luz forte me cegou. Coloquei o braço sobre meus olhos, criando uma sombra. O cheiro de hospital me atingiu antes que eu entendesse onde estava. Tinha o gosto daquele odor na minha boca.

— Mia, está tudo bem... — *Warder?* Senti mãos quentes em meu rosto. Consegui focar a visão. Warder Tane, meu segundo pai. — Foi um gás. Você está segura, em King Castle, na enfermaria do reino.

— Orion...

— Calma, Mia. Não tente se levantar agora.

— Preciso...

— Sangue, eu sei.

— Orion... — Tateei, procurando por minha espada. Ainda confusa, os movimentos desencontrados. Busquei ao redor por meu *Ma'ahev*.

— Orion está bem. Você está recebendo uma transfusão. Muito do seu sangue estava contaminado. Agora, um cateter está conectado ao seu braço. Não se mova muito.

A primeira coisa que consegui ver foram as linhas do rosto de Warder. Ele estava dizendo que tudo estava bem, mas o cenho estava franzido e manchas arroxeadas circundavam seus olhos.

Segurei em seus braços, tentando buscar a razão.

— O q-que... aconteceu?

— *Todos* vocês caíram. — Era a voz de Beast. Com os sentidos embaralhados, não percebi que ele estava ali. — Deu trabalho. Principalmente porque antes, fomos nós, *shifters,* que fechamos as grelhas de ventilação, com cortinas e roupas velhas... muito embora não tenha dado totalmente certo... e, você sabe, eu nem tinha roupa direito.

— Agora você parece vestido...

— Passou um tempo, Mia. — Beast puxou o banquinho em que estava sentado para mais perto de mim. — Em um primeiro momento, não entendemos o que tinha acontecido. Como estava dizendo... apenas nós, *shifters,* ficamos em pé. Compreendi que era algum gás nas grelhas de ventilação quando senti o cheiro dos componentes químicos. Foi um pouco caótico, porque alguns funcionários acreditaram que o gás poderia ser tóxico também a eles, e eu precisei tomar a frente da situação. Mostrei que estávamos de pé e que precisávamos nos organizar e ajudar. Mandei alguns tamparem as grelhas de ventilação, outros tirarem vocês do salão e trazerem para cá, enquanto fui encontrar a fonte daquela porra de dispositivo e, caralho, ainda bem por você ter tirado fotos e enviado para mim, ou não teria sido fácil.

— E você encontrou. — A afirmação saiu em tom de pergunta.

— Não levei nem uma hora para encontrar. — Beast sorriu, mas o arquear de seus lábios se apagou lentamente. — O foda é que mesmo desconectando e quebrando aquela merda em mil pedaços... o gás já havia sido liberado. Pensei rápido e acionei o sistema de exaustão. Eu sabia que, na enfermaria, estariam cuidando de vocês, mas quando cheguei aqui... a coisa estava feia. Não havia sangue suficiente no estoque, nem humano, nem de animais, nem sintético... e nós não poderíamos doar ou fazê-los beber o nosso, porque não é compatível. A situação estava mesmo tensa.

Olhei para o cateter, pensando em como Beast conseguiu resolver. Ele acompanhou meu movimento.

— Um carregamento chegou de Rosys, junto com médicos e enfermeiros. Porra, pareceu um milagre. Acho que respirei fundo pela primeira vez desde que vi vocês caindo. Mas o *shifter* que chegou ao castelo me avisou que as bolsas de sangue foram uma ordem do rei. Também mostrou um bilhete de uma das irmãs do General Darius, falando que tentaram impedir a saída do furgão e tiveram problemas por lá. Astradur é um ardiloso filho da puta mesmo.

Beast conseguiu.

— Espera... só tem uma coisa que não entendi disso tudo. Onde estavam os funcionários humanos? Por que ninguém nos acudiu?

Beast trocou olhares com Warder.

— Não havia nenhum, receberam uma mensagem e aparentemente Alte deu folga a todos eles — Warder explicou.

— Alte jamais faria isso.

— Nós sabemos. Inclusive, Alte também caiu. — Warder coçou a cabeça, bufando, consternado. — Astradur e Bali deviam planejar isso há muito tempo. Seria um esquema catastroficamente perfeito, se fosse um dia normal e estivéssemos dormindo. As informações que tivemos antes nos pôs em alerta. Caso contrário, estaríamos mortos.

— Todos acordaram? — questionei, ansiando e temendo pela resposta.

— O príncipe, o rei, Duque Vallen e Conde Donn... ainda não — Warder informou, com pesar. — As meninas já acordaram. Leanne e Julieth estão bem. As pessoas, na ala de segurança, incluindo a rainha, não sofreram as consequências do gás. Darius acordou e está acompanhando à distância o ataque na Baía Cachalote, que tem acontecido por algumas horas, como também outras frentes. — Fez uma pausa. — Mia, o Decreto Sentinela foi acionado.

— Tropas nas ruas, estradas bloqueadas... — Olhei para as janelas, que se mantinham fechadas. *Ainda é dia.* — Você disse que Baía Cachalote está sendo atacada há algumas horas... por quanto tempo eu apaguei?

Beast tocou meu pulso, fazendo-me prestar atenção nele. De verdade. Brad estava exausto. Com a mão livre, segurava uma garrafa d'água. As roupas novas, uniformes da Brigada Real, estavam amassadas pelo constante movimento. Além dos cabelos bagunçados e um pouco de fuligem em suas bochechas.

— Estamos no início da tarde. Aproximadamente por dez horas.

A enfermeira passou ao lado da cama, verificando e anotando algumas coisas.

— Mia, acho que você tem que descansar mais um pouco — sussurrou Warder.

— Quero vê-lo.

Warder tentou me deter, ao mesmo tempo em que Beast segurou na cama, para se levantar. Parei a movimentação de ambos ao olhar fixamente para eles.

— Eu vou sair dessa cama — informei. — E vou ver Orion Bloodmoor.

Deram espaço para mim e eu me sentei.

— Onde ele está?

— Na sala ao lado — Warder explicou. Fiquei tonta assim que meus pés tocaram o chão.

— Senhorita, precisa terminar a transfusão — um médico *shifter* intercedeu. — Não pode...

Tirei a bolsa de sangue do suporte e entreguei para Beast.

— Segure isso bem no alto. Vamos.

Me despedi de Warder e fui até a outra sala. Consegui caminhar normalmente, a tontura passou assim que me estabilizei, e dei um passo. A força da transfusão e o sangue bebido me deram a energia necessária. Beast ficou em silêncio ao meu lado, com a bolsa de sangue acima da sua cabeça.

Observei a ala médica. Vallen e o vampiro de cabelos castanhos estavam recebendo assistência em outro quarto. O rei estava parado e impotente, também sendo auxiliado. Foquei imediatamente na linha de sangue, descendo pelo cateter, conectado em suas veias.

Engoli em seco.

— Por aqui — Beast indicou.

Inspirei fundo quando avistei Orion.

Entrei e fiquei ao lado da cama do meu *Ma'ahev* e precisei sufocar dentro de mim o medo de perdê-lo. Observei seu rosto, marcado por veias azuis saltadas, e acariciei desde a ponta do seu nariz, desenhando com o indicador seus lábios secos, o maxilar quadrado, o furinho no queixo.

As pálpebras estão fechadas.

Desejei ver as íris vermelhas, tão incomuns e lindas. Quis ouvi-lo, sentir suas mãos em mim. Seu sorriso. A voz chamando-me de *Yafah*, ainda que não soubesse o que significava.

— Be... ast. — Minha voz falhou meio segundo antes de eu calar minhas emoções. — Os médicos deram garantias? Funcionou comigo. Sei que o sangue dele é diferente, e mais antigo... mas vai dar certo, né? *Vai dar certo?* Ele vai ficar bem?

— Vai. — Assentiu. Uma garantia que precisávamos. — *Tem* que dar certo.

Desviei minha atenção para o corredor, onde enfermeiros e médicos passavam apressados. Ouvi-os comemorar porque o rei Callum estava despertando. E, como o bom monarca que era, estava preocupado com a situação do país e de sua família.

Um médico entrou no quarto de Orion e pegou o prontuário do suporte aos pés da cama. Seus olhos foram primeiro para o meu *Ma'ahev*, para depois irem até mim.

— Deveria estar deitada.

— Precisei vê-lo.

A compreensão tocou seu rosto.

— Entendo. Ainda assim... — O médico deu a volta, ficando do outro lado da cama. Iniciou uma sequência de procedimentos e, por mais que quisesse deixá-lo cuidar de Orion, precisei perguntar.

— Como ele está?

— O estado clínico de Sua Alteza é estável, considerando a gravidade da situação. — Respirou fundo. — Antes de termos o máximo de informação sobre o gás, todos os pacientes ficaram no oxigênio. Não obtivemos resultados significativos. A ingestão oral de plasma enriquecido também não surtiu o efeito esperado.

— Por quê?

— O organismo dos vampiros funciona de outra forma. Então, precisamos de uma abordagem menos ortodoxa. Depois de identificarmos o agente tóxico principal, ácido cianídrico, buscamos, como forma de tratamento, a transfusão de sangue. Arriscado, mas efetivo.

Meu coração bateu rápido.

— E Orion respondeu a este tratamento?

— Obtivemos melhora na temperatura corporal de Sua Alteza, assim como uma diminuição no inchaço das veias. Clinicamente, é um progresso.

— Isso é bom — Beast murmurou, pensativo. — Se há um progresso, significa que deve acordar logo. Certo?

— Não posso afirmar — o médico considerou.

— Por que ele está demorando mais que os outros? — indaguei. — Eu acordei... quase todos acordaram, e Orion...

— Os Bloodmoor possuem o sangue mais antigo dos vampiros. Criaram muitos anticorpos, após a contaminação do vírus que deu origem à espécie de vocês.

— Rei Callum está de pé.

— O que corre nas veias de um vampiro é único, senhorita Black. Vallen e Donn, por exemplo, ainda não acordaram. Precisamos ser pacientes e aguardar. — O médico observou algum ponto em meu braço. — Sente-se, por favor.

Beast puxou um banco para eu me sentar. O médico retirou a bolsa de sangue, agora vazia, das mãos de Brad. Vagarosamente, tirou o esparadrapo e o acesso do meu braço, e pressionou a ferida por um ou dois segundos, antes de afastar o algodão.

Ele sorriu.

— Vocês cicatrizam bem mais rápido que nós, *shifters*. Às vezes, esqueço.

Beast sentou na ponta de um leito vazio.

— E essa foi a última bolsa de sangue, senhorita Black — adicionou o doutor.

— Finalmente — Beast sussurrou. — Meu braço já estava doendo por segurar no alto.

— Fique em repouso o máximo que puder. Ordens médicas.

— Tudo bem, mas vai ser um pouco difícil. — Fui sincera.

O médico assentiu antes de jogar fora o algodão. Escutei seus passos, a porta se fechando e soube que estávamos sozinhos. Levei meus dedos mais uma vez para os cabelos de Orion, acariciando os fios úmidos. Vê-lo assim me fez sentir que parte do meu coração havia se perdido e estava procurando o caminho para casa.

Fiquei quieta por um tempo e, estranhamente, Beast também. Nós dois estávamos preocupados com o príncipe de Alkmene, e agoniados com a espera. Só de pensar no que Astradur fez, em todas suas maldades e ambições, em como colocou Orion naquele leito...

O silêncio foi quebrado minutos depois quando o General Darius entrou no quarto. Primeiro, dirigiu-se ao príncipe e franziu o cenho.

— Rei Callum queria vir, mas o médico o forçou a ficar deitado. Tentou levantar, mas logo o fizeram descansar mais um pouco.

Darius tinha a expressão divertida e impressionada ao mesmo tempo ao me encarar.

— Lembro-me de vê-la escondida no pátio de treinamentos, observando o Goldblack... Ele mandava que fosse ficar com sua mãe, mas você era teimosa.

— Sempre gostei de ver meu pai ensinando aos guerreiros.

Darius desviou a atenção para longe de mim, nostálgico por um momento. Como se precisasse retornar ao presente, suspirou e pigarreou em seguida.

— O doutor que entrou para ver o rei Callum informou que o príncipe está respondendo bem ao tratamento, mas vê-lo desse jeito... ver o que todos nós acabamos de passar... Astradur e eu sempre tivemos nossas diferenças, mas nunca antes tive tanta vontade de matá-lo arrancando seus membros um a um.

— Compartilho do sentimento. — Brad acenou com a cabeça, anuindo.

— Beast. — Darius desviou a atenção para ele. — Rei Callum ordenou que eu pessoalmente agradecesse a você pelos serviços prestados a Alkmene e a Coroa.

— Foi uma honra. — Beast sorriu.

— E, apesar de o momento ser agoniante, o rei Callum me pediu para atualizá-los da situação.

— Qual a posição sobre os enfrentamentos, General? — pedi.

— Como disse ao rei Callum, há várias frentes de contra-ataque. Em Gila, invadimos a casa do Governador. Durante a missão, não autorizei armas de fogo, especialmente por existir um bunker com produtos tóxicos e munição. Se entrássemos atirando...

— Poderia explodir — concluí.

Darius assentiu.

— Vocês entraram com o pé na porta e tudo? — Beast questionou, ansioso. — Queria ter visto isso.

— Com o pé na porta e tudo. — Darius sorriu. — Encontramos tonéis e uma espécie de veneno que altera quimicamente o cérebro dos *shifters*.

— Ah, sim. Sei bem. — Olhei rapidamente para Beast. — O que mais?

— Apreendemos todos os carregamentos e caminhões que já estavam em curso — Darius continuou. — A missão foi concluída com sucesso. Já em Rosys, tivemos um ataque surpresa. Não esperávamos que soldados rebeldes vigiassem o centro médico. Eles atacaram o furgão. Recebi notícias recentes de que os irmãos Eymor faleceram protegendo o estoque de sangue.

— Que merda... — Beast resmungou.

— A proteção deles e o senso de dever salvou todos nós. — Admirei Orion por um segundo. — Serei eternamente grata.

— Na Baía Cachalote, a batalha continua. Barão de Egron...

— Echos? *Echos* está lá? — Beast interrompeu.

— Echos fazia o trabalho de espionagem para Sua Alteza. Como o Barão de Egron já estava no local, o Príncipe Orion o designou para comandar a batalha da Baía Cachalote. Estão sob fogo, contendo o máximo de inimigos possível. O ataque veio por terra e água. Alguns navios da nossa frota marítima foram sabotados.

Plano Navio... em Alabar.

— Mas, navio... — sussurrei — vocês verificaram o porto de Alabar?

Darius ficou confuso por um momento.

— Sim, verificamos. Não havia nenhuma movimentação. Caminhões, pessoas escondidas, navios ou até mesmo uma milícia. Nem sinais, no radar, da aproximação de um navio.

Quatro planos.

O Plano Ferradura estava em andamento. Um ataque ao principal centro comercial e militar do país.

O Plano Zoológico foi contido. A transformação dos shifters não teve sucesso.

O Plano Câmara...

Câmara de gás.

Olhei para Beast quando compreendi o maldito nome. *Poético, até.* Lembrei-me da voz de Constance elogiando o pai, embora chateada por perder quem ela queria.

Me levantei e bati na minha testa com o punho fechado seguidas vezes.

Por que eu não percebi isso antes?

— Beast. — Minha voz saiu afiada como uma navalha. — Plano Câmara. Uma câmara de gás.

Sua boca abriu em choque.

— Ferradura, Zoológico e Navio. — Beast encarou o General. — Você precisa verificar seus homens em Alabar. Agora. Vai anoitecer.

— Mas está tudo nos conformes e...

— Quando foi a última vez que recebeu uma atualização? — questionei, elevando um tom.

Darius arregalou os olhos e nos pediu um momento. Afastou-se às pressas, a sola de suas botas batendo firme no piso.

— Beast, será?

— Irei atrás do General e voltarei assim que tiver notícias. — Beast saiu, me deixando sozinha com Orion.

Por mais angustiada que estivesse para saber notícias de Alabar, eu quis ficar com Orion. Segurei sua mão, testando o encaixe dos nossos dedos, a textura de sua pele. Inspirei fundo e observei cada detalhe do seu lindo rosto.

— Preciso que lute por você, por nós, por Alkmene — sussurrei, e me inclinei para dar um beijo em sua testa.

Amava Orion com cada parte do meu coração, e não tinha vivido nem um por cento de tudo que sonhava com ele.

— Esse pesadelo acabará em breve... Você vai acordar, seremos vitoriosos sobre os inimigos do clã, então voltaremos para Anell Angels. Veremos as estrelas, as constelações, e eu direi repetidas vezes o quanto amo você. Não somos uma tragédia grega, Orion. Somos o que é eterno.

Foquei no sobe e desce do seu peito, a respiração cadenciada, e pedi em silêncio que não parasse.

Somos eternos.

Afastei o lençol do seu corpo. Orion estava vestido como um guerreiro Bloodmoor. Aconcheguei-me em um pedaço estreito da cama e apoiei a cabeça em seu tórax, ouvindo a respiração e as batidas tranquilas do seu coração.

— Acorde — murmurei, acariciando a farda de couro rígido.

A porta se abriu e uma enfermeira entrou, trazendo uma nova bolsa de sangue. Em silêncio, retirou a que estava no suporte de Orion. Semicerrei os olhos e me sentei quando não compreendi a troca. A bolsa antiga ainda estava pela metade.

— Por que está trocando?

A enfermeira sorriu para mim.

— Foram encontradas, no meio do estoque vindo de Rosys, algumas bolsas de sangue humano.

Encarei-a.

— O que... o que estavam dando a ele?

— Sangue sintético enriquecido.

— Por quê?

Vi o movimento da enfermeira, concentrada em sua tarefa, pronta para substituir o acesso de Orion, e segurei levemente seu braço.

— Por que o sangue sintético? — repeti.

— Houve aumento significativo dos valores de eritrócitos, volume globular e hemoglobina... — Não entendi coisa alguma. — Por favor, senhorita Black, deixe-me fazer o meu trabalho, Sua Alteza precisa aumentar o volume plasmático.

— Esse tempo todo... — pensei e soltei seu braço. — É por isso que ele não está melhorando rápido.

— Sim, faz sentido. Mas, agora, com a substituição, irá se recuperar completamente.

— Não.

Ela me observou, confusa.

— Como?

— Dê para ele.

— Sim, mas...

— Não em uma transfusão. Dê para ele *beber*.

A enfermeira franziu as sobrancelhas.

— Os médicos tentaram antes e não obtiveram sucesso.

— Até entendo que o sintético não fez efeito, mas, dessa vez, confie em mim, Orion tem que beber.

— Não posso desacatar ordens médicas e mudar o tratamento do paciente.

Meus olhos focaram nos dela. Senti-os arderem, enchendo de emoção.

— Por favor.

— Hum... ah... senhorita Black... — A enfermeira pareceu considerar. — Tudo bem, temos algumas bolsas... podemos tentar fazê-lo beber, mas, se não funcionar, irei fazer a transfusão. — Ela suspirou, murmurando em seguida: — Espero não perder o meu emprego... Fui a única da ninhada a conseguir trabalhar na enfermaria real...

— Tudo bem.

A enfermeira fez os preparos e me disse como segurar o rosto de Orion no ângulo perfeito. Ajeitei-me, ainda sentada ao lado do meu *Ma'ahev*. Apoiei sua nuca em meu braço e ergui suas costas alguns centímetros da cama.

— Abra a boca de Sua Alteza, mas mantenha o queixo um pouquinho inclinado para cima, não muito, para que não engasgue. Deixe a cabeça mais... isso, assim, perfeito. Daremos pequenos goles, tudo bem?

Concordei.

O sangue humano gotejou em sua língua, pouco a pouco. Não tirei meus olhos dele, analisando cada centímetro, ansiando por sua melhora, torcendo para que desse certo. Beijei-o na têmpora, inspirei em seus cabelos.

— Por favor — sussurrei.

— Senhorita Black...

Em meus lábios, o calor de sua pele aumentou. Afastei-me e estudei seu rosto. A cor arroxeada de suas veias foi suavizando, assim como o inchaço. Segurei sua mão, e a esperança me sufocou.

Senti espasmos em seus dedos, e meu coração bateu forte. As bochechas de Orion voltaram à aparência normal, coradas e com saúde. Em sua boca entreaberta, manchada de sangue, vi o exato momento em que seus caninos cresceram lentamente.

Meu coração descompassou.

— Deu certo — murmurei e olhei para a enfermeira.

Ela anuiu, sorrindo.

— Sim. Informarei aos médicos que esse procedimento deu certo. Podemos testar nos outros. Vou deixá-los a sós.

Antes que ela pudesse se mover, virei-me para Orion. As íris de fogo, as combinações da cor vermelha, dançando pela intensidade; as presas exibidas, a boca emoldurando seu largo sorriso.

O peso que havia em mim saiu de forma tão abrupta que resfoleguei em meio a um riso. Pisquei repetidas vezes, para conter as lágrimas que ameaçavam sair.

— Você já estava chorando por mim, *Yafah*? — Seu timbre saiu rouco e potente.

Bruscamente, segurei seu rosto, querendo gritar e ao mesmo tempo beijá-lo. Mas o que fiz não pode sequer ser considerado um beijo. Foi alívio. A emoção de vê-lo vivo. Em saber que minha ideia funcionou. E que não deixei de acreditar.

— Eu quis tanto ouvi-lo me chamar assim que não me importo se acordou com suas ironias. Significa que está bem.

Dessa vez, dei um beijo suave em sua boca, que foi retribuído de forma muito mais intensa do que eu esperava. O medo e o sentimento de impotência não tiveram vez. Seus beijos me fizeram entrar em combustão e me devolveram a paz.

Meu coração voltou para casa.

Seus braços me envolveram, puxando-me mais para ele, até que me vi sobre seu corpo. Pernas entrelaçadas, meus dedos em seus cabelos e os seus apertando meus quadris quase dolorosamente. Sua boca devorou-me, a língua envolvendo, os dentes puxando meu lábio inferior.

Orion desceu as mãos e apertou minha bunda com vontade, pressionando meu corpo contra o dele, e, sob a farda de couro, fui capaz de sentir seu desejo por mim.

O beijo foi abrandando até que só restaram suaves toques de sua boca em meu rosto.

À distância, soaram as badaladas do sino em King Castle.

Estávamos no início da escuridão da noite, mas nunca me senti tão cheia de luz.

Vinte e Nove

Orion

Mia levou alguns minutos me atualizando a respeito dos acontecimentos. Uma arma química dentro do castelo foi acionada. Um dos componentes era *meu* sangue. Beast se fodeu para resolver quase tudo sozinho. Baía Cachalote estava sob ataque, e Alabar, incomunicável. Labyrinth estava a salvo. Em King Castle, meus pais estavam bem. Tio Vallen, Donn e outros se recuperaram. O problema é que havia uma coisa naquela história que não desceu pela minha garganta. E nem dez litros de O+ me fariam engoli-la.

Astradur poderia pegar o dispositivo silencioso e traiçoeiro que jogou sob meu teto e enfiá-lo...

Muitas horas se passaram. Não havia mais um minuto a perder.

Já de pé, calcei as luvas, afivelei o cinto e coloquei a katana na bainha. Ajustei a farda, ignorando a sensação que zanzava em meu corpo.

— Obrigado pelas atualizações, meu amor. Mas *você* está bem, *Yafah*?

Analisei a mulher que o destino havia escolhido para ser minha. Na superfície, o que mostrava era a dureza e o preparo de uma guerreira. Mas, por baixo disso tudo, estava minha *Ma'ahev*, a vampira que eu amava. Quando acordei, a primeira coisa que vi foram seus olhos verdes preocupados. Eu não quis ser o causador desse sentimento. O instinto forte de proteção se misturou a emoções conflituosas.

— Sim, estou. — Mia me observou, atenta aos meus movimentos, curiosa. — E *você*, como está se sentindo?

— Tenho a energia de mil vampiros em mim. — Desci o olhar para sua boca vermelha, inchada dos meus beijos. — A sorte é que o *Ta'avanut* abrandou assim que me aceitou como seu *Ma'ahev*. Caso contrário, não teria razão que me parasse.

— É, essa sua intensidade... — Mia pigarreou.

Poderia contar nos dedos da mão quantas vezes estive assim. Foram poucas. Naquele segundo, sangue humano efervescia em minhas veias. A bravura perigosamente beirando a inconsequência. Fogo dançava sob minha pele. A energia serpenteava, quase impossível de ser contida. No milésimo de segundo em que segurei a katana, a sensação que veio foi que eu poderia quebrá-la se quisesse, trazendo à superfície a noção da minha força. Senti-me capaz de fazer tudo ao mesmo tempo. Minha pulsação estava acelerada. A perspectiva aguçada: textura, formas e cores.

Confidenciei em um sorriso a intimidade de conhecê-la profundamente. De já ter provado a nossa química quando se misturava. De saber o que Mia quis dizer.

— Preciso ver meu pai. E, depois, a ideia é sair e lutar. Se estão brandindo espadas na Baía Cachalote, é lá que o Príncipe de Alkmene tem que estar. — Fiz uma pausa. — Quero dividir o campo de batalha com você. Seria fonte de honra e orgulho lutar ao seu lado.

Mia abriu um sorriso amplo, sincero, do jeito que eu gostava.

Ah, porra... suas presas.

— Mas não comigo vestida assim... — brincou, apontando para sua camisola hospitalar. Aproximou, colocou suas mãos em meus ombros, ficou na ponta dos pés e beijou-me. — Converse com o rei Callum enquanto me preparo. Prometo que volto em breve.

Mia saiu do quarto, e a acompanhei. Ela virou à direita e me olhou sobre o ombro antes de desaparecer de vista. Caminhei pelo corredor da ala de enfermagem, observando, aliviado, que os quartos estavam vazios.

Todos tinham se recuperado.

Conforme minhas botas pisavam no chão, fui acompanhado pelas janelas de King Castle se abrindo para a noite absoluta. Descansei a mão sobre o punho da katana, sentindo a segurança de tê-la ali.

— Vossa Alteza... — Um funcionário *shifter* me reverenciou, não se erguendo até que eu passei.

A cena foi se repetindo até que cheguei ao salão de estratégia.

Era a forma de eles demonstrarem que estavam felizes por eu estar vivo e pronto para lutar em nome de Alkmene, em nome de todos.

Expirei fundo quando avistei meu pai, Donn, Warder, Vallen e Darius na mesa retangular. O rei foi o primeiro que me viu e parou imediatamente o que estava fazendo para se aproximar. Nunca antes, publicamente, meu pai me olhou como Callum. Foi a primeira vez que senti que o seu amor por mim pesou mais do que a Coroa. Seus braços vieram na altura dos meus ombros, e ele me apertou forte, batendo seguidas vezes em minhas costas.

— Estamos bem? — sussurrou e se afastou para ver a resposta em meus olhos.

Esperei que estivéssemos olho no olho e anuí.

— Sim, estou bem.

O rei assentiu uma única vez e se afastou.

— Sua mãe está bem, na ala de segurança. Ela, sua tia Gwen e outros não sofreram as consequências do gás. A ventilação daquele setor estava fechada. Não descansei até ter certeza de que sua mãe estava bem.

— Astradur estava muito certo de que estariam nas alas nobres — Warder se aproximou e pontuou. — Que bom que está bem, Orion.

Paralelamente, percebi Vallen com os braços cruzados, observando Donn e Darius divergirem em suas opiniões.

— De moto seria mais rápido.

— Precisamos preparar a montaria. A cavalo, o modo tradicional...

— *Que* modo tradicional, Darius? Estamos no século XXI. E daí que temos meio milênio? Vamos de moto e pronto. A modernidade existe para nos servir.

Darius abriu a boca, consternado.

— Vocês já estão se preparando para Baía Cachalote? — perguntei ao meu pai.

— Sim.

— Imaginei.

Andei até Vallen, Darius e Donn, com meu pai e Warder em meu encalço.

Alte parou no vão da porta e aguardou. O rei autorizou com um meneio de cabeça e o mordomo se aproximou delicadamente, carregando uma bandeja com taças cheias de sangue.

— Alte, o que está fazendo aqui? — o rei indagou, curioso, aceitando a taça. — Não ordenei que fosse ficar com a rainha e a duquesa?

Todos pegaram os cálices, inclusive eu.

— Vossa Majestade, vim servi-los antes de ir para a ala de segurança. Diante da tormenta que se anuncia, não fará mal se estiverem melhor alimentados.

— Sobrou uma taça — Donn reparou. — Posso pegar?

Alte elevou uma sobrancelha.

— É para a senhorita Goldblack.

Retirei a taça da bandeja e a apoiei sobre a mesa.

— Obrigado, Alte.

Nosso mordomo se retirou, cumprindo as ordens do meu pai.

— Senhorita... *quem*? — Donn murmurou.

— Se você tivesse cumprido todas as obrigações familiares nos últimos séculos, enquanto eu estava aqui me fodendo, talvez tivesse conhecido minha *Lochem* — falei, ríspido. — É um dos momentos mais singulares da minha vida, Donn.

— Ah, primo. Eu sou um viajante. E a *minha vida* vai continuar a mesma. Aproveitarei cada minuto.

Vallen sorriu com a resposta do filho.

— Viajante, sinônimo para não conseguir ficar em um só lugar.

— Gosto de conhecer o mundo. — Deu de ombros. Donn me observou, os olhos estreitos focados em um ponto específico do meu pescoço: a marca que me tornava o vampiro de Mia Black. — Humm... primo. Essa moça é só *Lochem*?

— Não somente — afirmei.

Senti todos os olhares, de repente, cravados na marca.

— O que foi? — Arqueei as sobrancelhas.

— Nada — disse Vallen.

— Absolutamente nada — afirmou meu pai, junto ao seu irmão.

— Nadinha — Donn concordou.

Darius balançou a cabeça, negando.

Warder cruzou os braços e abriu um sorriso de lado.

Senti a aproximação de Beast muito antes de sua voz nos alcançar. Ele anunciou sua presença batendo brevemente à madeira da porta, entrou e cumprimentou todos. Depois, se dirigiu a mim.

— Orion... — Tocou meu ombro e respirou aliviado. — Deu realmente certo! Que bom que está tudo bem.... ou não. — Franziu a testa. — Você está pelando, cara.

— Sangue humano — respondi, e Beast imediatamente recolheu a mão, retrocedendo um passo.

— Você sabe que está bem louco agora, né?

— Nem tanto.

Beast sorriu. Estava estampado em sua cara que não havia acreditado em uma palavra do que eu disse.

É, meu amigo me conhecia bem.

— Bom saber. — Focou a atenção no meu pai. — Majestade, estou feliz em informar que consegui reunir todos os *shifters* maduros de King Castle. Estão prontos para lutar em vosso nome.

— Fico satisfeito em ouvir isso. — O rei assentiu.

— E Alabar, General? — questionei.

— Mandei nossos soldados em Tática Espalha. Nossos homens se dispersaram para atacar agressivamente o adversário. O inimigo não nos verá. Estarão esperando um bloco ou um círculo defensivo.

— E se for *mesmo* um navio? Qual a estratégia? — perguntei.

— Martelo e bigorna — respondeu Darius.

— Que porra é essa? — Donn questionou.

— Os aliados se dividirão em três blocos. O primeiro, com escudo. Depois, um bloco leve, para prender o inimigo na retaguarda. O último, mais pesado, mantendo uma pressão constante, enquanto a função do bloco leve é contornar os inimigos e brutalmente dominá-los pelos flancos.

— Ótimo, General. — Assenti. — Podemos continuar, pai.

O rei meneou a cabeça em concordância. Apontou para o mapa de Alkmene sobre a mesa e mostrou as peças de marfim bege, indicando o exército inimigo. Onde se daria nossa presença militar era marcado com as peças de marfim negro.

— Atuaremos em duas frentes distintas, sem descuidar de nossa retaguarda. A ideia é retirar o exército do seu posto, entre Gila e Baía Cachalote, e atrair os soldados para locais com menos defesa, onde estaremos em vantagem de terreno, que é o caso de Vale Potenay. Isso facilitará nosso ataque, por reduzir a tentativa defensiva, e também fará com que o inimigo tenha que lutar em um local fora do planejamento prévio. — Meu pai empurrou as peças, demonstrando seu raciocínio.

— Com todo o respeito, Majestade, sei que a população de Vale Potenay estará a salvo, protegida pela cadeia montanhosa, mas, no momento, nossos homens estão encurralados entre as fragatas de Astradur, no porto, e os soldados que tomaram a zona central da Baía Cachalote. — Darius moveu a cabeça, negando.

— Orion? — O rei indicou o mapa, aguardando minha opinião.

— Concordo com o General, mas também não posso descartar a sabedoria de empurrar nossos inimigos para as montanhas do Vale. Eu... eu... — Senti algo dentro de mim se agitar. —... penso que seria... interessante unificar essas ideias de algum modo.

Meu coração tropeçou nas próprias batidas quando a conexão entre nós reconheceu sua presença. Não precisei me virar para vê-la. Eu soube. O rei pediu para a Major Goldblack adentrar o salão de estratégia, e foi aí que me virei.

Para qualquer um na sala, suas roupas eram apenas para o cumprimento de um dever. No entanto, para mim, aquela era a forma de Mia dizer que estava indo à luta como minha *Lochem*, como a responsável por atestar o futuro rei de uma nação, com o cargo que se sentiu honrada em receber. Era a maneira de me dizer, nas costuras prata e vinho, um sim.

O rosto suave, o cabelo preso e os olhos desafiadores trouxeram à superfície a Major. Segura de si, com a espada favorita a tiracolo, lançou um discreto olhar em minha direção.

Aquela mulher...

— Senhorita Goldblack, vejo que está pronta — meu pai aprovou.

— A *Lochem* do Orion? — Donn sugeriu.

Adverti-o com os olhos semicerrados.

Donn quase riu.

— Mia Goldblack, e você é....

— Donn Bloodmoor, o Conde Profano.

Mia anuiu, inclinando a cabeça para o lado, quase imperceptível, ligando o nome à pessoa.

— Se me permite... — Vallen sussurrou. — A senhorita é muito parecida fisicamente com sua mãe, mas, neste momento, a determinação em seu olhar... é como se visse Malya na minha frente.

Mia observou-o curiosamente.

— Você é a primeira pessoa que me diz isso.

— Eu conhecia Malya — Vallen esclareceu.

Os olhos verdes de Mia, a maneira que ela observava tudo ao seu redor, discreta o bastante para ninguém, além de mim, conhecê-la. Como se soubesse que pensava nela, Mia se aproximou, ficando ao meu lado. Sob a mesa, a ponta de seus dedos resvalou nos meus.

— Major Goldblack — o rei quebrou o silêncio. — Quero sua opinião sobre nossa estratégia de ataque.

Mia pontuou os tópicos mais importantes, pediu o status da batalha e quis saber quantos homens nossos, aproximadamente, ainda estavam de pé. Darius alertou que estávamos usando todo o nosso poder bélico na Baía Cachalote. Mia sugeriu que Beast liderasse o exército dos *shifters*, atuando na linha de frente. Após concluído o estudo da operação, nos dirigimos ao salão principal de King Castle. Minha prima, Leeanne, e Julieth Haylock nos aguardavam, vestindo armadura de couro, prontas para nos acompanharem para a frente de batalha.

O rádio de Darius chiou alto, a voz de um homem desesperado soando do outro lado.

— *Eles... estão... aqui...* — O som rouco e entrecortado denunciou que estava ferido.

Darius tirou o rádio da cintura.

— Onde está, soldado? — questionou.

— *Estr... do... rei...* — A estática tomou o outro lado da linha.

O General arregalou os olhos. Então tentou localizar seus homens no rádio, caminhando de um lado para outro.

— Até momentos atrás, tudo estava bem — Darius resmungou.

— O que está acontecendo, General?

Darius não teve tempo de responder.

Soldados da Brigada Real entraram no castelo.

Nossos homens estavam recuando?

Eles fecharam as portas, apavorados. Alguns viraram-se para nós, empalidecidos.

— Abatemos... tantos quanto foi possível... — exaltou-se um dos guardas. — Eles parecem famintos... e estávamos em desvantagem numérica. É uma horda. Ainda estão lá embaixo, mas inevitavelmente subirão.

— Majestade... eu... não sei como dizer... mas não são... simples vampiros — o Capitão tomou a frente. — Não são humanos, muito menos *shifters*. Eles são uma *coisa*.

O rei desembainhou a espada.

— O exército de Astradur.

Trinta

Orion

    Puxei a katana e me posicionei, sabendo que tínhamos tempo. O castelo ficava alto o suficiente para retardar o exército.

    Pensei nos médicos que tinham vindo nos ajudar e, o mais rápido que consegui, ordenei aos meus homens dentro do castelo, que isolassem a ala de enfermagem, protegendo-os.

    Mia desembainhou sua espada, interrompendo meus pensamentos. Poderia ser impressão, mas ela me pareceu diferente naquele instante.

— Você está bem? — Antes de lutar, eu precisava ter certeza.

Mia girou a espada na mão.

— Estou pronta. — Seus olhos se estreitaram. — E você?

— Pronto.

Neguei com a cabeça.

— O que foi, Orion?

— Estou pensando que a maior concentração do nosso exército está na Baía Cachalote. Somos a última linha de resistência entre esse desgraçado do Astradur e o lar ancestral dos Bloodmoor.

— O principal elemento de qualquer estratégia é a consequência de suas ações e uma vitória sustentável. Astradur e Bali foram traiçoeiros porque não têm competência de nos enfrentar num combate cara a cara. Onde estão agora? — Mia observou os demais no salão e sorriu enviesado. — Temos homens... e *shifters* suficientes para vencermos.

— E mesmo se houvesse apenas nós dois, minha *Yafah*. — Sorri lentamente de volta para ela. — Se eles quiserem o trono, terão que tomá-lo à força.

À certa distância, Beast tirou a camisa e as botas rapidamente. Leeanne o advertiu para que não prosseguisse. Ele riu, mas não havia diversão nisso.

— Eu vou querer ter o que vestir depois que essa merda acabar e destruirmos aqueles...

Houve um estrondo na porta principal do castelo.

Gritos e grunhidos, a madeira sendo arranhada. Cheiro de carne apodrecida chegou a nós. Mil vozes em uma só, lamuriando em tormento. Ficamos a postos quando o peso do que quer que estivesse do outro lado forçou-se contra a porta.

— O que era para ser só uma reunião de família... — Donn se pronunciou. — Acho que, enfim, temos visitas.

— Não conseguiremos conter os vampiros-demônios por muito tempo... — um *shifter* anunciou.

— Como chegaram tão rápido até aqui em cima? — Warder questionou.

— Uma parte veio pela lateral, subindo a encosta que liga Alabar a King Castle. O resto veio pela estrada principal — um dos guardas respondeu.

— Astradur não podia ter criado um exército normal, né? Tinha que vir com uma surpresinha — concluiu Donn.

— A pergunta de Warder foi pertinente e me fez pensar. O castelo é enorme. Eles bateram justamente aqui? Como sabiam *exatamente* onde estávamos? — Mia se manifestou.

Darius desviou o olhar da porta para a grelha de ventilação.

— Foram atraídos até nós.

— Criamos, com o cheiro do sangue na ala da emergência, um rastro para cá — Warder complementou.

Ia me pronunciar, mas não tive tempo. A porta foi chacoalhada. E, quando isso aconteceu, vi os *shifters* abandonando as armas para aderirem à sua forma natural. Roupas rasgaram ao mesmo tempo em que rugidos e rosnados se misturaram ao som do exército de Astradur. Beast se tornou um urso de mais de dois metros.

Nós também nos preparamos. Formamos, atrás dos *shifters*, uma linha para defender a nossa casa. Meu pai veio ao meu lado, enquanto Mia ficou do outro. Vallen se aproximou também, colocando-se perto da minha *Ma'ahev*.

Donn, ao lado do rei, ajeitou sua espada. Darius se posicionou à direita de

Julieth, e Leeanne ficou próxima a Warder. Formamos um arco e não tivemos tempo para tomarmos mais um fôlego. A porta veio para frente uma, duas, três vezes. Na fresta, dedos espreitaram, unhas longas, afiadas e duras como cascos fincaram na madeira, forçando a entrada, antes de a dobradiça estourar de vez.

Foi como se tivessem rompido as barreiras do inferno.

Surgiu uma horda de vampiros deformados. As pupilas dilatadas, as mãos atrofiadas, os cabelos caindo. Grunhiram, monstruosos demais para serem naturais, e derrubaram boa parte dos soldados no chão. Seus dentes, grandes e afiados, arrancavam a carne dos nossos homens, para beberem o sangue que jorrava de suas veias. Outros avançavam em grupos sobre os *shifters*, rasgando sua pelagem, consumindo-os como caças, secando-os, sugando até a última gota de sangue.

Para todos os lugares, havia inimigos.

Eles eram rápidos e estavam famintos. Vinham, não com o intuito de eliminar ameaças. Nos enxergavam como um banquete. Os *shifters*, na linha de frente da batalha, defendiam-se com suas patas e garras, lançando-os para longe, quando os abocanhavam.

Foi nisso que Astradur transformou o navio de turistas?

Levei segundos inteiros para estudar a movimentação que faziam os seres diabólicos que estavam diante de mim.

Puta que pariu.

Pulavam direto para a jugular, estraçalhando.

Caíam como animais, mãos e pés no chão, e montavam nos corpos de suas vítimas. Afundavam as unhas em suas cabeças, incapacitando-as imediatamente.

Compreendi, então, como deveríamos matar aquelas coisas.

A luta corpo a corpo seria um grande erro. Tínhamos que pegá-los no ar, exatamente no momento em que pulavam sobre nós.

— Mantenham-nos à distância de suas espadas. — Um veio até mim. Eles pareciam pesar toneladas, ainda que seus corpos fossem magros e aparentemente débeis. A katana atravessou a carne flácida, espetando o coração, puxando-o para fora do corpo, acompanhando o movimento da minha espada. Apontei a lâmina para o chão e tirei o maldito negócio com a bota. *Eles literalmente estavam se decompondo.* — Não permitam que cheguem perto. Ficam vulneráveis quando saltam. Atinjam seus corações — gritei sobre os sons da luta.

Lancei um olhar para Mia, vendo que já tinha pegado o jeito. Ela derrubou uma das criaturas com um chute, decepando sua cabeça em seguida.

Voltou sua atenção para mim.

— Cortar cabeças também serve.

Uma dupla de vampiros-demônios se impulsionou em minha direção. Fiz a katana formar um arco no ar, sentindo da leveza ao impacto, o momento em que atingiu os pescoços, aniquilando dois de uma só vez. Seus corpos inertes caíram amontoados.

— Realmente — disse para Mia. — Também funciona.

O ser bestial veio com vontade de sangue para cima do meu pai. Dei um passo para o lado, mas, antes que pudesse me aproximar, o rei girou, indo para as costas do monstro. Acertou-lhe um golpe na nuca, com o punho da espada. Tamanha foi a força que o bicho cambaleou para a frente, mas ainda vivo, emitindo um som terrível. Meu pai inclinou-se sobre ele, atravessando com os dedos enluvados o corpo do vampiro-demônio, alcançando sua coluna.

Ele arrancou a espinha dorsal, jogando o osso pútrido no chão.

— Do caralho.

O rei deu de ombros.

— Sou tradicional.

Sorri para ele e me tornei só movimento à medida que a luta ficou perigosamente próxima. Encarei um vampiro-demônio nos olhos, as íris brancas, as pupilas vazias.

— Vem. — Minhas presas rasparam o lábio inferior.

Ele saltou e eu desviei, levantando a espada bem alto, acima da minha cabeça, criando um movimento ascendente e preciso. A força aplicada e o fio da lâmina atingiram o centro do seu crânio, descendo enquanto separava-o ao meio. Entre a carne partida, vi Beast nos portões do salão, usando a brutalidade de suas garras e dentes. Ao lado dos soldados, filtrava o máximo de inimigos que encontrava, aliviando nossa luta.

Diante do cenário, perdi a noção do tempo. Minha espada mutilava e degolava dezenas de monstros. Tio Vallen lutava ao lado de Warder e meu pai. Darius, em uma zona isolada, restringia a luta ao salão, evitando que chegassem aos corredores. Julieth e Leeanne, de costas uma para a outra, sendo auxiliadas por alguns *shifters*, lutavam destemidas. Donn, confiante com sua lâmina, estava determinado a proteger o acesso às escadas. Juntos, éramos uma potência. Antes que pudesse encontrar Mia, o vulto de algo pontiagudo passou ao lado do meu rosto. Acompanhei o movimento. Atrás de mim, a perna quebrada de um móvel empalava na parede um dos vampiros-demônios. A cabeça se desmembrou e o corpo se espatifou no chão.

Encarei Mia.

Completamente descabelada, sangue em seu rosto, as roupas desalinhadas, suas presas exibidas pela adrenalina da luta. Enxerguei-a mais bonita do que jamais a vi. Mia Black era a minha valquíria.

— Pelo visto, a guerreira salva o príncipe. — Ouvi-a dizer, orgulhosa.

Assisti, em câmera lenta, a uma daquelas monstruosidades às costas da minha *Ma'ahev*. A intenção de voar sobre Mia ficou clara. Prendi a respiração e, pela visão periférica, enxerguei uma espécie de lança no chão.

Vai servir.

Enfiei a ponta da bota embaixo e joguei a peça para cima. Capturei no ar o varão de uma das cortinas e, com a mão livre, em um só impulso, arremessei. Como havia calculado, o maldito demônio saltou, abrindo sua boca com dentes afiados, preparando-se para mordê-la. A lança improvisada atingiu o ponto exato, atravessando a garganta do monstro e levando-o direto para o inferno de onde havia saído.

— Pelo visto, o príncipe também salva a guerreira por aqui.

Mia olhou para trás, e depois para mim, expressando gratidão com um breve sorriso.

Não senti desesperança pela duração da batalha, apesar de perceber que parecia não ter fim. Chequei o perímetro mais uma vez. Todos que amava estavam vivos, mas cansados, lutando com suas vidas. Poucos soldados ficaram de pé, os funcionários *shifters* que sobraram estavam banhados em sangue seco.

A cada membro mutilado, prometia que o Duque sofreria. A cada cabeça cortada, jurei que Astradur morreria. Quanto mais o cheiro podre contaminava o castelo construído pelos meus antepassados, maior a ânsia pela vingança.

Astradur não me destruiria.

Ele, na verdade, estava criando um rei que iria caçá-lo.

A katana zuniu no ar.

Torturá-lo.

Sangue espirrou em meu rosto.

Matá-lo.

De longe, o brilho prateado de uma espada atingiu meus olhos, iluminando a minha fúria. Julieth empunhou a lâmina para abrir caminho, seguida de Leeanne. Semicerrei as pálpebras quando percebi que ambas vinham em minha direção. Havia o dobro de vampiros-demônios do começo, e estávamos dispersos. Troquei olhares com a namorada de Echos e compreendi, então, o que ela queria fazer.

— Reagrupar! — gritei mais alto que o som da luta, minha voz chicoteando nas paredes do salão leste do castelo.

Aos poucos, formamos um círculo no centro do salão. Exceto por Donn e o General, que tinham que proteger as outras entradas para o interior do castelo.

Soldados, *shifters*, minha família, amigos...

Mia colou seu corpo ao lado do meu, a espada cortando.

— Eu amo você — sussurrei somente para ela.

— Também amo você, Orion — prometeu, não só com as palavras, mas também com seu olhar.

Combatemos o mal pela raiz. As cabeças e os corações dos vampiros-demônios caindo no assoalho. Respeitando o espaço de defesa, nossas espadas formaram uma única arma. O ataque dos *shifters* uniu-se à força dos soldados. A ideia de Julieth de tornar a sincronia nossa aliada salvou nossas vidas.

A luta imprimiu um ritmo novo. Juntos, conseguimos diminuir a quantidade dos monstros.

A esperança vibrou entre nós, eu pude sentir.

Porra!

Dispersamos, cada um atrás de um grupo de inimigos. Quando tive uma janela de batalha, procurei por Julieth, o agradecimento em meus olhos, mas seu foco estava em meu pai.

O rei havia sido cercado, impedindo de lutar contra todos ao mesmo tempo. Apressadamente, tentei chegar para salvá-lo, quando um grupo de vampiros-demônios bloqueou meu caminho. Abati os que pude, e isso me retardou. Entre a luta, assisti, impotente, ao maior dos vampiros-demônios prestes a saltar sobre o rei.

— Pai! — gritei e todo o ar saiu dos meus pulmões.

Com dois passos largos, Julieth chegou ao rei. Vi sua silhueta feminina girar para a frente, bloqueando a investida do inimigo. Levantou a espada, transpassando o corpo da criatura, muito acima de sua cabeça. Os braços dela não sustentaram o peso, o ângulo foi infeliz e o monstro, ainda vivo, escorregou pela lâmina, atingindo-a com suas garras, letalmente.

Beast bramiu dolorosamente ao ver a cena.

Escutei Mia gritar o nome de Julieth.

Arquejos, bramidos e urros. Os sons trouxeram a mesma indignação: nenhum de nós teria sido capaz de salvá-la.

Amaldiçoei o momento, conflituosamente agradecendo-a por proteger meu pai. Enquanto aniquilava os demônios com a katana, acelerado e possuído pela raiva, revi a trajetória que entrelaçava nossas vidas. A revolta fundamentada contra o pai, Bali Haylock. O coração puro de uma vampira que tinha um infinito de bondade dentro de si. Os jantares em que a recebíamos como nossa família. O sorriso que ela dava ao Echos, em cada um de seus encontros secretos.

Echos.

Como ficaria quando soubesse que o pai de Julieth elaborou um plano traidor e que, no fim, trouxe sua filha até aqui, para ela fielmente se sacrificar pelo rei?

A aflição e o ódio saíram do meu coração, indo direto até a ponta da minha katana. Retalhei os vampiros-demônios, calando a exaustão. Meu pai conseguiu eliminar as ameaças iminentes, enxergando quem salvou sua vida. Nunca o escutei urrar daquela maneira. Sua voz ecoou pelo salão, e a mesma fúria que senti vi em seus olhos e na rapidez de seus movimentos.

Por mais força e velocidade que investíamos, alguma coisa foi vagarosamente se transformando. A princípio, não soube identificar o quê. Reduzi um pouco a energia que vinha aplicando para entender o que estava acontecendo. A multidão de vampiros-demônios nos pressionou, nos obrigando a recuar. Pensei em minha mãe, resguardada na ala de segurança, e na promessa que fiz a ela. Bradei violentamente a espada. Ao meu lado, minha *Ma'ahev* fez o mesmo. Poderíamos suportar a batalha em força física, por dias, se precisássemos, mas, ao olhar o tumulto dos vampiros-demônios, seus rostos, pouca coisa humanizados, resquícios de quem já foram um dia...

Estávamos matando monstros que outrora foram inocentes.

— Orion, concentre-se nos sons. — Mia tirou-me dos pensamentos. — Ouça além dos salões deste castelo.

Entre os grunhidos das criaturas, escutei tiros. Os sons externos clarificaram a situação geral. Os vampiros-demônios não atacavam mais com tanto fervor, era o comportamento de quem buscava refúgio. Amontoaram-se sobre nós, querendo nos atropelar para escaparem.

Próximo a Beast, um caiu. O efeito dominó foi lentamente chegando até nós à medida que deixávamos de ver os monstros para identificarmos...

Semicerrei os olhos.

— Echos?

Trinta e Um

Mia

Os vampiros-demônios pouco a pouco foram aniquilados, e nossos aliados tomaram seu lugar sob o teto de King Castle. Fiquei feliz ao ver tantas espadas, armas e uniformes da Brigada Real e Guardiões.

Unidos a um verdadeiro exército implacável, demos fim à exaustiva batalha que perdurou por horas.

Apesar do alívio inicial, meu coração se apertou ao ver o resultado da luta.

Na verdade, ninguém ganha em uma disputa sangrenta. A vitória é subjetiva.

Os *shifters* que sobreviveram ainda se mantinham em sua forma animal, a fim de se recuperarem mais rápido dos ferimentos. Outros soldados também foram amparados, por culpa de suas lesões.

Próximo a mim, escutei Warder solicitar um médico para o General Darius, que, recostado na parede, pressionava o pescoço, onde fora atingido. O General, com dificuldade, acenou para que um sargento da Brigada Real se aproximasse.

— Senhor? — O homem olhou para Darius com atenção.

— Baía... Cachalote...

— Acabou, senhor.

— Meus... homens...

— As perdas estão dentro do número esperado.

O General pressionou ainda mais sua ferida com a mão livre, enquanto recebia o relatório de como havia sido o ataque e a defesa. O médico não demorou a chegar. Observei o General Darius sendo acolhido pelo doutor, falando baixinho com Warder e seu sargento, como se soubesse que aquelas seriam suas últimas instruções. A cor do seu rosto estava se apagando, mas ele manteve a grandeza. Eu já vi homens sendo atingidos no mesmo local em que Darius foi. Nenhum havia resistido tão bem.

Tirando-me daquele cenário, braços fortes me envolveram e o peito firme cobriu minha visão. O calor da sua pele tocou minha bochecha quando passei as mãos por sua cintura. O odor salgado misturado ao sangue foi a certeza de que ainda estávamos vivos. O conforto que nunca senti depois de uma batalha.

O amor.

— Estava com meu pai, enviando ordens para que liberassem a ala de segurança. Verificamos a busca que estão fazendo por Astradur e Bali Haylock.

— Qual o status? — perguntei e desviei o olhar para ele.

— Sem pistas ainda. Duvido muito que consigamos alguma coisa ainda esta noite. — O maxilar de Orion travou. — Estava com Warder e Darius, não é? Qual o estado de saúde do General?

— Nada bem.

— Leeanne aguentou o quanto pôde, mas desmaiou. Donn a levou para o quarto.

— Está ferida?

— Abalada. — Orion endureceu, tenso. — *Merda*.

Girei a cabeça, seguindo seu olhar.

Ajoelhado, entre os corpos dos inimigos e de nossos soldados, estava Echos. Sua postura era o cenário da desolação. Banhado pelas luzes do castelo, encoberto pelas sombras das janelas gradeadas, embalou, em um abraço, o corpo de Julieth.

Segurei a mão de Orion, entrelaçando nossos dedos, e caminhei com ele ao encontro de Echos.

— Não... não... Nós estávamos nos conhecendo, dando uma chance a algo que diziam ser impossível acontecer. — Os olhos de Echos estavam focados em Julieth, sem lágrimas. As pálpebras dela, fechadas. Ele ergueu a mão para o rosto de Julieth e começou a acariciar. O indicador de Echos passeou pela bochecha. — Um romance entre um *shifter* e uma vampira. — Riu, sem humor. — Disse para mim mesmo tantas vezes que estava louco, mas foi a sua perspectiva do mundo, sua personalidade...

Orion apertou com força minha mão. Não consegui me mover diante da declaração de Echos. A sensação que estava em Orion também me alcançou.

— Eu nem arranhei a superfície de quem você é. Precisávamos de mais tempo.

Mas o pouco que me mostrou, Julieth, foi o bastante. Eu entendi que, ao lutar por uma causa, descobrimos mais sobre nós mesmos. Ainda que seja preciso ir contra quem mais amamos, não podemos ir contra quem somos. Nossa integridade e nossos valores não podem se perder.

Echos percorreu os olhos pelo corpo sem vida de Julieth, a ferida em seu pescoço evidenciando a causa da morte. Ele mudou a atenção para Orion. Já presenciei tantas vezes aquele mesmo olhar... A mistura entre a perplexidade e a mágoa, a impotência, inúmeros sentimentos reprimidos. E o choque, que o impedia de externar seu sofrimento.

— Diga-me que não foi em vão. — Sua voz saiu baixa e grave.

O rei Callum se aproximou e ficou ao lado de Orion. Sua expressão estava rígida e seus olhos, fixos em Julieth.

— Ela salvou a minha vida, Barão de Egron — garantiu.

Echos olhou para Julieth e, em seguida, voltou a admirar o rei.

— Obrigado, Majestade.

Os dedos de Orion soltaram os meus e ele deu um passo à frente.

— Na verdade, salvou todos nós. — Meu *Ma'ahev* se agachou para ficar na altura do olhar de Echos. — Julieth nos uniu em meio à luta. Ela acreditou e, por isso, fomos mais fortes.

— Se o pai de Julieth tivesse um terço da lealdade que ela demonstrou... — o rei pontuou.

— Julieth quis tanto lutar pelo clã, sempre brigou com o pai justamente por causa disso. — Ele se levantou, com Julieth nos braços, e Orion o acompanhou. Seus olhos alternaram entre meu *Ma'ahev* e o rei. O pomo de Adão subiu e desceu. — Tenho que levá-la para um dos quartos, devo cuidar dela... Não posso deixá-la sozinha.

Foi a minha vez de dar um passo até ele.

— Echos... — tentei chamá-lo à razão.

Atraí sua atenção. Suas íris ficaram vermelhas quando focaram em mim, as lágrimas se acumulando. Então, um lampejo de consciência atravessou seu rosto, ao mesmo tempo em que ele puxou o ar com força.

Em sua expressão, percebi o que faria. Echos tinha que dizer em voz alta, e deixá-la ir.

— Ela se foi.

O rei deu uma ordem e, quando viu que Echos estava pronto, os soldados se aproximaram e respeitosamente tiraram Julieth dos braços do Barão de Egron. Ele passou a mão pelo cabelo, jogando-o para longe dos olhos, e voltou sua atenção para Orion, como se esperasse novas ordens.

— Pode ir para casa, Echos. — Orion engoliu em seco.

— Não. — Riu, descrente.

— Barão de Egron, é melhor ouvir meu filho — o rei pontuou. — Temos pessoas suficientes por aqui. Você já cumpriu a missão. Respeite seu próprio luto.

Echos ia rebater, mas decidi falar primeiro.

— Talvez fosse interessante avisar ao parente mais próximo e... — me interrompi, lembrando-me de sua mãe. — Alguém tem notícias de Meredith Haylock?

Os homens trocaram olhares, a confusão estampada em seus rostos.

— Não tenho ideia... não sabemos se estava com o marido, ou se foi leal ao clã — Orion respondeu.

— Quem poderia saber onde ela está? Ou ter notícias sobre Meredith... — pensei alto.

— Ahm... — Echos bufou, apoiou as mãos na cintura e olhou para baixo. O cabelo caiu na frente do rosto. — Deixa-me pensar... — Levantou a cabeça e semicerrou os olhos. — Além de Leeanne, Julieth tem uma amiga. Alguém que ela se apegou quando a garota era ainda pequena. Ingrid é humana, e Julieth sempre conta histórias sobre ela.

Echos falou de Julieth como se ainda estivesse viva.

Senti um aperto no coração.

— Tem contato com essa moça? — o rei indagou.

— Na verdade, não. Tenho o telefone dela, já nos falamos, mas nunca a vi pessoalmente.

— Talvez deva ligar, Echos — Orion auxiliou seu amigo.

Echos puxou o celular do bolso da calça e discou o número. Levou um tempo para Ingrid atender. Ele virou as costas, e caminhou para longe, enquanto se tornava, para aquela moça, o portador de uma péssima notícia. Acompanhei seu caminhar, preocupada. Echos não estava bem.

Subitamente, avistei um borrão brilhante, longe de mim. Enrolado em uma cortina dourada, estava Beast, preocupado com suas roupas. Ele estava sentado em um degrau, recebendo cuidados médicos.

— É o pior momento, mas... Brad está parecendo o próprio Oscar — Orion murmurou.

Quase sorri e o rei soltou uma risada curta.

— Anote isso para mais tarde — sussurrei para Orion.

— Pode deixar.

— Pelo menos, não está nu outra vez.

— Quando viu isso? Vou anotar isso para mais tarde também.

— Orion... — o rei repreendeu.

Droga, falei o que não devia.

Próximos à escada, um grupo de homens vestidos de prata também atraiu minha atenção. *Divisão Magna?* Olhei para cada dos rostos conhecidos. Observando-me ao longe, estava Titus. O cabelo castanho, amarrado e bagunçado pela luta, a barba cobrindo seu maxilar, as sobrancelhas em um vinco profundo. Ele suavizou a expressão ao perceber que sua atenção foi retribuída. Abriu um sorriso.

Seus pés começaram a se mover.

Veio em minha direção e ficou próximo o bastante para fazer uma reverência ao rei. Novamente ereto, percebi que era pouca coisa mais baixo que Orion.

— Majestade.

— Titus de Baden, Duque do clã Adamo — o rei cumprimentou e, por um segundo, vi seus lábios quase expressarem um sorriso. — Como vai seu irmão, o rei Thales?

— Perfeitamente bem, Majestade. Saudável. — Fez uma pausa. — Lamento muitíssimo a situação em que Alkmene se encontra. Sorte que não é tão desesperadora quanto foi a do meu clã.

— Também lamento as perdas inestimáveis pelo ataque dos rebeldes que assolaram seu país — o rei disse. — Em breve, me tornarei embaixador da Aliança, justamente para acalmar os ânimos. Quero administrar isso de perto.

— Será uma valiosa adição à Aliança, por ser um vampiro respeitado, íntegro e comprometido com seu povo — elogiou Titus.

O rei sorriu.

— Alteza.

— Alteza. — Orion estendeu a mão para Titus, cumprimentando-o.

— Aperto de mão forte — observou Titus.

— Preciso deixá-los. Tenho que ver por que minha rainha ainda não está aqui.

O rei se retirou e ficamos apenas Orion, Titus e eu. Percebi o erro quando um sorriso largo surgiu na boca do meu companheiro de batalha. Ele deu um passo, suas mãos envolveram meus ombros, e o lorde me abraçou apertado.

— Mia — sussurrou e se afastou. — Como é bom vê-la aqui.

— Mia? — Orion pontuou cada letra, cruzando os braços, como se não acreditasse que o irmão do rei de Adamo pudesse me chamar tão intimamente. — Vocês *lutaram* juntos?

— Na verdade... — Ri, subitamente nervosa. — É uma história bem engraçada, nem ficaríamos sob o mesmo comando, mas então...

— Mia já te contou, Alteza, sobre seus gostos... peculiares... em batalha? — Titus me interrompeu, com um sorriso debochado.

Assim que olhei para Orion, engasguei. Vi, em seu rosto, a frieza de um olhar assassino, o mesmo semblante que exibiu antes de matar um de seus inimigos.

— *Contou?* — Orion ironizou. — Lutamos juntos. Não vi nenhum gosto peculiar em batalha, mas fora dela...

Titus ergueu uma sobrancelha e olhou para mim.

— Ah, é, Mia? — Riu baixinho. — Eu me lembro vagamente de uma conversa sobre aristocratas, algo sobre nunca se envolver...

— Titus!

— Agora você esqueceu o *Lorde*.

Orion puxou-me pela cintura, colando meu corpo ao dele. Encostou seu rosto em meu cabelo e, embora não pudesse vê-lo, sabia que avaliava Titus.

— Eu realmente disse e foi a minha intenção — respondi —, só não esperava que o meu *Ma'ahev* fosse o príncipe do meu próprio clã.

O sorriso provocativo de Titus se desfez. Em respeito, deu um passo para trás. Sua postura se alterou para o modo profissional. Em seus olhos, vi o entendimento. Por mais amigo que ele fosse, acostumado a aprontar comigo, a palavra *Ma'ahev* tinha um significado muito forte para nós, vampiros.

— Compreendo e sinto muito pela brincadeira. — Seus olhos continuaram nos meus. Titus pigarreou. — Fico feliz que... é.... hum.... de toda forma, o momento de sua mensagem foi ideal e imediatamente trouxe meus homens para cá. Viemos pelo mar, aportando na Baía Cachalote. Chegamos no calor da batalha. Quero ressaltar a bravura do seu Capitão... Echos? Enfim, lutamos lado a lado e foi uma honra poder defender o clã Redgold.

Titus piscou algumas vezes, aguardando uma resposta que não veio. Orion não moveu um músculo e continuou em silêncio por mais tempo do que seria educado. Titus percebeu o ciúme de um *Ma'ahev*, lançou um último olhar para mim, antes de pedir licença, virar as costas e ir para o outro lado do salão.

Separei-me de Orion, e ele soltou os braços ao lado do corpo, sem esboçar reação. Sua mandíbula estava travada, o foco em Titus enquanto podia acompanhá-lo com o olhar. Quando Titus se perdeu entre as pessoas, virou-se para mim.

— O quê? — perguntei, esperando.

Semicerrou os olhos.

— Estava me perguntando se compartilharam abrigo na Divisão Magna. Talvez tenha visto a *espada* dele bem de perto, não?

Senti um calor subir para minhas bochechas, mas mantive a expressão neutra.

— Qual é a razão da sua loucura agora?

Ele quase abriu um sorriso, talvez ao lembrar da nossa dança.

— Você.

Fiquei na ponta dos pés, apoiando uma das mãos em seus ombros. Com a outra, tirei uma mecha do seu cabelo da testa, antes de puxar seu rosto e colar seus lábios nos meus. Orion tentou resistir ao beijo por um segundo, antes de sua boca amolecer contra a minha. Puxou-me para perto, o ciúme criando uma fagulha entre nós.

Não tivemos tempo de curtir o beijo, porque uma comoção se iniciou logo atrás, e Orion separou nossos lábios.

— Mãe?

Girei o corpo e um grupo de pessoas entrou por um dos corredores. Entre *shifters* e vampiros, a rainha retornou. O rei Callum correu, abrigando-a em seus braços para, em seguida, afastá-la. Certamente percebeu o mesmo que eu. Orion imediatamente se moveu, puxando-me pela mão, para chegarmos mais perto.

Se a rainha antes estava em uma ala segura, por qual motivo retornaria daquele jeito?

— Mãe, o que aconteceu? — Orion indagou, e sua mãe olhou rapidamente para ele.

Seu vestido negro, antes impecável, estava com uma mancha que cobria o corpete. O rosto trazia uma expressão desolada. Olhos vermelhos, de quem havia chorado, somados aos lábios ressecados. Na bochecha, um rastro rubro seguia até o colo. Também suas mãos e braços estavam sujos de sangue seco. Ela encarou o filho e depois o marido, abriu a boca diversas vezes, mas pareceu incapaz de falar.

O Duque Vallen andou entre as pessoas que saíram da ala de segurança. Escutei o rei tentar falar baixinho com Stella, ao mesmo tempo em que vi Alte. Ele chegou tão abismado quanto a rainha. Suas roupas estavam igualmente sujas e a gravata borboleta, torta em seu pescoço.

Orion se soltou de mim, chegando mais perto da mãe. No entanto, a rainha desviou o foco de seu filho e marido para Vallen.

— Gwen? — o Duque gritou para as pessoas. Voltou seus olhos para o mordomo. — Onde está Gwen? Ela já sabe que Leeanne não está bem? Donn a levou para ver nossa filha, é por isso que não veio com vocês? Alte, me diga onde minha esposa está!

Stella saiu dos braços do rei e do filho e foi lentamente para Vallen.

Merda.

As mãos da rainha seguraram o rosto do irmão do rei. Lágrimas suaves deslizaram até seu queixo e Stella teve toda a sua atenção.

— Meu querido cunhado... — Aos poucos, encontrou a voz. — Eu sinto tanto...

Orion e o rei se aproximaram de Vallen e da rainha. Meus ombros ficaram tensos. Estive em tantas batalhas, mas em nenhuma delas vivenciei tamanha dor. Não fisicamente, mas em meu coração. Não eram apenas soldados defendendo seus ideais, era uma família perdendo seus entes queridos.

— Não se preocupe — Vallen tentou acalmar Stella. — Leeanne só teve um desmaio... ela... ela... está bem. Tudo está bem.

Stella moveu a cabeça, negando.

— É apenas isso, certo? Está preocupada com Leeanne, não é? Leeanne?

— Vallen, eu sinto muito.

O Duque vacilou, incerto do que estava ouvindo.

— Como? O gás? Mas o rei verificou e estava tudo bem... — Vallen notou o estado em que a rainha se encontrava. — Ela foi ferida? Os vampiros de Astradur a feriram?

— Havia um inimigo entre nós. — A rainha engoliu sua emoção para esclarecer a Vallen. — Não sabíamos até ser tarde demais. Uma das empregadas veio até mim e tentou me esfaquear. Outros tentaram conter a moça, mas foi Gwen quem a impediu, entrando na frente. Alte me puxou para longe, protegendo-me. Em algum momento, a faca... Gwen...

Em seguida, o silêncio se instalou, perdurando enquanto recebíamos a notícia.

Vallen deu um passo para trás e respirou fundo.

— Ela sofreu?

— Foi... — Stella não conseguiu explicar.

Então, Alte tomou a frente.

— Alteza, foi tudo muito rápido. Não acredito que tenha sofrido. — Inspirou. — Eu sinto muito por sua perda.

Vallen ficou pensativo, até seus olhos encontrarem os da rainha. Pegou em sua mão.

— Ela salvou a sua vida — Vallen falou, compreendendo.

— Sim — sussurrou Stella.

— Não planejei amá-la. — confessou — Nosso casamento foi... diferente. Eu aprendi a amar Gwen durante nossa convivência.

Vallen pareceu perdido em suas palavras, e encarou o sobrinho e o irmão. O rei o puxou para um abraço, que durou algum tempo. Orion trouxe sua mãe para perto, sussurrando baixinho contra seus cabelos, confortando-a. Vallen se afastou do rei e pediu licença, para encontrar seus filhos e dar a notícia.

Abraçando a rainha, Orion fitou-me em um misto de pesar e carinho.

Exaustos e unidos pela dor.

Trinta e Dois

Mia

Encarei meus pés descalços no piso de pedra. A água quente já estava escorrendo dos meus ombros por todo o corpo há um tempo, levando o sangue e o suor para o ralo. Não consegui relaxar os músculos, meus trapézios estavam rígidos e dolorosamente inchados.

Orion tentou me distrair sobre o que tínhamos enfrentado, falando sobre seus próximos passos e o que faria com os cargos que seria obrigado a designar antes de subir ao trono. Consegui sorrir quando a narrativa de suas decisões acalmou meu coração.

A pressão suave em minhas costas e a esponja com sabonete, livrando-me dos resquícios da batalha, me fez fechar os olhos. A espuma escorregou pela décima vez; não havia mais a cor alaranjada sob meus pés.

— Inspire, *Yafah*. — A voz tranquila de Orion me atingiu. — Deixe a água ajudá-la.

— Estou bem.

Ele riu suavemente.

— Temos uma conexão, Mia. Eu sinto o que você sente. Não há como mentir para mim. Por mais que eu a distraia com minhas obrigações de um futuro monarca, sei que não consegue parar de pensar...

Orion terminou de passar a esponja por meu corpo, ficando em silêncio. Estávamos embaixo do chuveiro há uma hora e, ainda assim, não conseguia me livrar da tensão. Ele pegou o shampoo e, em seguida, senti a massagem leve em meu couro cabeludo. A ponta dos seus dedos iniciou movimentos circulares, e pendi a cabeça para trás.

— Você já lavou meus cabelos — sussurrei.

— Vamos de novo.

Dei um passo para debaixo d'água e o mundo ficou melhor. O aroma frutado preencheu o boxe, o vapor aquecendo o ar, a espuma deslizando em minha pele, o tórax de Orion quase colado nas minhas costas, enquanto seus dedos enxaguavam meus cabelos.

Inverti nossas posições e virei de frente para ele. Ensaboei a esponja e passei em seu peito.

— Pela segunda vez, vai me esfregar, *Yafah*? — brincou, imitando a forma que falei.

— Vamos de novo.

Observou-me em silêncio, as íris ainda não estavam naturais, com nuances de vermelho e vinho. Admirei-o de volta. O cabelo encharcado da água, ainda mais negro que o tom ônix. Acompanhei a trilha de uma única gota que veio de sua testa, deslizando carinhosamente por sua têmpora, seguindo a linha do maxilar, até pairar no furinho do queixo. Ela caiu, abandonando o rosto de Orion, para continuar a explorar aquele vampiro. Se juntou a outras, uma expedição por seu corpo, descendo para o peito, em linha reta. Contornaram o vale do tórax enrijecido, dividindo-se para conquistá-lo. Avançaram pelo estômago e chegaram ao abdome marcado por músculos, apressadas pela promessa final. O profundo *V* de seus quadris...

— Você é tão bonito, Orion.

Ele segurou a ponta do meu cabelo, acariciando. Seus olhos desviaram dos meus.

— O loiro incomum dos seus cabelos, a cor verde-uva dos seus olhos, o vermelho-vivo dos seus lábios quando te beijo. Você exibe uma gama de cores. E não é só a sua beleza, minha *Ma'ahev*. É o conjunto de quem você é.

Me concentrei em seu peito, o sabão criando pequenas bolhas pelo contato com a água, misturando-se aos pelos que havia ali.

Seu polegar e indicador seguraram meu queixo, levando meu foco para seus olhos.

— O tom rosa das suas bochechas... — As presas de Orion cresceram na boca entreaberta. — Tenho vontade de mordê-la.

— Morder minhas bochechas? — Sorri.

Inclinou meu rosto para o lado, admirando meu pescoço.

— Morder você. Amar você. Mas, agora, eu só quero *estar* com você.

Colocou a mão em meu ombro, pressionando levemente o ponto dolorido dos meus músculos. Suspirou, sentindo dentro dele o que havia em mim.

Estávamos juntos.

Vivos.

Não foi preciso dizer qualquer palavra, a sensação mútua e que estávamos tentando afogar não poderia ser descrita. Orion se inclinou, beijou-me delicadamente nos lábios e pairou sua boca em minha testa.

A devoção por mim uniu-se à dor pelo que enfrentamos.

— Podemos continuar a falar sobre as cores e sobre o que gosta em mim? — pedi.

— *Yafah*... — Meu coração doeu. — Eu sei — sussurrou.

Por mais que evitássemos a conversa sobre a luta exaustiva, física e emocionalmente, aquele era o único pensamento que resistia sobre qualquer outro. Ao mesmo tempo, nomear *aquilo* era impossível. Guerrear com vampiros que se rebelaram contra a monarquia se tornou o meu trabalho mais difícil. A importante responsabilidade de proteger nosso segredo de sangue não era um fardo, apesar de seu peso. Percebi que enfrentar o que havíamos acabado de testemunhar... Foi uma verdadeira afronta ao nosso povo. Foi cruel com aqueles turistas.

— Venha para a banheira comigo. À essa altura, deve estar cheia.

Olhei para meu corpo limpo e assenti. Não queria entrar na banheira até ter tirado de mim o resultado da maldade de Astradur.

Saímos do boxe e Orion reduziu a iluminação para a área da banheira ficar mais aconchegante. O perfume dos sais que ele derramou na água quente exalou através do vapor. A banheira nos acolheu e ficamos de frente um para o outro. Orion pegou delicadamente meu tornozelo, levando meu pé para seu peito. Os dedos aplicaram uma massagearam no dorso e na sola. Fechei os olhos, conseguindo, finalmente, relaxar um pouco.

— Isso é bom...

Orion ergueu um pouco mais meu pé, beijando próximo ao tornozelo, repetindo todo o movimento com o outro. Foi como se a tensão evaporasse junto com a água, e a pressão de seus dedos foi responsável por me desconectar do sofrimento travado em meu peito.

— Eu não o perdoo por Julieth, por Gwen, por aqueles turistas, por Darius, pelos soldados, pelos irmãos Eymor e os inocentes que perdemos nessa batalha. Eu não o perdoo pela atitude fraca, desumana e pela arrogância. Eu não o perdoo pelo teste feito nos *shifters*, por cada segundo de sua vida que planejou cada ataque. Eu não o perdoo e não conseguirei perdoá-lo mesmo que minha própria espada crave seu coração.

Orion desviou o olhar do que fazia, observando meu rosto. Seu semblante estava sério. Seus dedos pararam de se mover em minha pele, mas manteve o aperto moderado.

— O que viu em Gila?

Ri, sem humor.

— Encontrei quatro formas diferentes de matar o nosso país.

— *Yafah*...

— Um tanque imenso, entre pilastras, com um *shifter* submerso, um teste para um de seus planos. E era tão cruel que o chamavam de Zoológico. Se aquilo desse certo...

— Conseguimos conter.

— Eu sei.

Um lampejo de reconhecimento passou por Orion.

— Beast chegou com outras roupas — afirmou. Suas pálpebras se estreitaram. — Ele foi submetido a qualquer...

— Só ao inalar o ar — expliquei. — O bunker do Governador estava cheio de produtos tóxicos que transformavam os *shifters*.

Parei de falar.

Eu quase o matei.

— Você lutou com Beast — Orion compreendeu.

— Sim.

Ele se inclinou e puxou-me para mais perto. Algo em meu coração denunciou que não queria ter aquela conversa sem me tocar. Suas mãos vieram para meu rosto, os polegares acariciando minhas bochechas.

— Aprendi que há coisas neste mundo que não somos capazes de controlar. O ódio, o amor e a culpa. Embora não tenhamos chance de colocar esses sentimentos em um baú e esquecê-los... é a forma que reagimos a eles que nos torna pessoas boas ou ruins.

— O desejo por matar Astradur me torna como ele? — ponderei. — Ruim?

— Não, Mia... não é o que estou falando. Acho que me expressei mal. Quero dizer que o amor que você sente por esse país está guiando você para o que é certo. Matá-lo não é uma vingança, é justiça.

— Astradur merece ser punido em praça pública.

— E será.

Ficamos em silêncio por um tempo, Orion ainda acariciando meu rosto. Pareceu estudar minhas reações. Desde o vinco em minha testa até os lábios franzidos.

— Fale-me sobre Beast — pediu baixinho.

— Não era Brad ali... só um urso correndo atrás e... eu fiz o possível. Mas sabia que, se não conseguisse trazê-lo de volta, teria que...

— Seu pesar pela luta com Beast me atingiu antes que eu soubesse que se sentia culpada por qualquer coisa, Mia — murmurou. — Dentro de mim, consigo experimentar parte das suas emoções. Quando tocamos no assunto, sua reação veio para mim. Meu conselho é que deve tentar perdoar a si mesma.

— Eu vou tentar.

— Você *vai* conseguir e nós vamos ficar bem.

— Ainda quero um julgamento para Astradur.

Orion sorriu, jurando silenciosamente. Naquele momento, não como minha alma gêmea, mas como um monarca. Desceu as mãos para o meu ombro, pairando uma delas sobre meu coração, como se quisesse tirar o peso dali. Um arrepio pelo toque quente cobriu-me da cabeça aos pés. Por mais que não houvesse nada sexual naquele momento, meus caninos apontaram.

— Sua tensão... quase se foi. Mas está cansada. Vamos deitar?

Concordei.

Nos levantamos e saímos da banheira. Nos cobrimos com um hobby e envolvi uma toalha em meus cabelos. Quando fui dar um passo, Orion pegou minha mão.

— Se me permitir, quero levá-la, em meus braços, para a minha cama.

Ao invés de respondê-lo, enlacei seu pescoço e Orion entendeu meu sim. Pegou-me no colo, com cuidado, valorizando cada segundo do gesto. Se tratava de carinho e abrigo. Andou em silêncio, colocou-me na cama e desnudou meu corpo. Sob o edredom, apenas nos abraçamos, trocando calor e esperando que aquela manhã de descanso renovasse nossas energias.

Ainda havia muito a fazer.

Trinta e Três

Orion

— Seis da tarde — deduzi, escutando a persiana se abrir.

Encarei o teto.

Mesmo correndo o risco de parecer egoísta, eu só quis pular aquela noite. Não havia como escapar. Eu tinha que enfrentar o peso dos acontecimentos, mas uma parte minha desejou não levantar da cama.

Fui capaz de escutar, na privacidade do meu quarto, os passos dos funcionários nos corredores de King Castle. O cheiro dos incensos de olíbano e mirra, enquanto eram espalhados — a tradição dos clãs vampíricos ao redor do mundo —, remetia às lendas antigas sobre o respeito àqueles que partiram e à imortalidade.

O luto tocou a minha pele, me convidando a senti-lo.

Olhei para o lado, vendo a minha alma gêmea dormir profunda e suavemente. Afastei uma mecha de cabelo do seu rosto. O semblante de Mia parecia tão sereno. Ela precisou desabafar comigo, externar seus pesadelos. Saber que era capaz de tirar aliviar o peso dos sentimentos dela...

Levantei devagar, com medo de acordá-la. Fui verificar o celular, sobre a mesa de cabeceira, e uma sequência de mensagens e ligações perdidas estavam lá. Inclusive, as provas que Mia e Beast conseguiram em Gila. Em algum momento, Mars conseguiu desbloquear os telefones, mas eu estava ocupado demais lutando, para sequer lembrar que existia um celular.

Eu precisava ligar para Mars.

Me afastei da Mia e caminhei pelo quarto até chegar ao outro lado. Interfonei para a cozinha, pedindo nosso desjejum. Enquanto esperava, fui ao banheiro, tomei banho e escovei os dentes. Com a toalha enrolada na cintura, apoiei uma das mãos na bancada fria do lavatório e, com a outra, limpei o espelho embaçado. Encarei o reflexo entre os vapores quentes e pensei nos 600 anos da minha existência. A dualidade da certeza de que vivi muito e, ao mesmo tempo, a estranheza de parecer que vivi tão pouco.

Alte estava me esperando no hall, e colocou a bandeja sobre a mesa. Percebi que já estava pronto para a Cerimônia de Despedida.

— Vossa Alteza precisa de mais alguma coisa?

Neguei com a cabeça.

— Eu odeio aquela farda — murmurei.

— Perdão, Alteza?

Apontei para sua roupa.

— Ah, sim... com certeza... certamente. — Fez uma pausa. — Devo me retirar?

— Hum... o que mais está acontecendo no castelo?

Ergueu a sobrancelha.

— Tudo?

Nossa, nem pensar...

— Quero saber sobre os convidados.

— Oh... — Alte ergueu novamente a sobrancelha. — Os companheiros de jornada da senhorita Black foram embora. Agradeceram a hospitalidade. Tiveram que sair rápido devido à nova movimentação dos rebeldes na Alemanha e... o Duque do clã Adamo, lorde Titus, deixou lembranças à senhorita...

— Esse recado pode deixar que eu mesmo dou.

— Está certo disso, Alteza?

Semicerrei os olhos.

— Sim. Me fale sobre a cerimônia.

— Suas Majestades estão se arrumando. Seu primo Donn está com o Duque Vallen e Leeanne. No outro aposento, o Barão de Egron retornou a King Castle. No momento, acompanha os preparativos. A família Lawford já está presente.

— Meredith Haylock...

— Durante a busca e apreensão na casa do Governador, soldados encontraram uma carta da mãe para a filha, pedindo perdão por ter sido omissa quanto ao envolvimento do marido com o... Enfim, desejando que Lady Julieth fosse livre das garras do pai. Não conseguimos contato nem descobrimos seu paradeiro, mas suspeitam que ela fugiu da ilha.

Fugiu? Deixou a ilha com vergonha.

— Então, ela não sabe...

— Não, Alteza. Acredito que não.

— Estarei pronto em breve — afirmei.

— Oh, Alteza... quer que eu fique para ajudá-lo com a farda ou prefere que eu chame o seu valete?

— Não precisa, Alte. Já dispensei meu valete há muito tempo e sei que você tem coisas importantes para fazer.

— Perfeitamente, Alteza. Então, vou me retirar. — O mordomo fez uma mesura e se dirigiu à porta.

Estava na hora de acordar Mia.

Levei a bandeja e a coloquei no criado-mudo. Agachei para ficar na altura de Mia e tracei seu rosto com os nós dos dedos. Suas pálpebras se ergueram, e ela me admirou. Desceu o olhar por meu corpo, reparando na toalha amarrada na cintura. Sua mão veio até meus cabelos molhados, acariciando-os.

— Boa noite — sussurrei. — Está com fome?

— Faminta.

— Que bom.

Mia bocejou e se sentou na cama. Ela puxou o lençol e cobriu os seios, com os olhos fixos na bandeja. Fiquei de pé, peguei a bandeja e a coloquei sobre a cama.

— Alte?

Puxei a tampa e me sentei.

Frutas de diversos tipos, taças de sangue humano, cervídeo e sintético. Mia umedeceu os lábios e atacou. Comemos em silêncio, o sabor gostoso do sangue em nossas bocas e as frutas doces nos lábios.

A taça que Mia tinha nas mãos refletiu a luz da lua. Ela a estendeu, me oferecendo.

Arqueei uma sobrancelha.

— Você se saiu bem quando tomou da última vez. Não acho que precisa ter medo dos seus instintos, Orion. Não mais.

— São muito primitivos.

— Você é capaz de lidar com eles. Beba.

— Gastei energia na batalha... — ponderei.

— Você não pode ir contra a sua natureza. Não se trata apenas de força física, Orion. *Tudo* em você potencializa ao beber sangue humano. Você não viu o que eu vi. Durante a luta, enxerguei o poder que emanou: a velocidade, a perspicácia, seus reflexos, a tomada de decisões em um cenário atípico. Você não errou um golpe, não sofreu um arranhão.

Caralho, Mia... o que responder? A mulher que eu amo me observou em batalha e falou de mim com ternura e admiração.

Peguei a maldita taça e dei um longo gole. Passei a ponta da língua nos lábios para capturar qualquer resquício do sangue.

As íris verdes de Mia brilharam.

— Você tem razão — sussurrei. — Além do mais, vou precisar... Esta noite vai ser...

— Eu sei — Mia sussurrou. — Preciso de um banho.

Beijei-a rapidamente nos lábios e Mia se levantou, completamente nua. Acompanhei-a com o olhar. Antes de chegar à porta do banheiro, virou o rosto para mim.

— Se importa se, antes da Cerimônia de Despedida, eu der uma palavrinha com a Divisão Magna?

— Por telefone? — ofereci, sorrindo.

— Não... — Mia ficou confusa. — Os que estão no castelo.

— Ah, *Yafah*... já foram.

Abriu a boca.

— Todos? Mas acabou de anoitecer e...

— Eles são rápidos. — Dei de ombros.

— Não disseram nada?

— Hum... — fingi considerar. — Não... não que eu saiba.

Mia franziu o cenho, mas aceitou a resposta. Entrou no banheiro e deixou a porta entreaberta.

Peguei o celular, ainda olhando para a porta encostada.

Tá bom que ela vai falar com esse Titus de Baden... Duquezinho safado... "Miiiaaa"... Babaca.

Digitei o número de Mars. Ele atendeu no primeiro toque.

— Notícias?

— Astradur e Bali Haylock desapareceram, mas ainda não saíram de Alkmene.

— Como sabe?

— Meus melhores homens estão nisso.

Precisava dar a notícia a Mars. Ele não se expunha em todos os lugares, mas Darius era conhecido pelo meu informante.

— Preciso te dar uma notícia.

O silêncio foi a deixa para eu continuar.

— O General Darius faleceu protegendo-nos, Mars.

O vampiro continuou mudo. Achei que a ligação tinha caído, até ouvi-lo respirar fundo.

— Darius foi um excelente General. Eu lamento, porque foi uma perda para toda a nação. — Fez uma pausa. — Informarei, a Vossa Alteza, qualquer novidade a respeito do paradeiro daqueles desgraçados. — Desligou a chamada.

Fo-da.

Tirei a toalha da cintura quando cheguei ao *closet*. Parei diante da pior seção do meu guarda-roupa. A farda cerimonial branca, dentro de uma capa protetora, destinada a despedidas, por sorte, era pouco usada. Cada povo tem uma história para mostrar seus sentimentos e profundo respeito pela morte de alguém. Entre nós, vampiros, utilizávamos a cor branca para a reflexão, especialmente em casos de mortes decorrentes de atos violentos.

Hoje era o dia em que Alkmene vestiria branco.

Coloquei a boxer e, resignado, comecei a me uniformizar. Passei as mangas da camisa social de algodão pelos braços e fechei os botões. Subi a calça, assentando-a no corpo. Na parte superior, o dólmã — a túnica militar ornamentada — trazia detalhes nas mangas e na gola alta, com arabescos em ouro. Agasalhei-me e comecei a fechar os largos botões dourados.

Primeiro, peguei as luvas *suedine*. Em seguida, as ombreiras. As faixas multicoloridas da farda, ainda no *closet*, atingiram-me. Parei. A cor roxa fez a bile subir pela minha garganta.

— Orion... está tudo bem?

Pelo reflexo do espelho, vi Mia enrolada em uma toalha.

— É... — Suspirei e pensei na sorte que tinha de não precisar usar roxo naquela cerimônia. — Preciso colocar o cinto, a faixa, as luvas e as ombreiras.

Ela não disse nada, e caminhou até mim. O cheiro floral do sabonete me agraciou e trouxe feminilidade ao ambiente. Mia sequer olhou para a faixa roxa. Pegou a branca e separou meu cinto e as ombreiras. Virei-me de frente para ela.

— Vocês pensaram em tudo quando fizeram meu guarda-roupa... menos nessa possibilidade — Mia sussurrou e colocou as peças sobre o banco, analisando o que faria primeiro. Decidiu pelas ombreiras.

— Quer que eu providencie uma farda cerimonial militar para você? Posso conseguir.

Mia prendeu as peças sobre meus ombros, sem precisar olhar para saber se fazia certo. Sua atenção se manteve em meu rosto.

Ela deve ter feito isso infinitas vezes.

— Eu tenho. — Escutei o suave estalo. — A malinha que vocês acharam que eu não usaria...

— Você trouxe a farda de uma Cerimônia de Despedida? — questionei, surpreso.

— Eu trouxe as poucas coisas que eu tinha. Faz muito tempo que não tenho *exatamente* uma casa para guardar... e basicamente uso uniformes. — Mia prendeu a faixa branca atravessada na diagonal em meu peito. — Você ficaria surpreso com as perdas e as cerimônias que vêm depois de uma batalha.

— Não consigo imaginar como você lida com isso.

Ela passou o cinto em torno de mim, ajustando-o perfeitamente, as íris reluzindo sua sabedoria.

— Nunca é fácil, mas com o tempo... se aprende a lidar.

— Você aprendeu?

— Sinceramente? — Mia deu um passo para trás, admirando-me dos pés à cabeça. — Não aprendi. Mas "com o tempo se aprende a lidar" é o que dizem.

Anuí, sem ter resposta.

— Agora que está pronto, é minha vez. Não vou me demorar, não é como se o quarto que me designou ficasse do outro lado do castelo... — disse mais para si mesma do que para mim. Em seguida, me contemplou por quase um minuto inteiro. — Mesmo vestido com uma roupa que remete à saudade... sua beleza se sobressai.

Encarei minha amada por um tempo. Com o silêncio prolongado, ela inclinou um pouco a cabeça.

— O que foi?

— Vou mandar trazer suas coisas para cá — informei. — Todas elas.

Calcei as luvas, ajeitando-as entre os dedos.

Mia parou e ergueu o olhar, encarando-me.

— Para cá? Já disse que trouxe tudo que tenho para King Castle.

— Para o meu quarto.

Ela arqueou as sobrancelhas.

— Surpresa? Não deveria. Já nos prometemos um ao outro, marcamos nossos pescoços, assumimos nossa ligação como *Ma'ahev*... a não ser...

Antes de eu concluir a frase, Mia se aproximou. Ela olhou para a farda e ficou nítido, em seu semblante, o medo de amassá-la. Apoiou as mãos sobre as ombreiras delicadamente. Eu desci o rosto para oferecer o que Mia queria: meus lábios. Beijou-me suavemente, apenas um toque.

— A não ser? Orion Bloodmoor, no momento em que disse sim para sermos almas gêmeas e no instante em que deixei-o beber do meu sangue... sou inteiramente sua. Mande trazer as coisas para cá, e ajude-me também com a minha farda.

Durante a cerimônia, era necessário guardar silêncio até depois do discurso do rei. Nossa única interação era no ato de passar o incenso de olíbano e mirra: aquele que recebia o incenso deveria deixar em uma urna um pedaço de sua história com quem havia partido.

A Cerimônia de Despedida era fechada ao público, apenas convidados entravam no Salão das Memórias, o local onde se revisitava nossos antepassados para lembrarmos de seus ideais e de se sua importância em nosso clã. Não havia pesar no Salão das Memórias, nenhum sofrimento ou dor pela perda, como era comum, em alguns lugares do mundo, cultuar a morte. Nós, vampiros, celebrávamos a oportunidade de termos feito parte do convívio uns dos outros. Especialmente por sermos sobreviventes de um passado que quase nos condenou à inexistência.

A vida de um vampiro era diferente de um *shifter* ou humano. Muitas vezes, acreditávamos ser uma maldição ver todos os outros, pessoas de outras raças, nossas épocas, tudo que plantamos, o que ouvimos e vemos se perder no tempo.

Tudo tinha um curso natural. Menos nós.

Então, aprendemos a enxergar a perda como a descontinuidade de uma trajetória, e não o fim.

Mia resvalou nossos dedos, livrando-me da reflexão. O gesto breve de conforto me fez prestar atenção em nossa volta.

Apesar de Donn não ser filho biológico de Gwen, ele também usava vestes roxas, assim como Leeanne e tio Vallen.

Lá fora, aguardando o discurso do rei, os cidadãos de Alkmene entoavam canções sobre esperança e também cantavam o hino do nosso país.

Aqui dentro, havia silêncio e reflexão.

No dia seguinte, como parte de nossa tradição, acompanharíamos os corpos serem levados para o Lago das Almas, onde receberiam um fim digno através dos raios de sol. Todos os vampiros mortos em combate, incluindo os turistas que sofreram pela arma biológica de Astradur, teriam seu ponto final.

Echos recebeu olhares surpresos quando entrou no Salão das Memórias vestindo a cor do luto de um ente querido: roxo. Nas mãos, levava um lenço de seda colorido. Mesmo não sendo comum se levantar e pular a tradição do incenso passar de mão em mão, ignorei no momento em que o vi. Sem me importar com os demais membros da aristocracia ou o que poderiam achar, levei ao Barão de Egron o incenso e esperei até que Echos tomasse coragem de pegá-lo das minhas mãos. Ele estava se desfazendo de uma parte de sua trajetória com Julieth: aquele lenço que certamente lhe trazia muitos significados e fez jus à urna das lembranças.

Echos piscou rapidamente. Deixou o ar sair de seus pulmões de uma só vez, renovando-o ao inspirar no momento em que segurou o incenso. Foi até a urna, ficou parado lá, o lenço pairando na borda. Echos recolheu a mão e do bolso de trás de sua calça retirou um envelope e o levou ao peito, quase esmagando-o, então os soltou com cuidado dentro da urna de Julieth.

Quando Echos se sentiu pronto, voltou para nós, os olhos buscando uma pessoa. Seguiu até Vallen, e entregou o incenso ao meu tio. As cinzas do incenso caíram no chão quando o Duque o segurou. Se encararam por um momento, a troca dizendo tudo que não caberia nas palavras.

Com a cabeça baixa, Vallen caminhou até a urna de Gwen. A compreensão me atingiu quando percebi que essa era a segunda vez para ele. Havia perdido a mãe de Donn e, agora, a mãe de sua Leeanne. Suas mãos trouxeram uma foto de sua família. Meu tio deu um beijo demorado e carinhoso na imagem, sobre o rosto de sua esposa. Inspirou audivelmente e um sorriso se abriu em seu rosto quando deixou o papel sumir na fenda escura.

Gwen estava em paz.

Leeanne e Donn vieram logo atrás, entregando objetos importantes. O incenso passou, em seguida, para as irmãs Lawford. Bem como a chance de dizerem adeus ao General Darius.

Pouco a pouco, fomos todos. Meu pai entrou por último, com minha mãe ao seu lado. Conforme ele adentrava, quem estava sentado erguia-se. Eles me buscaram em um primeiro momento, e anuíram quando me encontraram. Vestidos de acordo com o protocolo, despediram-se de Julieth, Darius e Gwen, entregando pedaços de uma memória que não se perderia com os séculos.

Quando o rei se posicionou atrás das urnas, todos se aproximaram.

Ele levou a mão à altura do peito, e repetimos seu gesto. Nossos olhos se fecharam. Um minuto se passou. Então, de pálpebras abertas, o rei fez um pequeno discurso, quebrando o silêncio. No fim, convidou todos para o extenso campo, aberto ao público, e a sacada de onde falaria para o povo de Alkmene.

Nos jardins da entrada de King Castle, sua voz solene acalmou os corações de todos os moradores da ilha, com palavras sobre união de um povo, amor à pátria e a importância de manterem a aliança entre as raças que coabitam em Alkmene. Narrou sobre a tradição vampírica e a Cerimônia de Despedida. Fechou seu discurso afirmando que os últimos atentados foram casos isolados, pois a nação prezava pela paz. O rei Callum foi ovacionado por seu povo.

Em seguida, passou a palavra para mim. Não imaginava ouvir meu nome repetidas vezes entoados pelos presentes. O sangue Bloodmoor, meu legado, se agitou nas minhas veias. A surpresa pela recepção não se tratava de ser impopular, mas meu pai era o representante daquele povo, aclamado e verdadeiramente adorado. Alkmene não se envolvia em assuntos do restante do mundo, não entrava em guerra ou contendas políticas dos demais governos. Nossa população tinha um dos maiores e mais modernos centros médicos do planeta, a cidade de Rosys. Ninguém sentia fome. A educação privilegiada estava disponível para todos, assim como o serviço militar. Sentir o amor do povo de Alkmene tocou meu coração; ver o rosto da família Bloodmoor, que desceu para me assistir discursar, causou uma sensação ímpar.

Espalmei a pedra fria do guarda-corpo da sacada. Através da iluminação dos jardins, observei um mar de rostos, desde os portões de entrada do nosso castelo: crianças, mulheres, homens, jovens e idosos. *Shifters*, vampiros e humanos. Soldados, comerciantes, camponeses e membros da realeza. Aqueles que puderam lutar ou se abrigar, escapando do horror das últimas horas vivenciadas em nossa ilha.

— As perdas foram incalculáveis, mas não irei enumerá-las, pois nenhum dos que se foram são ou serão tratados como *número* por qualquer um de nós da família real de Alkmene. Corações sangraram literal e metaforicamente. Eu vi o mundo se partir ao meio e engolir o que há de bom. O baque da guerra civil dentro de um país que viu apenas amor, carinho e fraternidade, durante muitos séculos, fez todos nós percebermos que a existência é um presente. Os mortos durante o ato criminoso contra nossa nação receberão justiça. Eu, Orion Bloodmoor, príncipe de Alkmene e Anell Angels, dou-lhes minha palavra.

A comemoração fez o chão sob mim vibrar. Milhares de vozes e palmas soaram enquanto eu sentia a força de uma promessa. Naquele instante, jurei para mim mesmo que faria o melhor para aquelas pessoas. Jurei que seria um rei tão honrado e digno delas como meu pai.

Ofereci a voz para quem estava ao meu lado. Beast e Echos falaram da guerra enfrentada, da coragem daqueles que lutaram bravamente por Alkmene. Ressaltaram os turistas, que vieram à cidade, sem saberem qual destino os esperava. Beast frisou, como porta-voz dos *shifters* e humanos, a confiança consagrada durante gerações aos Bloodmoor. Echos adicionou à fala do amigo, e encerrou com a transparência em relação à perseguição incansável por justiça.

— Sou o responsável pela captura de Bali Haylock. — Vi-o engolir em seco pelo ódio de dizer o nome do homem que fez a própria filha de vítima do atentado.

— E Astradur. Não descansarei até vê-los em Ashes, pagando por todos os crimes cometidos, durante cada segundo de sua existência. Eu, Barão de Egron, após enfrentar a batalha na Baía Cachalote e sair vivo, me vejo capaz de levar os criminosos para o inferno, onde merecem estar.

Os discursos da Cerimônia de Despedida foram finalizados com a quebra do silêncio, a cada trinta segundos, com o estrondo dos canhões militares.

Antes de os moradores de Alkmene irem embora, poderiam deixar sobre o solo, preparado para este momento, sementes de flores em memória dos que se foram. O símbolo renovou a esperança e nos fez sentir que éramos realmente capazes de renascer das cinzas.

Aline Sant'Ana e Clara de assis

Trinta e Quatro

Orion

As pessoas ainda se retiravam dos jardins de King Castle, e alguns membros da realeza recebiam o carinho do povo. Mia conversava com nosso antigo tutor, Warder. Trocamos olhares e ela assentiu sutilmente, aprovando quando percebeu que sinalizaria para Beast e Echos me acompanharem. Andamos lado a lado, cumprimentando rostos conhecidos. Quando passamos por uma vampira, com certa semelhança a Constance, Beast inclinou a cabeça para cochichar.

— Depois de tudo que a gente viveu, cara... sinceramente... eu só preciso te falar que você não deveria ter convidado aquela morcegona louca para jantar — Beast desabafou, sorrindo, aliviando o clima tenso.

Echos ouviu o comentário e, por mais incrível que pudesse parecer, riu.

— Não tem como discordar do Beast. Sério... Constance também está na minha lista negra — Echos acrescentou.

Entramos em uma sala vazia, e fechei a porta para nos dar privacidade. Beast sentou sobre a escrivaninha, afastando o porta-incenso, presente em todos os cômodos. Echos puxou uma cadeira, e eu fiquei em pé, com os braços cruzados.

— É por causa dessa lista negra que chamei vocês.

Echos ergueu sutilmente a sobrancelha.

— Manda — Beast falou.

— Quero saber tudo que encontraram sobre Bali e Astradur até agora.

— Achei outras fórmulas — Echos iniciou. — Assinadas por um homem chamado Ivar, sem sobrenome. Ele desenvolveu desde a criação do soro, que originou a arma química em King Castle, até o componente que transformava biologicamente humanos naquelas *coisas*...

— O que temos sobre esse Ivar?

— A princípio, o nome nunca existiu em Alkmene — Beast apontou.

Ivar... realmente, nunca ouvi.

Sendo este um país relativamente pequeno, se houvesse algum químico ou engenheiro com esse nome, eu saberia.

— Talvez ele não seja daqui — deduzi. — Há qualquer indício de um novo dispositivo... arma química ou biológica?

— Bali desenvolvia os projetos em conjunto com Ivar. — Echos coçou a sobrancelha. — Na casa do Governador, não achamos mais planos, além dos já executados.

— Temos o *status* das áreas afetadas pelos planos dos filhos da puta? — Exalei fundo.

— O que restou da Brigada Vermelha, sob as ordens do rei Callum, está verificando os locais de ataque — Beast explicou. — No navio, por exemplo, mesmo não havendo sinais de sobreviventes, ficou claro que foram submetidos a um vírus... parecido com o que assolou os humanos no passado, originando sua espécie.

Se eles conseguiram identificar e isolar o vírus... estão a um passo de conseguir uma cura. Sol. Liberdade. No entanto...

— Há risco de contágio para quem está na ilha? — preocupei-me.

— Sem dúvida, não. — Beast chegou a mover a cabeça ao negar. — O pessoal lá de Rosys está com parte desse material, e já analisaram um pedaço de tecido encontrado no navio.

— E o paradeiro dos desgraçados? — dirigi-me a Echos.

— Nenhuma informação, mas falamos com Mars, que está pessoalmente com essa função, e ele nos afirmou que apenas a Divisão Magna partiu de Alkmene. Nenhum visitante ou morador usou nossos portos. A ordem de fechar as vias marítimas, dada pelo General Darius, ainda está em vigor.

Soltei os braços ao lado do corpo e fechei os punhos.

Eles sabem que serão caçados até o último lugar do meu país. Em algum momento, vão tentar usar os portos, já que não há outro meio de sair de Alkmene. Quando tentarem, não vão conseguir, porque os meus soldados estarão lá. Os cretinos miseráveis não têm para onde correr.

— Além das provas que recebi no celular — pensei alto —, fotografias enviadas por Mia e o vídeo de Beast, há mais algum documento incriminatório? Vamos precisar de tudo para fazê-los pagar.

— Não diria incriminatório, mas algo suspeito? Ah, isso sim. — Echos se levantou. — Eu e Beast achamos, na casa do Astradur, notas contratuais para a instalação de um sistema de segurança: câmeras, travas... o pacote completo.

— Instalação na casa do ex-governador de Gila? — inquiri.

— Não... — Beast fez uma careta enquanto coçava o rosto, frustrado. — Aí é que está. A planta baixa do edifício não bate com nossa arquitetura. Não está construída em Alkmene. — Meu amigo bufou. — Astradur parece querer manter alguém sob constante vigilância.

Vendo-me confuso, Echos se adiantou.

— Não era um cofre, um armazém, nada disso. Parecia um presídio de segurança máxima. Com camas e compartimentos separados por grossas paredes e bem distantes um do outro. Se eu puder dar um palpite sobre esse prédio, diria que tem isolamento acústico.

— É para lá que eles vão — afirmei. — Quero que entrem em contato, descubram o que puderem sobre as empresas que prestaram serviços para esse lugar. Devem manter registros.

— Estamos nisso. Vamos pessoalmente conduzir a operação e...

— Eu vou participar — informei.

Beast e Echos se entreolharam.

— *Alteza*, dentro de suas limitações, como rei, lembre-se que você não poderá se ausentar constantemente de Alkmene. — Por mais que Beast estivesse brincando com meu título, ele tinha um bom ponto.

— Nem vocês.

— O quê? — Beast questionou.

— Como assim? — perguntou Echos.

— Em breve, começarei os trâmites para minha coroação. — Andei pela sala. Meus olhos se fixaram no incenso. — Mas quero antecipar um pouco isso e avisá-los a respeito da decisão que tomei. Deixo claro que os últimos acontecimentos...

— Cara, você tá falando como um rei. — Beast ergueu as mãos, com as palmas viradas para a frente, pedindo-me para ter calma. — Relaxa.

Sorri e pensei que eles não faziam ideia...

— Eu vi vocês lutarem por Alkmene, pelo que acreditam. A inteligência, força em combate e tudo que trouxeram à superfície quando optaram por se juntar a mim. Se conseguimos, é porque fizemos isso juntos.

Beast saiu da mesa e se aproximou. Echos já estava em pé, e também veio para perto.

— Não fomos *exatamente* os três mosqueteiros, mas... — brincou. — Mia pode ficar com o papel de D'Artagnan.

Ela ficaria sexy como uma mosqueteira.

— Gosto disso — concordei com Beast.

O sorriso do *shifter* ficou mais largo.

— Vocês foram fodas. Nós fomos. — Levei a mão à nuca. — Quero compartilhar com vocês o meu primeiro decreto. Vou abolir "Duque Real" da aristocracia de nosso clã. Eu odeio essa merda de nome.

— O que vai ser, então? — Echos achou estranho. — Não terá um braço direito? Vai ser Primeiro Ministro? Vamos nos tornar uma monarquia parlamentar? — metralhou suas perguntas sem tomar fôlego.

— Não, Echos. — Cruzei novamente os braços. — Eu não terei um Duque Real, terei um Primeiro Duque. Você.

Echos ficou completamente surpreso, a boca entreaberta e os olhos arregalados. Ele passou a mão nos cabelos, jogando-os para longe do rosto.

— Mas... — sussurrou, desnorteado. — O *quê*...?

— Irei nomeá-lo Primeiro Duque.

Echos sorriu e quase que imediatamente franziu as sobrancelhas.

— Você está dizendo...

— Que será o administrador que eu preciso, que confio e que tenho certeza de que poderei contar.

— Orion...

— Não aceito não como resposta. — Virei para Beast. — E eu vou precisar de um novo General.

Ele riu, nervoso.

— Não está falando sério, né?

— Estou sim.

— Como?

— Você comandou um exército de *shifters* sozinho. Se colocou à frente de um ataque em King Castle. Dominou uma situação extraordinária quando um gás tóxico foi liberado, invalidando todos os vampiros. Eu caí, e você foi quem ficou em pé.

Beast ficou sério, e o silêncio reinou por um tempo. Echos dobrou-se em um joelho, e Beast seguiu seu movimento.

— Como Primeiro Duque, prometo que irei honrar o seu voto de confiança.

— Como General, juro que cuidarei da segurança de nossa ilha.

Eles se levantaram, e eu sorri para os meus amigos, que seriam meus aliados quando me tornasse o soberano de Alkmene.

— Orion, mas e a Mia? — Beast questionou.

Meu coração acelerou só com a menção do seu nome.

— Ela será a minha rainha.

Antes que pudessem processar o anúncio, meu celular tocou e o puxei da farda. O número de Mars apareceu na tela e o coloquei no viva-voz.

— Estou com Beast e Echos. Me fale, Ma...

— Sem tempo para regras sociais. Uma pequena embarcação sairá de Creones. Não está registrada e suspeito que seja...

— A rota de fuga de Bali e Astradur — completei.

— Por que agora? — Echos questionou.

— Por que *não* agora? — rebateu Mars. — Alkmene está envolvida com a Cerimônia de Despedida. Grande parte dos militares está nos jardins de King Castle. Quer momento mais oportuno que esse?

— É quase como um feriado. A população está distraída — ponderou Beast.

— Tentei avisar ao porto de Creones, mas ninguém atendeu. Enviei uma equipe particular para o local, mas eles demorarão a chegar. — Mars exalou, irritado. — Tinha colocado meu pessoal em Minas Irindill, achei que era o único buraco que Astradur poderia se enfiar, mas estava errado. Enfim, vocês têm que sair daí. Agora.

Já estávamos nos movimentando para fora do escritório. Beast virou à esquerda, em direção à porta principal.

— Beast... Beast, espera. Pegarei os atalhos subterrâneos de King Castle. — Com a mão livre, segurei na manga de sua camisa branca, ainda com o celular na outra. — Tanto foi usado para ir contra o Reino, agora servirá para pegarmos os desgraçados. Mars, eu...

Ele já tinha desligado a ligação.

— Porra! — vociferei. Cheguei a espremer o telefone entre os dedos, estalando-o. — Ele não espera eu terminar de falar!

— Precisamos avisar ao rei — Echos pontuou.

— Não dá tempo. — Procurei Mia com o olhar. Ela franziu o cenho imediatamente ao nos ver e começou a se aproximar. Virei as costas, em um pedido silencioso para que nos acompanhasse. — Nós vamos pegar o elevador e descer. Lá embaixo, os túneis largos terão meios de locomoção. Chegaremos em Gila em dez minutos.

— Então, vamos pegá-los — Beast rosnou.

— O que aconteceu? — Mia perguntou, chegando ao meu lado.

— Os filhos da puta estão se preparando para fugir agora.

— Vão descendo... — Beast falou. — Encontro vocês em um minuto. Reunirei a Brigada Real e quem mais estiver aqui.

Nos separamos de Beast quando entramos no elevador. A ira foi me cegando lentamente. O sangue se agitou em minhas veias, a ansiedade em pegá-los e matá-los com minhas próprias mãos crescendo a cada minuto. Pensei na Cerimônia de Despedida que tínhamos acabado de ter. As pessoas que se foram, os gritos clamando meu nome, ansiando por justiça.

— Bali é meu — Echos rosnou, a voz feroz do *shifter* quase completamente animal.

Virei-me para o meu amigo.

— Feito — garanti.

— Você vai sem sua espada? — Mia me observou.

— Pegarei uma arma com um dos guardas no caminho. Não temos tempo para buscar minha katana. — Apesar da rispidez em meu tom de voz, Mia compreendia que não era direcionado a ela. Anuindo, virou-se para encarar o visor que marcava os andares de modo decrescente.

-2... -3... -4...

Mia tornou a me olhar, o cenho ainda mais franzido. Ela ergueu o indicador, pensativa, os lábios entreabertos.

— Isso é...?

— O quê?

— A música de elevador? — Echos perguntou, erguendo uma das sobrancelhas.

Mia moveu a cabeça, aquiescendo, ao mesmo tempo em que parecia se recordar da canção.

— É Bossa Nova. É do Brasil. Já estive lá. Matamos alguns vampiros...

As portas deslizaram lentamente e eu quase as empurrei para abrirem de uma vez. Chegamos à passagem larga dos túneis, e soldados armados guardavam o local.

— Ei, você! — Apontei. — Uma pistola. Rápido.

O homem entregou-me imediatamente a sua.

Foi o tempo de colocá-la no cós da calça, encontrar uma moto veloz e montá-la. Mia subiu, logo atrás de mim, segurando-se em minha cintura. O som do acelerador chamou minha atenção para Echos, que já estava fazendo o mesmo. Dei partida, e olhei para Mia.

— Eu vou acelerar.

— Eu sei. — Seus dedos se apertaram no meu dólmã.

Por cima de seu ombro, vi Beast passando pelas portas do outro elevador, com uma equipe grande. Ele assentiu. Com um gesto, me disse que estava pronto.

Olhei para a frente.

E, num piscar de olhos, King Castle ficou para trás.

Aline Sant'Ana e Clara de assis

Trinta e Cinco

Orion

Por mais que eu quisesse exigir toda a potência da Ducati, o piso molhado me fez ser prudente, realizando as curvas com cautela, quase deitando a moto no chão para a direita e a esquerda. Cairmos nos túneis apenas nos atrasaria e tínhamos o dever de buscar Astradur até no inferno, se preciso fosse.

Não levou dez minutos, fizemos em oito.

Encontramos a equipe que fazia a investigação no bunker do Governador. Corremos pelo local quase vazio. Caixotes abertos, restos de madeira no chão, evidências de que ali havia algo acontecendo.

Quase parei quando vi um tanque vazio. Entre pilastras, exatamente como Mia descreveu. Antes, trazia vida para o propósito deturpado. Agora, apenas cinzas. O monumento da barbárie feita sob a casa do ex-governador.

Ela e Beast encararam-no com horror.

Continuamos a correr até chegarmos ao lado de fora. Não havia tempo para responder às mesuras ou receber condolências pelo dia da Cerimônia. Ordenei que me entregassem as chaves do jipe militar Humvee ao mesmo tempo que os demais seguiam para fora do bunker. Os soldados, de prontidão, aguardaram com expectativa para saber o que deveriam fazer.

— Você, você e você continuem a manter a vigilância do local. Os demais venham conosco para o porto de Creones.

— A informação é de que o ex-governador e o Duque Real deposto tentarão sair pelo lado oeste da ilha — complementou Echos.

O soldado jogou as chaves e as peguei no ar. No entanto, Mia se adiantou, tirando-a da minha mão.

— Mia... não temos tempo para...

— Orion, *Vossa Alteza* já dirigiu um desses? — Ela abriu a porta do veículo.

— Não, mas carro é carro! — resmunguei.

Ela riu, sem humor. Echos e Beast entraram logo atrás, sem questionar.

— Dessa vez — Mia me encarou, séria —, eu dirijo.

E estava certa. O painel era completamente diferente do que eu imaginava. Entre os bancos dianteiros, havia um grande espaço preenchido por um monte de equipamentos: rádio de comunicação e outros aparelhos que eu não soube identificar. O volante era similar ao de um caminhão, e havia mais mostradores do que um carro comum.

— Eu vou ser um General e não sei dirigir essa merda — Beast comentou.

— Você terá tempo para aprender — Mia respondeu, acelerando o Humvee.

— Quer dizer que já sabe do meu futuro novo cargo?

— Já, e estou feliz. Echos, também sei que será um ótimo Primeiro Duque.

— Vou administrar com senso de honra e dever, senhorita Mia — Echos prometeu.

— Não esperaria nada de diferente. — Mia desviou o olhar da estrada para mim e moveu os lábios em um sorriso singelo.

Em seguida, seu semblante tornou a se fechar. Ela apertou o volante com ainda mais força e acelerou. O motor rugiu pela urgência de nossa missão.

Os pensamentos voaram sem que eu pudesse impedir.

Donn ainda criança. Eu não era tão mais velho. Foi uma ótima época. Meu primo se inclinou para sussurrar no meu ouvido a respeito da mulher de cabelos escuros e sorriso largo ao lado do tio Vallen: *"Essa é Lady Gwennever Reeves. Vai ser minha madrasta. Quer apostar?"*. Darius e Warder nos advertiram com o olhar. Estávamos prestes a subir mais um lance das escadas pelo lado de fora do guarda-corpo, nos equilibrando no espaço minúsculo do mármore.

Virei o rosto para trás, observando Echos com o olhar perdido para o lado de fora. A paisagem entre Gila e Creones passava rápido demais, tornando impossível se fixar no cenário.

Julieth Haylock.

"Alteza, perdoe minha indiscrição... mas aquele shifter, vosso amigo... o filho do Barão de Egron, ele... foi o que retornou da universidade, na Europa?"

Mia abruptamente freou, os pneus produzindo fumaça ao travarem, levantando poeira e barulho. Quando o som do Humvee cessou, escutamos tiros no porto de Creones. Não esperamos nem meio segundo e saímos do jipe. Puxei a arma, destravei e nos protegemos atrás do veículo militar. Observei ao redor e não vi Astradur, apenas seus homens atirando nos meus.

Filho de uma...

Echos, impulsivamente, se levantou, antes que qualquer um de nós pudesse pará-lo. Foi de peito aberto com a arma em punho, e atirou, aos gritos. Mia se lançou sobre ele rapidamente, fazendo ambos rolarem no chão. A ansiedade para capturar Bali Haylock calava seu bom senso. Arfando, Mia olhou para mim, já à distância. Naquela troca, soube que ficaria ao lado do Barão de Egron.

— Esquerda, Beast.

Ele assentiu.

Seguimos depressa para o lado oposto ao que Mia e Echos foram; precisávamos dar a volta na estrada. Ainda procurávamos pelo ex-governador de Gila e o antigo *Duque de Merda* em meio aos sons de tiro e correria dos nossos soldados, buscando se posicionarem da melhor forma possível.

Durante a troca de tiros, Beast acertou um homem no peito, e eu mirei e atirei em outro, perfurando o exato ponto entre as sobrancelhas. Encontramos mais dois, que tiveram o mesmo destino. Curvados, corremos para trás de um jipe, a fim de nos protegermos. Estudei o cenário. O porto pesqueiro era isolado. Nos poucos armazéns, homens de Astradur e Bali nos atacavam, pretendendo manter suas posições e nos impedir de chegar ao deck.

Espertos pra caralho.

Os disparos, vindos de pontos dispersos, fez com que pensássemos na desvantagem numérica em que eles se encontravam.

Vamos matar esses filhos da puta.

— Granada! — um gritou.

A explosão, junto ao som ensurdecedor, me atingiu e me pôs em movimento. A nuvem de fumaça branca foi a chance que eu precisava. Fiquei em pé, e fui direto para o soldado que percebi que não era morador da minha ilha. Avancei em segundos e, para não denunciar minha posição, fui direto para a arma apontada em uma direção cega e impedi seu braço de se mover. Ele não viu o que o atingiu quando a arma caiu no chão. Quebrei seu pescoço, ouvindo o estalo alto dos ossos se partindo, e Beast me acompanhou, fazendo o mesmo com um vampiro à nossa esquerda.

A nuvem de fumaça se dissipou, e nós rolamos. Meus olhos não paravam de buscar os desgraçados que começaram essa merda. Desviei quando a sequência de tiros veio em nossa direção, perfurando a parede do armazém.

— Chão! — Beast gritou.

Ele se deitou, e eu também. Nos enfiamos sob um Humvee. Os inimigos se aproximaram, e escutei suas vozes.

Quatro, cinco, seis homens?

— Você é rápido, Orion — Beast pontuou, ofegante. Recarregou a arma e me encarou. — No três. Pé e cabeça. Nessa ordem.

— No três — confirmei.

— Se não der certo, eu me transformo.

Assenti.

— Um — eu contei.

— Dois — Beast seguiu.

— Três — falamos juntos.

Dois tiros rápidos no pé direito e esquerdo dos bastardos. Eles caíram, urrando de dor, e eu explodi seus miolos. Saí debaixo do Humvee, e Beast me olhou do outro lado.

— Caralho, arma não é uma coisa muito prática — resmunguei.

— Mas é eficaz.

A sequência de acontecimentos passou despercebida pela adrenalina correndo em minhas veias, adicionada ao sangue humano no meu organismo. Cabeça, coração, estômago. Troquei de pistola várias vezes, carregando armas distintas, pegando dos corpos no chão.

Uma Taurus 9mm... Bom.

Atingi os homens, sem me importar com quem eram ou o que faziam ali, ansiando pelo momento em que teria o cano da pistola apontado para a cabeça de Astradur.

O som do tiro e o baque do corpo do último que atingi me fizeram perceber que Beast e eu tínhamos ido para longe da água.

— Precisamos voltar.

— Aqui está limpo — Beast concordou.

Movi a cabeça, afirmando.

Com armas em punho, demos a volta em um dos armazéns. Nosso objetivo era chegar ao deck do porto seguindo o som do enfrentamento. Do outro lado de onde estávamos, poderíamos cercar os homens ou impedi-los de chegar ao mar.

Os sons dos projéteis atingindo metal, madeira, perfurando corpos foram calados um por um.

Até não restar mais nada.

A espada de Mia.

O clique do engatilhar de uma arma nos fez estacar. Beast e eu nos entreolhamos. Das sombras, o sorriso maldoso foi o que vi primeiro no rosto do estrangeiro, mirando em Beast, observando nossas roupas, diferentes dos outros uniformes.

Merda.

Atrás de mim, ouvi passos lentos se aproximarem. A voz era carregada com um sotaque.

— *Coloquerremm* as *arrrmas* no chão e chutem *parrra* longe.

Beast ergueu uma sobrancelha para mim e não respondeu.

Aqueles não eram vampiros nem shifters*... eram humanos.*

— Vocês não são *sorrrldados*... — o outro disse.

Estudei-os.

— E vocês são mercenários — respondi.

Não seria rápido o bastante para conter o homem antes de ele puxar o gatilho e atingir meu amigo. Assim como Beast não poderia fazer nada, se estávamos rendidos. Talvez ele se transformasse. Ainda assim, o processo natural era lento.

Ao ouvir minhas palavras, o mercenário se posicionou na diagonal à minha direita. A risadinha do segundo homem foi irônica.

— Sim. E *morrrortos* vocês valem mais.

Beast começou a respirar mais rápido e fechou as pálpebras. O som que veio do seu corpo denunciou, para mim, o que faria.

Suas mãos cresceram e os olhos se abriram, a parte branca quase toda oculta pela cor negra de suas íris. O homem atrás de mim arfou. Ouvi o tremular da arma antes que pudesse pensar em atirar.

— *Lobisorrromem!*

O estampido da arma soou alto quanto puxou o gatilho. Ouvi o metal ser atingido e o segundo mercenário, ao lado esquerdo de Beast, levou um tiro na têmpora, explodindo seu cérebro. O sangue, junto com os miolos, jorrou na cara de Beast. Com o susto, o outro gritou, a arma foi jogada em nossa direção e Brad, que tinha o rosto coberto de pelos, desviou facilmente.

— Ah, caralho, que nojo — Beast resmungou baixinho, retrocedendo a transformação.

Virei. Não sabia se as palavras do meu amigo eram por seu rosto imundo ou pelo homem que eu encarava agora. Pela primeira vez, prestou atenção em quem tinha pego. Senti a movimentação quente das minhas íris vermelhas, as presas crescendo em minha boca enquanto levava a ponta da língua para elas. Uma poça de urina se formou aos seus pés. Ele estava congelado no lugar. Apavorado.

— Vo-vo-você lo-lo-bi...

Sorri largo, com os caninos à mostra.

— Eu não.

— *Vampirrrro!*

Brad resmungava sobre lavar o rosto com álcool. Avançávamos, furtivos, sem saber o que esperar, já que os sons se foram. Precisava achar Mia. Brad levou o braço até meu estômago, impedindo-me de continuar. A mão livre da arma foi para sua boca, me pedindo silêncio. Podiam ser nossos soldados. Mas, então, ouvi aquele forte sotaque e uma risada feminina.

Meu amigo arregalou os olhos no mesmo segundo em que percebi que era...

Constance.

— Vamos rápido! Não tem ninguém aqui. Foram para o outro lado... nos armazéns.

— Já *disserrrram* que é muito mandona, moça?

Ela riu de novo, como se nada estivesse acontecendo.

Encarei Beast, sinalizando para a seguirmos. Concordou com um meneio de cabeça. Chegamos a uma parte aberta, a noite pouca iluminada naquela área. Constance se apressou, os mercenários armados fazendo uma varredura no perímetro.

De repente, Beast, em uma passada rápida, chutou uma lata. Ele rolou os olhos, ao mesmo tempo em que eu soltava um palavrão.

O metal à nossa frente foi repetidamente perfurado, nos impossibilitando de ouvir onde estavam. Olhei para minha *Taurus 9mm*, vendo a quantidade de balas. Não restavam muitas.

— Foda-se — Beast rosnou. — Vamos ter que agir.

— No três?

Fizemos a contagem e cada um foi para um lado, rolando, tomando cobertura e mirando, atingindo cegamente o que podíamos. Os desgraçados revidaram sem trégua. Quando respirei fundo, levei a mira até o ponto branco que se movia rapidamente em direção à água.

Dei três tiros sequenciais, e o último homem caiu. Procurei Beast, resfolegando pela pressa em perseguir Constance. Ele foi atingido na altura do ombro.

— Vai! — gritou e puxou do ombro direito o chumbo, jogando a merda no chão. Ele fez uma careta e grunhiu de dor. Hesitei. — Porra, eu tô bem... só foi um tiro.

— Caralho, Brad...

— Vai!

Percebi que, pela cicatrização relativamente rápida dos *shifters*, o sangue estava estancando. Acreditei em suas palavras, olhei para a frente e corri, com a *Taurus* na mão. Meus pés se moveram em uma velocidade assustadora e sanguinária. A roupa branca de Constance serpenteava à distância.

Eu vou te alcançar.

A onda insana e ilógica, a ira, um desejo sobre-humano de matá-la. Talvez, destroçando Constance com minhas presas, na pior versão do que eu poderia ser.

Isso me trouxe mais forças.

Dei um impulso, lançando-me sobre ela, derrubando-a e caindo no chão com dureza. Rolamos, e a arma disparou para a escuridão. Constance nem soube o que a atingiu, até que sua boca se abriu em reconhecimento.

A surpresa foi a minha aliada. No meio segundo que titubeou, pude apontar a arma e ficar em pé.

Constance riu, sem humor, e arrumou rapidamente os cabelos enquanto se levantava.

— Precisou disso tudo para você correr atrás de mim?

Senti, junto ao peso da arma, a responsabilidade de levar Constance a Ashes, como também a vontade de fazê-la sentir dor ali mesmo. Feri-la como ela, seu pai e Bali fizeram com a minha família.

Eu sabia que tinha que fazer o certo, mas por dentro... não queria.

— Torne as coisas mais fáceis, Constance. — Minha voz disse uma coisa, mas o ódio em mim disse outra. — Fuja, para que eu possa justificar sua morte.

Ela levou a mão à boca.

Dei um passo para frente, mirando mais perto.

— Um movimento... e eu vou cumprir minha palavra. Porque, até agora, não encontrei um motivo para você continuar respirando.

— Eu gosto dessa versão. Tão perigoso....

Coloquei o dedo no gatilho, um movimento leve que acariciou o metal. A raiva saiu de dentro do meu peito para o indicador.

— Orion! — Mia gritou de algum lugar. Eu estava tão absorto que não escutei ela e o exército de Alkmene chegar. Veio ao meu lado, com o foco no rosto de Constance. Seu semblante refletindo a mesma ira que a minha. — Onde estão Astradur e Bali?

Constance riu, com as mãos erguidas em rendição, mas não respondeu de imediato. Desviou o olhar, como se procurasse de cada lado.

— Não faço ideia... — Manteve o sorriso. A cada segundo, minha vontade de apertar o gatilho aumentava.

— Quais são as ordens, Alteza? — um dos homens da Brigada Vermelha perguntou.

Mia se adiantou e passou por mim, levando a mão até o cano da *Taurus*.

— Abaixa isso, Orion. Acabou para ela.

Exalei uma respiração quente.

— Orion...

— Eu sei. — Minha voz saiu bruta e baixa.

Lentamente, meu braço desceu, e a sensação foi como se assistisse a mim mesmo em terceira pessoa. Travei a arma, meus olhos em Mia. Se eu observasse Constance, a mataria. E, dessa vez, não deixaria que uma bala fizesse o trabalho.

— Alteza? — Ouvi o soldado, minha atenção ainda em Mia. — Devemos revistar Lady Constance?

Movi a cabeça, anuindo.

Os soldados não encontraram qualquer arma. Em seguida, ficaram de cada lado daquela víbora.

— Devemos algemá-la? — perguntou baixinho, confuso sobre o tratamento que deveria dar a uma Lady.

— Me algemar? — Constance teve a decência de parecer chocada. — Mas eu não sou uma criminosa comum...

— Tem razão — Mia respondeu. — Você é pior.

— Eu não posso chegar na cidade algemada, eu não fiz nada! Orion...

— Príncipe Orion! — gritei. — Algeme e amordace ela.

— Por favor, não posso ser humilhada desse jeito. Eu sou uma dama da sociedade de Alkmene, eu...

— Você é a inimiga da nossa Nação e uma foragida, Constance. Eu mesma vi a dama da sociedade, junto ao pai, no bunker do ex-governador, se gabando pela inteligência dos planos. — Mia se aproximou, encarando-a quase olho no olho. — Oh, consigo ver a surpresa em seus olhos. Vai ser um prazer algemá-la.

Senti o sorriso no tom da minha *Ma'ahev*.

— Não... eu... eu...

Vi Beast e Echos chegando atrás de onde Constance e o nosso exército estavam. O olhar do Barão de Egron foi direto para ela. Beast tentou pará-lo, mas meu amigo tinha a vingança em sua expressão. Por um segundo, atentei para o lugar onde antes estava a ferida de Beast. Parecia cicatrizar pouco a pouco. Assenti para ele, garantindo que poderia deixar Echos se aproximar.

— Onde está Bali? Onde está o seu pai? — Echos a interrogou, cada letra marcada pela raiva.

Constance deu um passo para trás e Mia a segurou pelo braço.

— Eis sua chance de não ser arrastada pelas ruas, daqui até King Castle, algemada e amordaçada. Diga, onde estão os outros? — Mia pressionou.

Constance revirou os olhos.

— E quem mais está nisso com vocês? — Travei o maxilar. Não ia aguentar mais um minuto daquela merda. Cheguei a dar um passo à frente, quando Constance choramingou.

— Eu não sei, juro! — prometeu, os olhos brilhando.

— Tudo bem, vai ser do meu jeito, então. — Mia pediu a algema para o guarda, que se aproximou, puxando os braços de Constance para trás. — Particularmente, vou adorar ir te arrastando por toda a cidade do rei, chamando o povo de Alkmene para ver a moça educada e refinada...

— Espere, espere. Isso não é justo, eu sou uma mulher!

Mia arqueou as sobrancelhas.

— A senhorita Black é uma mulher. — Beast fez uma careta. — Você é uma morcegona louca.

Constance tentou puxar o braço do guarda, que acabou cedendo, sem saber também como deveria agir. Esfreguei a mão livre no rosto, cada vez mais nervoso.

— Fala logo, caralho! Ou vou transformar a sua vida em Ashes em um verdadeiro inferno. Vou colocá-la em uma solitária, se alimentando de comida humana pelo resto dos seus dias, sem nunca mais ver a luz das estrelas.

A dissimulação parou. Os choramingos cederam lugar para um sorriso inteligente que dizia que Constance sabia muito mais do que estava dizendo. Ela me encarou com seriedade.

— Orion, querido, isso não vai acontecer.

— Alteza! — um dos guardas gritou.

Não vi a explosão propriamente dita, apenas a cor do fogo no rosto e nos olhos das pessoas que estavam na minha frente. Tudo se iluminou. Houve um som ensurdecedor. O chão vibrou sob meus pés. Constance sorriu. Ela não estava surpresa. Virei-me quando os gritos vieram, madeiras voando e, em seguida, caindo no chão. Metade da minha equipe estava cobrindo o perímetro, e acompanhei alguns dos meus homens queimarem enquanto corriam em nossa direção.

Por mais que eu quisesse ajudá-los, a verdade me atingiu com força. Aquela era a rota de fuga, era o momento em que aqueles demônios sairiam para a liberdade.

Bali e Astradur estavam ali.

— Agora! — gritou um dos soldados, movendo sua equipe. — Vamos!

— Bali Haylock vai fugir por ali — Echos rosnou.

O desespero com a possibilidade dos responsáveis pela morte de Julieth estarem tão perto o fez bradar na forma humana. Pela ira, a transformação veio rápida. Echos dolorosamente grunhiu quando sua pele foi desfigurada em pelos, os membros, em patas e sua estrutura convertida em um tigre siberiano.

Ele desatou a correr.

— Caralho, Echos! — Beast vociferou, arrancando a roupa, usando sua raiva para fazer a mesma transformação. — Não pode matá-los, eles têm que apodrecer em Ashes. Volta aqui, porra!

Constance dificultou meu ímpeto de ajudá-los quando travou no lugar, pedindo para não ir. Mia colocou a espada mais perto do seu pescoço, calando-a imediatamente. O exército correu, fortemente armado, em direção ao armazém. Novamente, a pistola em minha mão apontou para a cabeça de Constance.

— Por favor, resista. Por favor — disse entre dentes. Calor cobriu minha pele. Ira correu em minhas veias. Minha visão tingiu-se de vermelho.

À distância, Beast correu para alcançar Echos, muito adiantado em relação a nós. No meio do caminho, Brad se tornou um urso. Agarrou Echos no ar, e os dois rolaram no cimento entre o porto e o galpão em chamas. O tigre siberiano rugiu para o urso pardo, exigindo que o soltasse. Beast urrou de volta, suas patas mantendo Echos no lugar.

Isso o pararia.

O exército de Alkmene correu a toda velocidade até chegarem a Beast e Echos. Então, foram além, até desaparecerem de nossas vistas. A explosão queimava a madeira, e a fumaça negra indicava que ainda havia fogo.

Mia empurrou Constance, que quase não queria se mover.

— O que vocês querem? Não posso me mexer, nem correr, senão o *Príncipe* Orion vai atirar no meu lindo rosto. Vou ficar aqui...

— Você vai fazer o que eu disser para fazer. E, no momento, é para andar. — Mia perdeu a paciência, empurrando-a.

— Ai, como você é bruta! — reclamou Constance. — Ninguém te deu modos? Ah... você não sabe o que houve com sua mamãe.

Dei um passo e fiquei em frente a Constance. Meu maxilar travou, a fúria saindo de mim a cada respiração. Coloquei a *Taurus* embaixo do queixo da filha de Astradur, fazendo-a me encarar.

— Uma palavra sobre Mia... — Seu queixo subiu mais.

— Tá, tá... eu vou andar.

Livrei-a do aperto.

— Meus pais foram cidadãos honrados de Alkmene. Você pode dizer o mesmo dos seus? — Mia questionou.

— Lutaram pelo que acreditaram.

— A custa de quantos inocentes?

Constance deu de ombros.

Caminhamos de costas para o mar, indo em direção ao fogo. Alguns homens caídos formavam uma trilha de mais crueldade. Precisei fechar os olhos por um segundo, inspirando fundo.

Não consegui me segurar.

— Aparece, Astradur! — gritei, alto o bastante para ele me ouvir. — Vem ver o que tenho aqui.

Nenhuma voz, além dos gritos dos que ainda permaneciam vivos.

— Não verá sua preciosa filha antes de ser colocada em Ashes? — Aumentei ainda mais a voz. — Você sabe que ela não consegue ficar com a maldita língua parada. Constance vai me dizer em que buraco você se enfiou. Então, poupa meu tempo.

Novamente, o silêncio.

— Meu pai não está aqui, seu principezinho de merda!

Olhei sobre o ombro. Mia empurrou Constance, que tropeçou em um dos corpos e caiu. Ela arfou, machucada, dizendo algo sobre seu tornozelo. Quando me aproximei para erguê-la, dei de cara com o cano de uma pistola apontado entre meus olhos.

Constance se levantou lentamente, sem perder a mira. O rosto sério, compenetrado, observava cada movimento nosso.

— Solte a arma — exigiu.

Não respondi e não movi um músculo para obedecê-la.

Ela exalou o ar com raiva e virou a arma para Mia.

— Agora.

Atrás de nós, o som do motor de uma lancha pequena sobrepôs o crepitar furioso das chamas do armazém.

Então, eu soube.

Desgraçado.

Constance sorriu, andando lentamente, sem dar as costas para nós. Mia ainda segurava Herja, sua espada, apontando para a filha de Astradur, acompanhando cada passo seu.

— Apenas venha, Constance.

O grito vindo da lancha era a voz odiosa do Duque de Merda.

— Renda-se, Astradur, não há lugar no mundo em que possa se esconder! — Mia falou alto o bastante para que ele pudesse ouvi-la.

— Dê meia-volta. Estamos com Constance.

— Oh, querido... eu que estou com você — ela sussurrou, atenta somente a mim.

Tentei me aproximar de Mia, analisando friamente Constance. Por mais forte que ela parecesse, estava com medo de não chegar à lancha do pai. Deveria estar pensando em como faria para entrar. Com ou sem arma, ela estava em desvantagem numérica. A lancha se afastou, pouco a pouco.

Ele não a deixaria, não é?

Fiquei ao lado da minha *Ma'ahev* e consegui atrair a atenção do cano da arma de Constance.

Isso, mira aqui. Não nela. Em mim.

— Astradur, eu não vou falar mais uma vez — gritei. — É a sua chance de não fazer uma merda ainda maior. É a chance de fazer o que é certo pela sua filha. Não poderemos poupar a vida de Constance. Entregue-se ou...

— Querem fazer uma troca? — respondeu. — A vida da minha filha pela liberdade?

Mia desviou o olhar rapidamente, vendo além de mim.

— Eu tive a chance de matá-la mais cedo, mas não o fiz, Astradur. Como futuro regente do clã Redgold, não posso deixá-lo ir.

Sequer desviei o olhar para vê-lo, estava focado em Constance, nas mãos firmes dela, e na atitude de não saber o que fazer.

— Não trocarei a minha liberdade por uma filha. Posso ter outro daqui a cinquenta anos.

No segundo em que as palavras do pai de Constance saíram, o semblante dela se desmanchou. O reconhecimento de quem era aquele homem, o desprezo passando em seu olhar. A mesma dor que enxerguei nos vampiros próximos a mim quando perderam quem amavam.

A constatação de que Astradur era um verdadeiro monstro.

A arma de Constance tremeu, acompanhando o movimento de sua mão. Ela desviou a atenção de mim para olhar na direção de seu pai, afastando-se cada vez mais da costa. Ele acelerou, não deixando dúvidas de que havia desistido da filha. Constance tinha o rosto marcado pela raiva. Sua boca se abriu antes de o urro soar mais alto do que o motor da lancha, que ganhava velocidade.

Foi tudo tão rápido. Ao mesmo tempo, pareceu durar uma eternidade. Sua mão tornou-se novamente firme na coronha e seu braço ergueu-se um centímetro a mais. No instante seguinte, a pistola escorregou de seus dedos, e um disparo atingiu a areia negra da praia em Creones. O grito de Constance foi afogado em sua garganta, conforme a lâmina da espada de Mia deslizava, transpassando a pele do pescoço de uma só vez.

O corpo de Constance caiu inerte.

— A morte dela foi em vão?

— Não — afirmei. — Demos uma coisa para ele perder.

— Astradur não pareceu sentir... nada.

— Talvez ele não tenha sentido. Talvez, nunca tenha amado qualquer coisa além de seus planos manchados pela ambição. Mas essa é uma parte de toda a justiça que posso oferecer a Alkmene, enquanto não pego o desgraçado.

— Com grandes poderes vêm grandes responsabilidades.

— Stan Lee.

— É.

O exército de Alkmene retornou com Beast vestido, por ter tirado as roupas, e Echos, em farrapos, quase nu. A expressão em seu rosto trazia justiça, e eu não compreendi até ver, atrás dele, Bali Haylock, escoltado por dois militares.

Aline Sant'Ana e Clara de assis

Trinta e Seis

Mia

Três semanas depois.

Meu *Ma'ahev* se tornou uma força da natureza.

Nas últimas semanas, o clã Adamo sofreu um novo ataque, o que nos trouxe a inevitável nomeação do rei Callum como Embaixador. Não podia imaginar como Titus estaria lidando com a situação em seu país.

Ao menos, os rumores sobre o rei Callum — conhecido por ser justo e bom — ajudaram a Aliança a encontrar seu caminho com os clãs, servindo para acalmar os ânimos e diminuir a frequência dos ataques. Quando confirmado que o príncipe do clã Redgold ascenderia ao trono como rei de Alkmene, uma audiência entre um dos clãs rebeldes e membros da Aliança foi marcada. Ainda que não parecesse muito expressivo, era um bom começo. No entanto, eu sabia que o trabalho da Divisão Magna estava longe de acabar.

Suspirei, lembrando de uma conversa que tive com Orion sobre o assunto. Os lábios dele diziam uma coisa e seu olhar, outra. Ao afirmar que partiria em breve para me unir novamente à Divisão, ele demonstrou apoio. *É o seu trabalho*, ele disse, um minúsculo sorriso despontando em seus lábios, mas os olhos... boa parte daquelas chamas havia se abrandado, entristecido. Avisei-o de que voltaria, que continuaria sendo sua *Ma'ahev*, e que não ficaria tanto tempo fora, Orion me garantiu que agora eu tinha um lar para voltar.

Logo depois, conversei com Warder a respeito da minha partida para a Divisão Magna, com o coração dolorido pela escolha que tive que tomar. O homem, que não fora apenas um tutor, mas sempre agiu como um pai para mim, chamou minha atenção para a enorme quantidade de trabalho a se fazer em Alkmene. Com o lugar de Anson Eymor vago, Warder teria de lidar também com as turmas para treinamento em batalha.

"Às vezes, Mia, temos tanta vontade de curar o mundo, que não enxergamos que em nosso próprio país há muito a se fazer. Sei que você quer conter, junto com a Divisão Magna, os rebeldes, mas o rei Callum cumprirá seu papel como Embaixador. Em Alkmene, temos pessoas que também querem fazer o bem. Não seria bom juntar essa força? Apenas precisam de um líder experiente, que tenha viajado, e que saiba como torná-los guerreiros melhores."

Meu trabalho na Divisão Magna foi importante, e serviu como experiência para que eu percebesse um propósito muito maior. Tive consciência do que Warder quis me dizer naquela conversa, e, antes que pudesse perceber, busquei Orion, ouvindo meu coração bater nos tímpanos, emocionada, para falar que... eu *tinha* que ficar. Ele agiu, primeiramente, como se eu apenas estivesse notificando-o, mas seu sorriso e seus beijos que vieram depois me mostraram a gratidão pela minha escolha, e uma consciência que provavelmente ele também tinha, mas me respeitou o suficiente para que eu enxergasse sozinha.

A rainha Stella se aproximou, livrando-me dos pensamentos. Usava um vestido longo, negro, de corte simples e estruturado, e, no lugar da coroa, uma tiara de rubis. Ao longe, o rei Callum conversava com um representante da Aliança, ambos com o semblante carregado.

— Está tão compenetrada, Mia — observou, com o mesmo timbre suave de sempre.

— Majestade — cumprimentei com uma mesura.

— Mia, não seja teimosa, pensei que já havíamos nos acertado quanto a isso.

Olhei ao redor.

— Mesmo... diante de outras pessoas? — Minha voz não passou de um sussurro.

A rainha Stella sorriu.

— Não acha estranho que esteja dividindo o quarto com meu filho, mas continue agindo, *diante de outras pessoas*, como se fosse apenas uma hóspede em King Castle?

Não soube o que responder. Desde a Cerimônia de Despedida — a noite fatídica em que Astradur fugiu —, eu não usava mais as cores destinadas a uma *Lochem*. O próprio rei Callum pedira para que eu fosse apenas Mia Black. Qualquer necessidade de *prova* em relação a Orion não passaria de mera formalidade. Todo o clã Redgold reconheceu a capacidade e a competência do príncipe de Alkmene, não apenas isso, mas seu ímpeto e coragem de manter o clã a salvo, mesmo que fosse necessário morrer para isso.

— Tem razão... Stella.

— Eu tenho, não é? — descontraiu.

A rainha segurou minha mão entre suas palmas.

— Orion deve chegar a qualquer minuto — comentei, mais para mim do que para ela.

— A essa altura, já terminou de ser *sabatinado* pelos membros da Aliança. Sempre pensei nesse rito como algo de péssimo gosto. Deselegante, para dizer o mínimo. — Tentou disfarçar seu nervosismo, mas percebi.

— Orion está preparado para jurar manter a união entre os clãs; conhece as nuances de ser um rei.

— Pensei que recusaria passar por esse ridículo.

— Acho que... ele entendeu que ser um bom rei é aguardar o momento certo para demonstrar sua vontade ao invés de impor.

A rainha Stella sorriu e olhou-me nos olhos enquanto apertava minha mão na dela.

— A melhor *Lochem* que Orion poderia ter.

— Seu filho estava se preparando para assumir o trono de Alkmene, mas os desafios se mostraram ainda maiores do que uma série de provas perante a sociedade vampírica e a própria aliança entre os clãs. Nenhum outro vampiro teve um teste tão cruel. Orion soube liderar diante de uma ameaça real a Alkmene. Sem dúvida, Vossas Majestades foram os melhores pais que Orion poderia ter.

— Oh, querida — Stella se emocionou. — Sinto-me lisonjeada e grata por suas palavras. Foi difícil compreender por que Orion decidiu seguir em frente com tudo isso, as demonstrações públicas, a cerimônia de coroação com aquela menina sendo... nada disso era necessário. Participou de batalhas como um soldado, sem diferença hierárquica quando empunhou sua espada; encantou multidões com seu discurso na Cerimônia de Despedida e foi pessoalmente perseguir os inimigos da Nação. Não havia obrigação de provar coisa alguma depois de tudo que enfrentaram. E devo lhe dizer que lamento por ter tido tanto trabalho para que no fim...

— Não há pelo que se lamentar. O destino se encarregou de me unir ao meu

Ma'ahev, minha alma gêmea, e vejo tudo isso como um chamado do coração. Foi este chamado que me deu o privilégio de estar ao lado de Orion quando mais precisou, quando foi verdadeiramente necessário. Pude ver com meus próprios olhos o momento em que seu filho deixou de agir *somente* como príncipe e passou a ser um rei. Ser apenas *Lochem* não poderia ter me dado tanta importância na vida de Orion do que ter visto isso, de fato, acontecer. Foi muito além de precisar estar diante de um monte de vampiros da aristocracia e dizer que: "Tudo bem, aquele príncipe está pronto para ser desafiado publicamente e demonstrar suas habilidades como economista e sua destreza no manejo de uma espada". Apesar de nossas perdas, nos tornamos vampiros melhores.

— E agora, Orion vai transformar aquela menina. Ainda não estou certa quanto a isso. — Minha expressão surpresa fez a rainha se apressar em concluir seu pensamento. — Não por Orion, não. Ele já enfrentou demônios demais por uma vida. Mas... essa moça, ela estará preparada para o que enfrentará?

— Majes... Stella — corrigi —, a moça perdeu todos que amava, seus pais, irmãos, amigos. O argumento dela foi pertinente, não poderia lutar de igual para igual com os responsáveis por tudo que aconteceu. Não se trata de vingança, mas de justiça.

Stella anuiu.

Rei Callum se aproximou de nós, o semblante ainda sério, o vinco profundo entre as sobrancelhas acentuado depois de sua conversa com um dos membros da Aliança.

— Está na hora da coroação de Orion. Vamos?

Enquanto caminhávamos para a Sala do Trono, eu, um pouco mais atrás da rainha Stella, percebi no olhar dos súditos do reino o carinho e a admiração por Suas Majestades. Conforme avançávamos, reconhecia os rostos daqueles que estiveram do lado de Orion durante toda a sua transição.

Stella e Callum seguiram o protocolo, cumprimentando e recebendo reverências. Fiquei discretamente posicionada perto de uma coluna, observando o salão iluminado, cheio de vampiros, *shifters* e humanos.

Echos se aproximou de mim, e pediu licença por um minuto. Sua mão veio para o meu ombro e, quando ficamos a sós, ele abriu um sorriso suave.

— Sinto muito, *senhorita* Mia. Sei que o momento não é oportuno, mas me pediu para mantê-la atualizada...

Meu maxilar tensionou.

— Notícias sobre Astradur?

— Bali Haylock vai falar o que sabe, eventualmente. As primeiras três semanas foram intensas, mas vou mudar minha abordagem. Já tentei a indução física. Agora... será psicológica. Ele *vai* quebrar. — A voz sombria de Echos demonstrou que não estava facilitando nos inúmeros interrogatórios que fazia em Ashes. — Mas, independentemente do aristocrata pé no saco, consegui contato com uma das empresas que trabalhou para Astradur no projeto de segurança, e algumas informações importantes vieram à tona. Estou pessoalmente envolvido em fazer a interligação dos fatos. Podemos fazer uma reunião após o *Samhain*.

Assenti.

— Precisamos nos reunir para colocarmos em pauta o que descobriu.

Echos concordou, determinado.

— Sabe que estou à frente dessa investigação junto a Mars?

— Sim, Orion me contou tudo. É uma adição maravilhosa, principalmente depois da criação extraoficial da Agência de Inteligência de Alkmene.

— Mars, sendo o diretor, recebe todo o apoio de agentes novos e recrutados. E eu consigo acesso a novos pontos de vista — Echos explicou. — Junto a Beast, com a parte tática e estratégica militar, não terá um canto desse mundo inexplorado.

— Será de grande ajuda.

— E eles têm me ajudado, sim, mas prometi a Orion Bloodmoor e prometo, agora, à senhorita Mia que, como Primeiro Duque, serei o único responsável pela captura de Astradur e por fazer justiça por Alkmene. *Eu serei* responsável pelo sucesso ou fracasso dessa missão. Mas garanto que não pararei de trabalhar até trazer, para vocês, a notícia que querem ouvir.

Levei a mão até seu braço.

— Sei que irá conseguir.

Ele ia se retirar, mas o detive.

— Obrigada, Echos.

Seus olhos ficaram nos meus por uns segundos a mais, como se ouvir aquilo também fosse importante. A missão era pessoal, eu sabia, mas também era pela justiça que ele desejava fazer por todos nós.

— A seu dispor, Mia.

A música suave no salão me fez fechar os olhos por um momento. A melodia clássica acalmou a parte ansiosa de Mia Black que desejava se expor. Não consegui ver Orion desde que começou a se arrumar e agora estava preso na reunião. Desci antes, para auxiliar a rainha Stella a entreter os convidados e a verificar se Alte havia conseguido organizar o salão.

Minhas mãos estavam suando frias.

— Distraída?

Encontrei Beast e uma mulher ao seu lado. Sua companhia era uma *shifter* de ursa, mas tão bela e singular que fiquei entretida com a cor enigmática dos olhos castanho-esverdeados. O cabelo loiro estava solto, emoldurando o rosto delicado, e Beast estava impecavelmente vestido, com a farda militar de General.

Ele ergueu as sobrancelhas, sua fisionomia, como sempre, divertida.

— Boa noite, Beast e...

— Vou apresentá-la à Veronica, minha namorada.

— Ah... — Sorri e estendi a mão. — É um prazer conhecê-la.

Veronica piscou, retribuindo o sorriso e segurando minha mão.

— Brad falou tanto sobre você que é bom dar um rosto ao nome.

Assenti. Beast fechou os olhos, respirando fundo pelo jeito que ela o chamou.

— Como está se sentindo como General, *Brad*?

Veronica riu, ao perceber que eu havia me juntado à sua provocação, ao mesmo tempo em que Beast rolava os olhos.

— Me sinto a mesma coisa, mas agora sei atirar de bazuca.

Meu sorriso ficou mais largo.

— Aprendeu a dirigir um Humvee?

— Ele é um péssimo motorista — Veronica cochichou. — Demora trinta minutos para ajeitar o banco, só porque tem pernas longas demais.

— Você fica mexendo no meu carro, ursinha. — Brad fechou a cara.

Veronica o encarou e isso foi o suficiente para ele se calar.

— Há quanto tempo estão juntos? — Fiquei curiosa com a interação íntima, lembrando-me do meu *Ma'ahev*.

— Um mês — Veronica respondeu.

— Seis meses — Beast falou ao mesmo tempo.

Eles se entreolharam.

— Eu não considero sexo sem compromisso como um *relacionamento*, Beast.

— Mas eu conto desde o dia em que a gente se beijou pela primeira vez.

Veronica exalou fundo.

— O tempo é relativo... — Ela me observou. — Devemos sair para um cinema ou um jantar em Labyrinth. Uma noite das meninas.

Eu imediatamente gostei dela.

— Vou adorar.

Paramos de conversar quando a música cessou. Mas, antes disso, meu coração bateu em reconhecimento, com a sensação de que ele estava perto de mim.

Meus olhos imediatamente foram para a escada.

Eu o vi descendo degrau a degrau, para depois ir direto à frente das pessoas, prestes a dar o passo mais importante da sua vida. Não diria em voz alta, mas tê-lo ali, perto do trono, me trouxe uma sensação de euforia e medo. A mistura fez meus joelhos tremerem. Orion seria coroado, mas, na hora, teria que transformar Ingrid em vampira. E ver seus olhos em mim, o sorriso lindo em seu rosto, a certeza em seu olhar...

Se fosse capaz de morrer de orgulho, aquele seria o momento.

O próximo Rei de Alkmene estava impecável. Não havia um botão fora do lugar, um fio de cabelo desalinhado, um centímetro do meu *Ma'ahev* imperfeito. Mesmo a certa distância, o perfume de Orion, aquela fragrância intensa de canela e pecado, atingiu-me. A calça, justa em todas as partes certas, a bota na altura dos joelhos. A camisa social preta, por baixo de um colete inteiramente negro, e o fraque... Era a coisa mais bonita que já vi: ônix, fosco, com filigranas em arabesco dourado e elegante.

— Príncipe Orion está tão lindo — Veronica comentou, atraindo a atenção de Beast.

— Falou o quê, ursinha?

— A roupa — disse simplesmente.

— E eu estou de *farda* — resmungou.

Eu tinha de concordar com ela, e não apenas o que Orion vestia, mas o que revestia sua alma.

Orion Bloodmoor será o rei.

O meu soberano.

— Somos vampiros pela necessidade de bebermos sangue para continuarmos vivos. Mas, antes de tudo, somos *humanos*. Nossa história é baseada em uma enfermidade genética. A humanidade resistiu, mas nós... os primeiros de nosso sangue, não tivemos a sorte de existirmos sem pagarmos um preço. Estou dizendo isso porque, antes de nossa monarquia, de sermos mais fortes e predispostos à eternidade, somos *Homo Sapiens*. Possuímos falhas, sentimentos, somos sujeitos à fragilidade. Está tudo bem, não há necessidade de sermos fortes o tempo todo. — Orion abriu um sorriso, e seus olhos foram para Ingrid. — O que farei mudará a sua vida por toda a eternidade. Você terá anos, décadas e séculos à sua frente. Este será o seu nascimento, a sua verdade, sem qualquer chance de voltar atrás. Ingrid, preciso fazer duas perguntas agora, antes de transformá-la.

Ingrid sequer hesitou e adiantou-se alguns passos. O vestido preto dela, o padrão da cerimônia, estava perfeitamente alinhado em suas curvas. Seus cabelos castanhos caíam em suas costas.

Prometeu, na frente do futuro rei que, se transformasse-a em vampira, buscaria a justiça. Ela não era apenas uma jovem de vinte e um anos, e sim uma mulher determinada, que não tinha mais nada a perder. Eu, acima de todas as pessoas, reconheci sua motivação, pois lembrava a mim mesma.

— Sim, Alteza.

— Você está certa de que é isso que quer?

— Estou absolutamente certa.

Orion sorriu.

— Dito isso, preciso que escolha alguém da sua confiança para se tornar o seu padrinho ou madrinha. Uma pessoa que a ajudará agora no processo da transformação.

Ingrid engoliu em seco. Ela desviou o olhar pelo salão, procurando alguém.

Acompanhei sua linha de visão, percebendo que ela focou... em Donn Bloodmoor. Os cabelos castanho-avelã, olhos profundamente vermelhos, e as vestes de seu clã.

— Estou disponível, se quiser. Prazer, Conde Donn Bloodmoor.

Ainda observando o foco de Ingrid, assisti ao Barão das montanhas geladas dar um passo para o lado, o semblante duro e irritado com a brincadeira do Conde Profano. Ele passou a mão direita pelos cabelos quase loiros, jogando os fios rebeldes para longe do rosto.

Ingrid subitamente se virou para Orion.

— É necessário que seja um vampiro?

Percebi Orion titubear, incerto da pergunta. Burburinhos começaram a correr pelo salão do King Castle. Stella e Callum trocaram olhares comigo, enquanto o príncipe rapidamente desviou a atenção para seu primo.

— Nossa, ela perguntou isso mesmo? — Veronica cochichou.

— É a primeira vez que alguém... — pontuei.

— Caralho, corajosa — Beast percebeu.

Orion umedeceu a boca e me encarou por um segundo. Depois, dirigiu-se à humana.

Dei de ombros, sem conseguir responder a ele.

— Não... necessariamente um vampiro. O que deseja fazer, Ingrid?

Ela, sem virar as costas para o futuro rei, sabendo que aquilo não poderia acontecer, fechou os olhos, como se... falar sobre o assunto fosse difícil.

— Há um homem, na verdade, um *shifter*. Talvez ele não saiba, mas ajudou a preservar a minha história, impedindo que eu perdesse, além dos meus pais e irmão, minha casa e a lembrança da minha família. Impediu que ateassem fogo no que restou, enquanto a Baía Cachalote era atacada. Ele pode não saber, mas ajudou muito mais do que imagina. Graças a ele, tenho fotos e recordações. Este *shifter* nobre é o Primeiro Duque, lorde Echos de Egron.

Os burburinhos ficaram mais fortes.

— Lorde Echos, poderia me ajudar também com isso? Se não pesar em suas atribuições enquanto Barão e braço direito de Sua Majestade, claro. Se aceitar ser meu padrinho, me sentirei profundamente honrada — Ingrid continuou a dizer, acima de todas as vozes baixas que a rodeavam.

Orion abriu um sorriso para Echos. Pude ver o *shifter*, a certa distância, imediatamente endurecer. Estava elegante em uma roupa formal, os cabelos suavemente ondulados e os olhos de tigre siberiano casando perfeitamente com as vestes pretas e douradas de seu cargo.

Echos deu um passo à frente, engolindo em seco.

— Me sentiria grato em ser o seu padrinho, senhorita Daves — respondeu, demonstrando-se igualmente honrado.

— Lorde Echos, aproxime-se.

Ela sussurrou algo para ele e li, em seus lábios, o agradecimento. Trocaram olhares por alguns segundos, antes de Echos se colocar atrás dela. As mãos dele foram para a cintura delgada, mantendo-a firme. O meu *Ma'ahev* tirou com calma o fraque, entregando para seu tio Vallen, que estava relativamente próximo. Orion me encarou, sorrindo, e pediu permissão a Echos, com o olhar, antes de se aproximar. Ingrid, sem hesitar, ofereceu a ele o seu pescoço.

Ainda que não se tratasse da alimentação direto da veia e, especialmente, destoante da marcação íntima, não pude conter a onda de ciúmes ao ver a boca dele se colando ao ponto alto do pescoço da moça.

Echos amparou as costas de Ingrid em seu peito, enquanto Orion passava a ela, rapidamente, o gene dos vampiros. Murmúrios de expectativa boa e emoção viajaram entre todos. O significado daquela transformação era diferente, tinha um propósito muito maior do que apenas a tradição. Echos continuou firme e inspirou fundo quando tudo acabou.

Orion se afastou, sua boca manchada de sangue. Vallen ofereceu ao sobrinho um lenço.

Ingrid, agora, filha de renascimento de Orion, caiu nos braços de Echos, desmaiada.

O momento crucial.

— Isso é tão emocionante — Veronica sussurrou.

Os olhos do príncipe estavam em um tom de vermelho claro demais. Certo fascínio passou por mim ao vê-lo viver esse momento. Orion me encarou, abrindo um sorriso amplo.

— Sede... — Ingrid sussurrou.

Aplausos soaram em King Castle, o enaltecimento de Orion. A demonstração pública de confiança foi concluída com sucesso. Ingrid foi amparada por Echos, até ser levada para se alimentar.

Estava na hora de Orion ser coroado.

Rei Callum e Rainha Stella se aproximaram do filho, orgulhosos. Era esperado que sempre a mulher falasse primeiro, especialmente no dia da coroação do seu filho. Então, Stella se posicionou e segurou a mão de Orion, enquanto olhava para a frente.

— Queridos membros da realeza, convidados e todos do clã Redgold. Este é um dia de muitas alegrias para nós, mas, para mim, como mãe, acima do sentimento de uma rainha, está o conforto em saber que meu filho será grandioso em sua nova jornada. Um rei comprometido e fiel ao seu povo. Vocês o conhecem como o Príncipe Orion, mas eu o vejo além de um título, o vejo como o vampiro a quem dediquei inúmeros dias da minha existência. Ele é amoroso, forte e perfeito, ainda que tenha uma ou outra imperfeição. Mesmo sendo sua mãe, sei reconhecer seus erros, contudo, é gratificante perceber que ele batalha todos os dias para ser alguém melhor, um vampiro digno de vocês. Meu filho, Orion, ama Alkmene com todo o coração. E ele será visto, por vocês, da mesma maneira que é visto por mim. Espero que tenhamos uma nova era cheia de paz, harmonia, prosperidade e união. Meu filho, hoje estou de pé para lhe aplaudir. Ainda assim, acima de tudo e de todas as coisas, quero que seja imensamente feliz.

Com lágrimas, vi Stella olhar o filho com admiração e aplaudi-lo, instando os convidados a fazerem o mesmo. O maxilar do meu *Ma'ahev* estava travado e ele engoliu em seco, contendo-se para não deixar transparecer o quanto o discurso o emocionou. Sua mãe se afastou lentamente, dando vez a Callum, que tinha a mesma expressão contida do filho.

— Amados súditos, eis que estamos diante de um raro acontecimento: a sucessão através de renúncia. É com muito orgulho que passo a missão de continuar o caminho, de levar o clã Redgold para novos e melhores tempos, ao meu único filho, Orion Bloodmoor. Dentre suas inúmeras qualidades, é oportuno, dado o momento, destacar sua coragem, paciência e inteligência emocional para administrar as questões mais críticas dentro e fora do campo de batalha. É com plena convicção de sua capacidade, caráter, honra e valentia, que atribuo a Orion Bloodmoor, efetivamente, o título de Rei de Alkmene e Anell Angels, Soberano e Líder do clã Redgold.

Orion foi aplaudido mais uma vez, o carinho sendo sentido através do som.

O rei Callum retirou a pesada coroa de ouro incrustado de pedras da cabeça. A coroa cerimonial não era a que sempre o acompanhava, mas a que seguiu geração após geração desde os primeiros monarcas que perderam suas terras.

As presas de Orion tornaram a crescer, ele mordeu o pulso e deixou seu sangue cair sobre as pedras da coroa, conforme o protocolo da cerimônia. A abertura em seu pulso cicatrizou rapidamente. A coroa havia sido selada.

Meu coração deu um salto, a mistura da minha emoção com a dele, a sensação de dever cumprido e do amor pelo país. Vê-lo ali foi a junção do orgulho, com um lado meu apaixonado por aquele vampiro, somado, enfim, à certeza de que Alkmene estaria em ótimas mãos.

Orion sentou no trono e seu pai lhe pôs na cabeça a coroa dourada, manchada por seu sangue. Stella levou as mãos ao peito, ao ver seu filho sendo coroado.

— Saúdem Sua Majestade, Orion Bloodmoor, Rei de Alkmene e Anell Angels, Soberano e Líder do clã Redgold!

Já no fim da cerimônia, ergui o olhar para o céu noturno nas ameias do castelo, e vi as estrelas cintilando entre a magnífica Aurora Boreal. A brisa gelada anunciava que o inverno seria o mais rigoroso. Pensei em Orion naquele trono, nas coisas que ele teria que fazer nesta noite, incluindo agradar aos convidados, mas o arrepio de reconhecimento ao tê-lo tão perto me atingiu.

Franzi o cenho.

— É *Sem Luz*. — A voz grave de Orion surgiu, fazendo com que meu coração galopasse no peito.

Ah, a conexão entre nós nunca estava errada.

— O que disse? — murmurei.

— Noites estreladas — falou baixo —, dias sem luz.

Sorri para ele, observando que não estava mais com a coroa cerimonial, e sim com uma nova, feita especialmente para esse dia. Mesmo sob a luz da lua, suas íris vermelhas se destacavam pela energia Bloodmoor.

— Fomos presenteados com uma inesquecível Aurora Boreal, como eu havia dito que teríamos.

— Tinha razão, *Yafah* — Orion concordou, o tom divertido e ao mesmo tempo sensual. — Parece que, sempre que estamos juntos, Auroras Boreais são frequentes. — Ele olhou para o relógio em seu pulso. — Meia-noite. É *Samhain*.

— O inverno chegou. — Sorri em reconhecimento de suas palavras, atraindo sua atenção. — O que me lembra roupas...

Deslizei o indicador pelo decote do vestido, passeando pelo vale entre os seios, até alcançar o pescoço.

— Isso é uma promessa, senhorita Black?

— Não sei do que está falando, meu soberano.

Orion pôs as mãos na minha cintura. O nariz dele circulou lentamente o meu. Seus lábios rasparam em minhas bochechas, em uma carícia suave e cheia de promessas.

— Não pode me olhar desse jeito enquanto estamos em público.

— Não estamos... *em público*.

Ele riu, rouco e baixo.

— A atração que sentimos... Ah, minha *Yafah*. É a coisa mais intensa que já experimentamos na vida.

— Não te olhei desse jeito — rebati, ainda pensando no que disse.

— Não minta para o seu rei.

Ri suavemente. As mãos de Orion afundaram no meu vestido. Uma peça longa acinturada, na cor rosa chá. O decote era profundo, sensual, e Orion não conseguiu tirar os olhos dali.

— Eu adoro que você seja a minha *Ma'ahev*, que eu tenha sentido a *Savach* por você. É tão curioso que sejamos capazes de viver isso, sem saber de onde vem.

— Não sabemos a origem do amor, Orion. É a mesma coisa com o *Ma'ahev* e a *Savach*.

— Lendas dizem que, após os deuses assistirem de perto ao nosso sofrimento e miséria, sendo humanos que precisam beber o sangue de outros humanos para sobreviver... deram a nós um presente. Aos primeiros amaldiçoados, incluindo os Bloodmoor, a *Savach*, uma conexão profunda de amor eterno e o reconhecimento de quem é o seu *Ma'ahev*, sua alma gêmea, para todos que viriam posteriormente a nós, duas almas que se encontram, um amor inexplicável.

— Depois de amar dessa forma, e tão profundamente, só consigo pensar na sorte que temos. Tirando Astradur e Bali e o inferno que eles provocaram... Enfim, temos sorte de estarmos vivos e sermos capazes de sentir esse amor.

— Eu tenho sorte de ter você, *Yafah*.

— Ainda não me explicou o significado dessa palavra — sussurrei antes que ele pudesse me beijar.

— Você é linda, Mia. É a maneira mais afetuosa de chamar uma pessoa que amamos.

Meu estômago gelou.

— Mas você me chama assim faz tanto tempo...

Orion ergueu uma sobrancelha.

— Você vem dizendo que *me ama* desde o nosso primeiro beijo? — inquiri, surpresa.

— Por que não?

— Ah, Orion...

Ele riu e, dessa vez, ri com ele, emocionada. Sua boca veio em direção à minha. Nada naquele vampiro era menos do que intenso. Quando sua língua tocava a minha boca, eu cedia, entregando-me ao beijo. Vinho e sangue. A mistura pecadora que me impedia de pensar com coerência. Orion segurou minha cintura, seus dedos afundando, o calor do seu corpo me consumindo. Cegamente, comecei a desabotoar o colete. Ofeguei em sua boca quando Orion gemeu na minha. Ele segurou meu pulso com delicadeza, impedindo-me de continuar.

— Eu amo tanto você, Mia — murmurou contra a minha boca. — Minha *Ma'ahev*.

— Eu também te amo muito — sussurrei.

Orion se afastou o bastante para nos encararmos. Percebi que alguma coisa havia mudado. Sua expressão estava mais doce, e seus olhos vermelhos brilharam como a luz das estrelas.

— Ama o suficiente para se imaginar como uma Bloodmoor?

Fiquei atônita. Meu coração parou de bater por segundos inteiros. Balancei a cabeça de um lado para o outro, como se pudesse ordenar as ideias.

— Não? Essa é a resposta?

Prendi a respiração.

— Espera, o que... o que você disse?

— Estou fazendo meu último pedido, com você sendo minha *Lochem*. Mas, se preferir, posso ordenar, como seu rei, que se torne minha rainha.

— Serei sua rainha, sua esposa, a sua Ma'ahev... por todos os dias da minha existência.

Meu sorriso estupefato desapareceu quando minha boca foi tomada em um beijo cheio, intenso, carregado de promessas. Orion puxou-me ainda mais contra ele, seus lábios ávidos nos meus. A temperatura subiu e seus dedos atrevidos deslizaram por onde foi capaz de encontrar pele. Levou suas presas até o meu pescoço, raspando os caninos ali, me arrepiando, enquanto beijava-me com seus lábios quentes.

O futuro pareceu bem-vindo, se pudesse passá-lo nos braços do homem que, além de ser meu grande amor, havia se tornado o meu rei.

Aline Sant'Ana e Clara de assis

Epílogo

Orion

Dois meses depois.

Esgueirei atrás da porta, incerto sobre vê-la ou não. Essa era a noite em que juraríamos, perante o clã, que jamais deixaríamos um ao outro. A noite que nos tornaríamos um só. E eu estava nervoso. Queria vê-la. Talvez, só de olhá-la, uma parte minha se acalmasse.

Ia bater à porta, pedindo licença, quando percebi que já estava entreaberta.

Mia estava sentada em uma poltrona, com um roupão de seda vinho, e dois pares de mãos ajeitando seu penteado. Havia mais alguém, além das camareiras. Lorde Tane resmungou algo sobre Mia não precisar se preocupar com os papéis, não naquela noite.

— Você irá se tornar uma rainha.

— Nem por isso vou deixar de ser uma guerreira. E quero ver também a lista das minhas vampiras — Mia exigiu, lançando um olhar para Warder.

Conformado, ele entregou.

— Ingrid tem se destacado na turma.

— Ela é ótima.

— Echos está auxiliando-a pessoalmente.

Mia criou o centro de treinamento Goldblack, exclusivamente feminino, feito em Alkmene, para encontrar vampiras, *shifters* e humanas com interesse em ingressar na Divisão Magna.

Minha *Ma'ahev* estava trabalhando enquanto se vestia de noiva.

— Fico emocionada ao ver tantos nomes.

— Seu pai ficaria orgulhoso da mulher que se tornou. E devo dizer que eu também me sinto.

Ela abriu um sorriso para Warder.

— Não existe honra maior, para mim, do que cuidar de uma nação, como meu pai cuidou.

— Entendo o quanto é importante para você.

Mia ficou em silêncio, contemplando o papel.

— Essas mulheres se tornarão exímias guerreiras. Acompanharei de perto, Warder, mesmo a Stella me garantindo que as obrigações de uma rainha serão exaustivas. Muito obrigada por aceitar o meu convite para gerenciarmos juntos esse projeto.

— Estarei aqui em uma hora para buscá-la.

Mia assentiu e segurou a mão de Warder por um segundo, antes de deixá-lo ir. Dei um passo para o lado, e lorde Tane trombou comigo quando saiu.

— Majestade, o que faz aqui?

— Quero vê-la, mas pesquisei na internet e parece que não é de bom feitio...

— Oh, entendo. Mas deve ser alguma fábula dos humanos — Warder sussurrou. — E Mia não está vestida ainda. Parece guardar a peça a sete chaves debaixo da capa escura.

Eu sorri, ansioso.

— Warder... — Parei-o antes de sair.

— Sim, Majestade?

— Concede-me a mão da Mia em casamento? — perguntei, em sinal de respeito ao que ele significava para minha *Yafah*.

— Não cabe a mim...

Arqueei as sobrancelhas.

Warder piscou, emocionado.

— É uma honra conceder a mão de Mia a Vossa Majestade.

— Obrigado, Warder.

Ele assentiu e me deixou sozinho no corredor. Escutei Mia conversando animadamente com as funcionárias do castelo, antes de bater à porta.

— Não precisa abrir, se não quiser — avisei. — Mas quero um minuto com você antes de descer por essas escadas e torná-la minha rainha.

Mia já estava atrás da porta quando sua mão veio pela fresta. Eu a peguei, entrelaçando nossos dedos.

— Orion... — Senti a emoção pela minha visita em seu tom de voz.

— Hoje será a noite em que me tornarei ainda mais seu — sussurrei, para só Mia ouvir. — Precisava vê-la ou, ao menos, ouvi-la, antes de imaginá-la vindo ao meu encontro e dizendo sim.

— Sua ansiedade vaga pelas minhas veias — murmurou de volta.

— E o seu amor me atinge sem precisar dizê-lo.

Ficamos em silêncio até que eu sentisse que havia confortado a ela e a mim mesmo. Encarei nossas mãos entrelaçadas — a dela fria, por nervosismo —, os dedos finos e pálidos de Mia, pedindo-me para beijá-los. Levei-os aos lábios e acariciei com minha boca cada ponta. Ela suspirou fundo quando exalei o ar quente em sua pele.

— Te vejo em uma hora — prometi.

Minha alma gêmea, rainha, meu grande amor, minha valquíria, minha *Lochem*.

Cada parte aguardando o instante em que a resumiria com apenas um título.

Minha esposa.

Tudo pareceu pequeno no instante em que a música começou a tocar. Pude escutar o som afinado da orquestra sinfônica, em uma melodia contemporânea, adaptada e suave. Pude ouvir os suspiros dos mil convidados. Inclusive, reis de alguns dos clãs aliados, como rei Titus, do clã Adamo... *essa porra de cordialidade*. O rei Lorenzo, do clã Vermenia; rei Gregorio, do clã Monton, e a rainha Akame, do clã Vallerast. Amigos seus, especialmente os da Divisão Magna, e os meus, em um casamento em King Castle, vestindo-se como um arco-íris de cores, os desejos para nós dois. Rosa para o amor; amarelo, alegria; verde, esperança; azul, tranquilidade; vermelho, paixão; laranja, prosperidade.

E, apesar de ser bonito o único momento em que Alkmene permitia se colorir, o mundo se tornou um espaço pequeno e confortável, com um som suave ao fundo e uma taça de vinho e sangue para dois. Se excluiu de seu próprio significado, parecendo apenas um lugar minúsculo para caber a imensidão do que senti.

Por uma mulher.

Meu corpo se arrepiou quando uma voz suave feminina e, depois, uma masculina acompanharam a orquestra, antecipando o que viria. Eu estava pronto. Nós estávamos prontos. Esse momento era nosso.

Em seus olhos, me sinto viva

Por dentro, você é lindo

Algo tão incomum em seus olhos

Eu sei que estou em casa

Cada lágrima, cada medo

Vai embora com o pensamento em você

Mudando o que eu pensava saber

Serei sua por mil vidas

Oh, merda. Mia, seguindo a tradição, deveria aparecer com um vestido vinho. Mas eu sabia que ela havia mandado fazer a peça, só não sabia que seria o completo oposto.

Pude sentir a alegria correr em meu sangue, o amor dançar embaixo da minha pele, a conexão se fortalecer porque *ela* era uma visão que jamais me esqueceria, por toda a eternidade que ainda teríamos.

Nenhuma palavra seria capaz de descrevê-la.

Cruzei as mãos trêmulas, e esperei, dançando o olhar por seu corpo, deleitando-me com a visão que era a minha *Ma'ahev*. A realidade me atingiu quando compreendi o que era seu vestido de noiva.

Azul-marinho em uma paleta de cores escuras, como o céu de uma noite estrelada, com diversos diamantes espalhados, desde a parte superior até a inferior. Uma homenagem às nossas estrelas que disseram um sim para nós, à tradição da minha família ao nomear seus filhos com constelações, e nada relacionado ao costume dos clãs vampíricos.

Aquele vestido dizia que ela estava se casando com Orion Bloodmoor, e não com o rei de Alkmene.

Sou livre como um pássaro quando estou voando na sua gaiola

Estou mergulhando profundamente e andando sem freios

Estou sangrando de amor, você está nadando nas minhas veias

Você me tem agora

Mordi o lábio inferior, assistindo Mia sorrir para mim, ao ver a emoção em meu rosto, de braços dados com Warder. Os cabelos dela estavam presos ao alto da cabeça, e um batom coloria sua boca. Com um decote generoso e o vestido colado em suas curvas, ela brilhava entre prata e azul. Mia Black era todas as luzes das estrelas.

A minha constelação.

— Mia está linda — sussurrou Echos, ao meu lado.

— Ela é... uma visão, Echos.

— Mia é a pessoa certa pra você. — Beast sorriu, também observando minha futura esposa.

— É toda a minha vida — concluí.

Estive esperando por você a vida toda

Não estava procurando um amor até te encontrar

Pele na pele

Me inspire

Sentindo seu beijo em mim

Lábios feitos de ectasy

Serei sua por milhares de noites (milhares de luzes)

Desviei apenas um segundo os olhos de Mia para Warder, que, com um sorriso emocionado no rosto, a entregou a mim. Escutei, atrás de nós, o celebrante mais importante da Aliança questionar quem entregaria a senhorita Black ao rei de Alkmene.

— Eu entrego, com todo o meu coração. — Warder segurou a nuca de Mia e, gentilmente, deu um beijo em sua testa. — Seja feliz ao lado do seu *Ma'ahev*.

— Serei, prometo — Mia sussurrou.

Estendi a mão para ela.

Assim que nossas peles se tocaram, uma onda quente me preencheu. Umedeci os lábios e observei-a, abrindo naturalmente um sorriso. Meu pai, o novo Embaixador da Aliança, estava ao lado da minha mãe, ambos na primeira fila.

— Você é a noiva mais linda que já vi.

— Isso porque sou sua noiva.

Ri baixo e ficamos lado a lado. Beast, como padrinho de Mia, junto à Veronica, sua namorada. Echos, ao lado de Ingrid, que, por lei, era minha filha de renascimento. Dessa forma, havia, além da amizade, a necessidade de participarmos disso juntos.

A música cessou lentamente e todos se sentaram.

Por mais que eu quisesse prestar atenção no que o homem disse, não fui capaz. Meu coração queria saltar pela boca, a pele de Mia estava tão perto.

— Desejam dizer os votos?

Mia se virou para mim.

Beast entregou para ela a aliança que ficaria em meu anelar. Era uma peça robusta, de ouro puro, digna de um rei. A pedra era em ônix, a joia tradicional do clã Redgold.

Delicadamente, Mia segurou minha mão na sua pequena, em contraste. Sorri quando começou a deslizar o anel.

Seus olhos focaram nos meus.

— Teremos a eternidade, Orion. A vida inteira para amarmos um ao outro. Descobrirei coisas sobre você que ainda não sei, apesar de sentir que o conheço por completo. Te amarei no inverno e no verão. Eu o terei em meus braços sempre que precisar estar entre eles. Te abraçarei e acalentarei, ajudando-o em suas decisões para a vida, a nossa vida e para Alkmene. Serei sua esposa, sua rainha, a mulher que estará permanentemente em seu coração. E eu prometo que cuidarei para que todas as funções coexistam em perfeita harmonia. Mas, acima de tudo, prometo que o meu amor por você perpetuará pelos dias que virão, em uma crescente, porque não há um dia sequer que sinta que sou capaz de te amar menos do que amo. Aceite-me. Como sua *Ma'ahev*, como sua Bloodmoor, como sua Mia. Aceite-me para sempre, meu amor. A eternidade nos espera.

Minha garganta se movimentou, e inspirei profundamente.

— Eu aceito — sussurrei.

Mia me ofereceu sua mão.

Lágrimas desceram por sua bochecha, e eu as beijei. O celebrante pigarreou.

Echos, sorrindo, entregou-me a aliança delicada. A pedra de ônix era no formato de um coração, ideal para o que sentíamos. Ingrid estava segurando a coroa que eu colocaria em Mia, no momento que ela dissesse sim.

Ah, porra.

Minhas mãos tremeram quando posicionei o anel na ponta do seu dedo.

Inspirei, fechei os olhos por meio segundo e observei Mia. Ela precisava sentir a promessa em meu olhar, assim como sentiria em minhas palavras.

— A eternidade parece pouco para um amor que é atemporal. Um amor que percorre minhas veias, que sinto em minha pele e com cada parte do meu coração. Você, Mia, é a parte mais perfeita de uma vida que foi marcada por erros e acertos. Mas não houve dúvida quando a perfeição chegou e disse sim. Posso ser um rei completamente apaixonado e, pela primeira vez, desejei ficar de joelhos por alguém. Você destoou, se tornou a beleza que sobrepôs toda a tormenta que vivia. E você, *Yafah*, é a calmaria da minha tempestade.

O anel avançou mais. Mia pressionou os lábios um no outro, a emoção tomando seu rosto.

— A partir de hoje, serei o seu rei, o seu homem, o seu grande amor. Serei seu para sempre. Serei o único a beijá-la, a beber seu sangue e a sentir a paixão que puder vir com todos os gestos de amor. Serei o homem que a colocará acima da minha existência, acima de quem sou e de tudo que irei me tornar. Me transformo, hoje, em um marido e no homem que nunca te fará duvidar do amor. Aceite meu coração, a minha alma e o meu corpo, por toda a eternidade. Aceite ser a rainha do meu povo, a rainha de todas as leis vampíricas e, o mais importante... aceite ser a minha mulher.

— Aceito, sim, por toda a vida — Mia sussurrou, as lágrimas descendo profusamente em seu rosto.

Deslizei o anel até tocar a base do seu dedo. Ingrid me entregou, com cuidado, a pesada coroa cerimonial da futura Rainha de Alkmene. Mia, suavemente, abaixou-se um pouco. Não que fosse necessário, mas era uma prova de respeito a quem estava se transformando. Assim como eu, Mia mordeu seu pulso e pingou sangue sobre a peça.

— A partir deste momento, eu, Orion Bloodmoor, concedo a Mia Black, o título de Rainha do clã Redgold, e passará a chamar-se Mia Bloodmoor, a Soberana de Alkmene e Anell Angels.

A coroa se acomodou perfeitamente em sua cabeça. Desci uma das mãos, puxando-a pela cintura. Com a outra, levei seu pulso, já cicatrizado, à boca, lambendo o pouco de sangue que havia sobrado, deixando um casto beijo em sua pele. Mia me observou, com completa felicidade em seu rosto, me lembrando de todas as vezes que desejei vê-la assim, sorrindo.

— Pelo poder a mim investido pela Aliança, declaro, Suas Majestades, Orion Bloodmoor e Mia Bloodmoor, marido e mulher. Podem...

Não deixei que ele concluísse, minha boca se colou rapidamente à de Mia, o prazer e o amor se fortalecendo entre nós. Palmas e gritos soaram, todo o King Castle, colorido, de pé.

Beijei-a na boca, sem pudor, sem medo.

Beijei-a como se pudesse prometer entre seus lábios, e na sua língua, que não iria a lugar algum, que a amaria por todos os anos que nos restassem, acima de todos os medos que sentíamos e que nada, nem uma guerra, me impediria de tê-la em meus braços.

Cumprimos nossas obrigações como Majestades de um clã, mas, logo depois, em minha cama, com o vestido incrustado em diamantes, percebi que algumas pedras eram mais escuras.

Segui, com o indicador, aquele caminho.

Meus lábios se abriram quando compreendi o que era.

— A octogésima oitava constelação — sussurrei.

— A constelação de Orion — Mia afirmou.

Desci delicadamente o zíper lateral do seu vestido, ouvindo meu coração bater nos tímpanos.

Beijei-a como um marido faria.

Fiz, em seu ouvido, todas as juras de um rei apaixonado.

Peguei-a em meus braços com a necessidade de um *Ma'ahev*.

E amei-a como Orion Bloodmoor a amaria.

Porque aqueles eram os primeiros minutos.

E eu só queria partir daquilo para o que nos era eterno.

Fim

Nota das Autoras

(Não leia até a conclusão de O Príncipe dos Vampiros).

De pesquisas sobre um dólmã de um príncipe ao desconfortável entendimento sobre a criação de bombas com gás tóxico, O Príncipe dos Vampiros surgiu.

Incansáveis horas atrás do computador, com centenas de abas abertas.

"Como funciona uma bomba a gás?" "Como se utiliza dardos tranquilizantes em animais?" "Quais são os efeitos de um gás venenoso no sistema sanguíneo?" "Ataque real de um urso." "Nomes de espadas." "Movimentos de um espadachim". "Principal comércio da Islândia." "Como funcionam as estações do ano no norte do globo?" "Peças de uma farda de príncipe." "Significado das cores." "Significado dos incensos". "Palavras em hebraico." "Como falar Ma'ahev." "Nomes de protocolo de contenção de ameaça." "Lei Marshal." "Como um país reage a um ataque interno?"

Além, claro, do nosso amigo sinonimos.com.br.

É, vocês imaginam que escrever um livro é complicado, mas O Príncipe dos Vampiros nos levou a um outro patamar. Todas essas perguntas tivemos que fazer a nós mesmas, antes de pensarmos no Google. Nos tornamos os próprios antagonistas, princesas, guerreiras e rainhas. Fomos os vampiros-demônios, os mercenários gringos. Voamos entre o certo e o errado, pensando no ataque e na defesa, criando uma estratégia para isso funcionar. Vivemos um amor sobrenatural, um elo de almas gêmeas, adicionamos à vida um sentido novo e isso tudo... em uma única história.

O aprendizado que ficou para nós foi extremamente significativo e quisemos levantar muitas questões além do que geralmente levantamos em nossas histórias. Aqui tem política, amor à pátria, amor fraternal, amor romântico, ódio de uma nação, reconhecimento do poder. Aqui temos as nuances de um país, um universo inteiro de possibilidades e o infinito de criação.

Esperamos que vocês tenham viajado para Alkmene junto conosco e que a história tenha trazido, além de muitos suspiros, uma nova ótica sobre a vida.

Um beijo,

Aline e Clara.

Agradecimentos

O Príncipe dos Vampiros é o primeiro resultado de uma parceria de escrita iniciada em 2017, logo após a Bienal do Rio. Desde então, viemos trabalhando juntas, pesquisando, descobrindo e aprendendo uma com a outra, selando tudo sobre um enorme embasamento fraternal. Entramos na casa uma da outra, passamos semanas unidas de um jeito muito maluco, desde o café da manhã até o jantar — até depois do jantar —, quando nossas famílias já tinham desistido de nós e ido dormir. Horas de ligações, mais de 16h de trabalho diário e uma força de vontade que tornou esse romance possível.

Anne Rice foi nossa mentora. Ela norteou essa entrada no mundo fantástico de seres tão peculiares. Não falamos apenas de vampiros, mas dos shifters e provavelmente outros personagens mais... místicos, por assim dizer.

Não seguimos o caminho dos filmes ou nada contemporâneo. Como disse o Marcos — um dos nossos colaboradores, biólogo e viciado em Crônicas Vampirescas, a quem deixamos nosso enorme agradecimento —, teríamos que estudar o "vampiro raiz" para conseguirmos criar algo que fugisse da superstição e tivesse uma racionalidade, uma lógica.

Nós duas amamos jogos também, e essa paixão pelo RPG facilitou muito no momento que idealizamos a ilha de Alkmene. Um lugar mágico, amamos nossa ilha de estações climáticas estranhas — um pouco Groenlândia, Finlândia, Islândia, Alasca... — e temos enorme orgulho desse lugar incrível, fizemos cada cidade com particularidades, definimos desde o comércio em cada uma, a população, até o tipo de solo... foi muito bom. Ainda sobre Alkmene, compusemos um hino à pátria e desenhamos sua bandeira, sua história e ideologia da nação.

Tivemos betas maravilhosas, como a Vanessa e a Crel Sant'Ana. Vocês testaram os picos de emoção por óticas completamente diferentes. Este livro sempre teve a intenção de ser uma suave transição para os leitores que nunca leram fantasia, e vocês nos ajudaram a entender como é a sensação, pois, sinceramente, já havíamos esquecido.

À Veronica Góes, que nos guiou durante o processo de escrita, nosso muito obrigada. Você nos fez pensar fora da caixa e nos norteou em momentos intensos de escrita ininterrupta. Nos mostrou dos erros aos acertos, do bem ao mal, e todas as sensações que O Príncipe dos Vampiros te causou. Novamente, o nosso muito obrigada.

Sophia Paz não foi apenas a revisora, ela nos deu uma diretriz, também nos "obrigou" a nos desafiarmos e testarmos águas menos calmas com Orion e Mia. Os mares do Norte são sempre turbulentos; não caberia mesmo nada diferente de "agitado" por aqui. O seu conhecimento sobre os romances sobrenaturais nos tornou escritoras melhores. Muito obrigada, Sophia.

À Editora Charme, nosso muito obrigada por acreditar nessa parceria e por algumas primeiras vezes da casa: duas autoras nacionais da Charme, fantasia-romance-ação-aventura, ambientação em um universo próprio... Foi muito legal e intenso. Obrigada por escolherem este momento para lançarmos o Príncipe.

Aos blogs parceiros, por incentivarem essa parceria nossa, vocês são sempre maravilhosos conosco. Nosso muito obrigada.

Aos nossos leitores, que puderam estar em contato com um enredo diferente da linha que costumamos trabalhar (romance, drama, comédia), para entrar em um mundo de fantasia.

Aos novos leitores, nosso agradecimento por terem nos dado a chance de entrarmos em suas casas com esse livro que é tão significativo para nós, fruto de muita pesquisa e de incansável dedicação.

Obrigada!

Com amor,

Aline e Clara.

Entre em nosso site e viaje no nosso mundo literário.
Lá você vai encontrar todos os nossos
títulos, autores, lançamentos e novidades.
Acesse www.editoracharme.com.br

Você pode adquirir os nossos livros na loja virtual:
loja.editoracharme.com.br

Além do site, você pode nos encontrar em nossas redes sociais.

 https://www.facebook.com/editoracharme

 https://twitter.com/editoracharme

 http://instagram.com/editoracharme